永恒的经典

荡气回肠的60篇名人自白

刘晓树 ◎ 编著

本书共收入世界名人的自白60篇，均为世界名人所作，在自白中，他们或披露政界秘闻，或陈述心中隐秘，或倾诉爱情苦闷，或告诫商旅艰辛……或坦陈，或辩白，或忏悔，或哭诉；人生坎坷，人性复杂，世事艰难，无不跃然纸上。大胆剖白和赤裸自述，揭开了名人神秘的面纱，开启了名人隐秘的内心世界。

天津出版传媒集团

天津科学技术出版社

图书在版编目（CIP）数据

荡气回肠的60篇名人自白/刘晓树编著. -- 天津：天津科学技术出版社，2008.12（2018.6重印）

（永恒的经典）

ISBN 978-7-5308-4958-3

Ⅰ.①荡… Ⅱ.①刘… Ⅲ.①散文-作品集-世界 Ⅳ.①I16

中国版本图书馆CIP数据核字（2008）第212641号

责任编辑：郑　新

天津出版传媒集团

天津科学技术出版社

出版人：蔡　颢
天津市西康路35号　邮编300051
电话（022）23332674
网址：www.tjkjcbs.com.cn
新华书店经销
三河市兴国印务有限公司印刷
开本710×1000　1/16　印张12　字数200 000
2018年6月第1版第4次印刷
定价：29.80元

前言
Preface

  这是一部蜚声中外的文化名人自白集，书中精选的文章均出自古今中外著名的作家、思想家之手。他们的作品不仅在他们自己的国家传诵一时，而且已经成为世界文化宝藏的一部分，并不同程度地融入当代世界各民族的思想背景之中。本书所收选的文章都是他们自己写自己，也即是他们发自内心的自白。这些文章没有曲折离奇、可歌可泣的故事，有的只是普通人的情感和平淡无奇的事件，有时甚至近乎琐碎，虽然这些文章仅是他们作品海洋中的一滴水，但每篇都给我们展示了一个全新的世界、一个不同的人生。它的美在于真实、坦率、自然朴素，读来更为随意、亲切。有这么一段话：人如果不能从平凡的日常生活中审视自己，大概不能说是真正享受到人生的乐趣。人生好似一个个倏忽而逝的情节，你抓住了，也就享受了它。从这个意义上说，读这本书不仅可以享受语言的乐趣，而且还能引导我们走向自己，发现自己，教会我们如何感受那些原本会轻易放过的细枝末节；也许还能唤起我们久已忘却的记忆。

编 者

荡气回肠的60篇名人自白

目录

自绘像	〔法国〕卢 梭	//2
徒步旅行	〔法国〕卢 梭	//4
漂泊的热望	〔美国〕华盛顿·欧文	//6
往事的回忆	〔法国〕乔治·桑	//9
对我的智力的评估	〔英国〕达尔文	//11
一支粉笔	〔英国〕切斯特顿	//27
我的园林	〔英国〕福斯特	//20
七十岁生日感怀	〔美国〕马克·吐温	//23
首次观剧印象	〔法国〕法朗士	//28
看哪!这个人	〔德国〕尼 采	//31
谈自己的文章	〔德国〕尼 采	//34
夜宿松林	〔英国〕斯蒂文森	//35
一个艺术家的宗教	〔印度〕泰戈尔	//39
假如我再是大学一年级生	〔美国〕托马斯·克拉克	//44
我的首次飞行	〔英国〕威尔斯	//49
鼠笼	〔法国〕罗曼·罗兰	//52
"苦命人"自传	〔前苏联〕高尔基	//58

接受诺贝尔奖	〔俄国〕蒲　宁	//61
初恋	〔日本〕国木田独步	//68
我是怎样写作的	〔英国〕罗　素	//71
我与绘画的缘分	〔英国〕丘吉尔	//74
宗教之谜	〔英国〕毛　姆	//78
我的生活观	〔美国〕杰克·伦敦	//81
我的传略	〔德国〕赫尔曼·黑塞	//88
艺术与爱情	〔美国〕邓　肯	//100
自述片断	〔德国〕爱因斯坦	//105
我的世界观	〔德国〕爱因斯坦	//108
伟大的日子	〔美国〕海伦·凯勒	//111
与自己对话	〔奥地利〕卡夫卡	//114
一束假花	〔前苏联〕帕乌斯托夫斯基	//117
大川河的水	〔日本〕芥川龙之介	//121
春之声	〔日本〕宫城道雄	//125
走进诗的王国	〔前苏联〕叶赛宁	//128
作家的生活	〔日本〕横光利一	//131
我的救赎	〔美国〕兰斯顿·休斯	//135
我的幻想	〔前苏联〕奥斯特洛夫斯基	//138
假期的欢乐	〔法国〕波伏娃	//143

CONTENTS 目录

荡气回肠的 60 篇名人自白

我的创作	〔澳大利亚〕帕特里克·怀特	//145
走向自我解放	〔埃及〕萨达特	//152
童年的发现	〔前苏联〕费奥多罗夫	//158
我在北京大学的经历	〔中国〕蔡元培	//161
实庵自传	〔中国〕陈独秀	//167
我在西湖出家之经过	〔中国〕李叔同	//176
从百草园到三味书屋	〔中国〕鲁　迅	//180

荡气回肠的60篇名人自白
Dangqihuichang de 60 pian mingren zibai

自绘像

〔法国〕卢 梭

卢梭（1712—1778），法国思想家和文学家，19世纪欧洲浪漫主义文学的先驱。出生于日内瓦一个钟表匠家庭，10岁时父亲被流放，他寄居在舅父家，不久便开始了近20年的流浪生活。1750年，在狄德罗的鼓励下，卢梭参加了法国第戎学院举办的征文竞赛，其论文《科学和艺术》获得头奖，因而一举成名。1756年以后，他隐居6年，潜心著述。1761年发表小说《新爱洛绮丝》。1762年写成《爱弥儿》和《社会契约论》，不久这两本书被法国议会查禁，他先后流亡瑞士和美国。1764年底开始写自传《忏悔录》。1767年重返法国。

　　两种近乎水火不相容的东西，以我无法想象的方式统一在我身上：热烈的性格、奔腾的感情和缓慢凝滞的思想。似乎我的心灵和我的思想并不是属于同一个人的。比闪电更迅疾的情感攫取我的心灵，但它并不给我启示，而是使我激动，使我迷惑。我感觉一切，但我什么也不领会；我暴躁易怒，但又麻木不仁；我在冷静下来之后才能思考。令人惊讶的是，只要别人能够耐心等待，我仍然可以表现出相当可靠的直觉、洞察力，甚至敏感。只要时间充裕，我可以写出极好的即兴诗。但我从来不能即兴写出任何像样的文字，也不能随口讲出任何有分量的话语。在通信中我可以侃侃而谈，就像人们所说的西班牙人下棋。在我读过的一本书里，作者叙述萨瓦公爵在从巴黎返回故乡途中回身叫道："巴黎商人听着，我不会饶过你的！"我想：这就是我！

　　这种同敏锐的感受力共在的凝滞的思想不仅表现在交谈中，即使我独自一人或者我工作时亦是如此。要把我头脑里的思想调理好，是一件异常困难的事情，它们在其中缓慢地运动，在其中沸腾，直到使我动感情，使我振奋，使我激动；而在这整个情感激荡的过程里，我眼前的一切是模糊的，我一个字也写不出来，我必须等待。这心灵的激荡不知不觉逐步平息，这混沌的一团逐渐露出端倪，每样东西各就各位，但这一切是缓慢的，而且必须经过长时间混乱的骚动……如果我能够等待，而且能够再现那些在我头脑中浮现过的事物的美好的面貌，那么很少有作家能够超过我。

我之所以下笔艰难，原因就在这里。我的文稿字迹潦草、杂乱，而且由于反复涂改无法辨认，这就是我付出代价的证据。我没有一份文稿不是经过四次或五次缮写才送去付印的。面对桌子和纸张，我无法提笔写出任何东西，只是在漫步中、在林空间、在夜深人静时，我才能在头脑中创作；尤其对于我这样一个完全没有文字记忆力、一辈子不会背诵六行诗句的人来说，可以想象我写作起来是何等缓慢。有些音调和谐的长句子在见诸文字之前，我曾经一连五六个夜晚在头脑中反复斟酌。我之所以更擅长写那些需要雕琢的作品，也是由于这个缘故。即便是一件无关紧要的小事——写一封信，我也要付出几个小时的辛劳；或者，如果我要记述一件我刚才经历的事情，我不知道怎么开头也不知道怎么结尾；我的信是连篇的废话，读起来令人费解。

我不仅拙于表达思想，而且甚至难以形成看法。我对人进行过研究，并且自认有相当敏锐的观察力，然而我对眼前的东西丝毫不能领悟，我只能洞彻那些回忆起来的东西，而且我的理智只存在于我对往事的回顾之中。对于人们当着我的面所讲的一切、所做的一切、发生的一切，我毫无感觉，我茫然不解。给我的印象仅仅是外部的征象。这一切在我脑海中有时重新浮现：我记住了地点、时间、声调、目光、动作、环境，一切又都历历在目。这时，根据人们的行为或言谈，我竟能够洞悉人们的思想，而且极少弄错。

既然我独处时无法主宰自己的思想，人们可以想象在交谈中我是什么模样。为了说话得体，必须同时而且立即考虑许多因素。礼仪那么繁琐，而我终不免有所疏忽，这就足以使我望而却步了。我甚至无法理解人们怎么敢当着众人讲话，因为每词每句都要考虑所有的在场者，必须了解所有人的性格，知道他们的经历，才有把握不讲出什么得罪人的话……我觉得两个人面对面交谈更令人尴尬，因为不停地讲话是一种需要：对方讲话必须应答，对方沉默时又必须使谈话重新活跃起来。这种无法忍受的拘谨已经足以使我对社交生活失去兴趣；无话找话说就必须说废话，这是令人厌烦的……因此人们在我身上看到了许多异乎寻常的举动，人们往往归咎于我性情孤僻，其实我的性情并不如此。如果不是由于我深知自己在社交生活中的形象非但于己不利，而且同我本来的面目截然不同，我可能同别人一样也会喜欢社交生活的。投身写作并且躲藏起来，这于我是最恰当的选择。

徒步旅行

〔法国〕卢 梭

我最懊悔的是不曾写旅行日记,使我今天记不起旅行生活的细节。可以说,我从来没有像在独自徒步旅行中那样充分思考、充分存在、充分生活、充分体现自我。步行包含某种能够使我的头脑兴奋和活跃的东西——我静止不动时几乎不能思索。

记得我曾经在一条沿着罗油河或索思河蜿蜒的小路上度过了一个美妙的夜晚,因为我记不清是其中哪条河了。路那边是高出地面的园地。那天日间十分炎热,夜色是迷人的;露水湿润着干枯的野草;风儿不兴,万籁俱寂,空气凉爽而不寒冷;落日在空中留下红色的烟霞,将河水映成玫瑰色;园中树上栖息着百灵鸟,它们婉转啼鸣,隔枝唱和。我如痴如醉地漫步着,用我的感官和心灵享受这一切,只因为没有人同我一起分享而感到惋惜。我沉浸于甜美的遐想,直到深夜还在继续我的漫步,而没有疲倦的感觉。但我终于困乏了……。树枝是我床顶的华盖,一只百灵鸟刚好栖息在我头上,它的歌声伴随我进入梦乡。我的睡眠是甜蜜的,我的苏醒更是如此。天色大亮了,我睁开眼睛,看见河流、苍翠的树木、令人赞叹的景色。我站起来,抖抖身上的尘土,觉得饥肠辘辘。我欢快地朝城市方向走去,决定用剩下的两枚银币美餐一顿。我神采飞扬,一路哼着歌……

徒步旅行中我随心所欲,想停就停下来。我最适宜过漂泊的生活。天气晴朗时,步行在路上,周围是秀丽的景色,前方是惬意的目的地——这就是我最喜欢的生活方式。而且,人们已经知道我说的风景秀丽指的是什么。依我看,平原地区无论如何优美,也不符合这个要求。我认为必须有激流、峻岩、茂林、高山、起伏的道路、近在咫尺的万丈深渊。我在尚贝里附近看见的就是这样的景色,我尽情欣赏它。在巴德莱萨山附近,有一条在岩石中开凿而成的大路,路边是河水花了千万个世纪淘洗而成的深渊,深渊里有一条小河在奔腾翻滚。

为了安全，人们沿着路边筑了一堵护墙，这样我就能尽情欣赏渊底的景色，任自己头晕目眩，我之所以喜爱陡壁峻岩就是这个缘故；只要我处于安全的地位，我是喜欢这么做的。我兴致勃勃，手扶着护墙，伸头俯览翻腾的泡沫和蓝色的河水，一待就是几个钟头；千仞之下，乌鸦和猛禽在岩石和荆棘间翱翔，它们的叫声同河水的咆哮相呼应。在山坡比较平缓和荆棘比较稀疏的地方，我拾取一些我搬得动的大石头；我把石头垒在护墙之上，然后逐个扔下去；我看见石块滚动、跳跃、碎片横飞，最后到达崖底，而我感到莫大的愉快。

在距尚贝里更近的地方，我见过类似的、但位于相反方向的风光。道路在我平生所见的最壮观的瀑布下面穿过。山峰壁立，飞流直下，形成一个拱洞，行人有时可以在瀑布和岩石之间穿过而不漏湿衣裳。但人们如果不留心，是很容易上当的，我就有这样的经验：因为瀑布极高，落下时分成许多小股，散落成水沫，当你太靠近这迷蒙的烟雾时，并不立即意识有什么危险，但顷刻之间全身已经湿透了。

漂泊的热望

〔美国〕华盛顿·欧文

华盛顿·欧文(1783—1859),美国作家,被称为"美国文学之父"。1802—1803年间,他以乔纳森·奥尔德斯泰尔的笔名在《晨报》上发表讽刺杂文。他多次外出及出国游历。回国后取得律师资格,不久开业。1809年他的《纽约外交》出版,这是一部关于纽约荷兰政权的演义。后经商失败,他重整旗鼓,锐意创作,使他的《见闻札记》得以问世。1826年初,他应邀到美国驻西班牙公使馆任随员。1832年,在阔别17年后回到纽约。除了任驻西班牙公使的4年(1842—1846)外,晚年一直住在纽约州塔里敦的家中,专心从事文学创作。代表作有《见闻札记》《华盛顿传》等。

"此节吾与荷马实有同感。夫蛇脱壳未久即化而为蟾蜍,因不得不另觅栖处以自适,故游子于其去国辞乡之后,亦多有化为奇形怪状之虞,势不能不徙其居处,易其风习,且亦唯运所至,罔能自择。"

——李黎(狄菲斯)

我平生最喜游览新境,考察种种异地人物及其风习。早在童稚时期,我的旅行即已开始,观察区域之广,遍及我出生城镇的各个偏僻之所与罕至之地;此事固曾使我的父母饱受虚惊,市镇报讯人却也赖以受益颇丰。及长,我观察的范围继续扩大。无数假日下午尽情消磨在郊洞的漫游之中。那里一切在历史上或传说上有名的地方,我无不十分熟悉。我知道那里的每一处杀人越货之所与鬼魂出显之地。我继而访问了许多邻村,观察其地的风俗习惯,并与当地的圣贤与伟人接谈,因而极大增加了我的原有见闻。一次,在一个漫长的夏日,我竟漫游到了一座远山之坛,登临纵目,望见了数不尽的无名广土,因而惊悟所居天地之宽。

这种浪游的习性竟随着年龄而俱增。描写海与陆的游记成了我的酷嗜,寝馈其中,致废课业。在天气晴和的日子里,我往往怀着多么渴慕的心情漫步在码头周围,凝视着一艘艘离去的船只驶赴迢迢的远方；我曾以何等希羡的眼神目送着那渐渐消逝的桅帆，并在想象之中自己也随风飘越至地角天边！

　　此后，进一步的阅读与思考虽使这种渺茫的向往稍就理性之范，却适足以使之更其固定。我游历了自己国土的各个地方，而如果我的爱好仅限于妍丽景物的追逐，则快心悦目，尽可以无须远求，因为纯以大自然的妩媚而论，此邦却可谓得天独厚，世罕其倍。试想她那银波荡漾、与海相若的浩淼湖面，那晴光耀眼，直顶青天的巍峨群山，那粗犷而富饶盈衍的峡岸溪谷，那雷鸣喧豗于阒寂之中的巨大飞瀑急湍，那绿色葱茂、清风阵阵的无际平原，那庄严静谧、滚滚入海的深广江流，那万木争荣、无径可循的茂密森林，那夏云丽日、谲诡幻变的灿烂天空——不，在自然景物的壮丽方面，美国人从不需要舍本土而远求。

　　然而在传奇与诗意的联想方面，欧洲却具有它特殊的魅力。在那里人们可以见到艺术上的名作巨制，上流社会的精致娴雅以及古今风尚的种种特点。欧洲蕴蓄着世代聚集的珍奇宝藏，就连那里的遗址废墟也尽是过去历史的记载，每块残砖烂石都是一部史册。我渴望到那些有过丰功伟业的故地去漫游——仿佛是去追寻往古的足迹——流连于废堡颓垣之侧，低回于圮塔欹楼之中——总之，暂时忘情于眼前的凡庸现实，而沉湎在过去繁华盛事的幻影里去。

　　除此以外，我还殷切期望有幸去瞻仰瞻仰世上的伟人。诚然，美国自有它自己的伟人，这种人物广布各个城中，不知凡几。我平生也颇厕身其间，而且常被他们弄得黯无颜色；因为一位伟人——尤其是一位城市的伟人——的光焰往往有为小人物所难堪者。但是欧洲的伟人我却久思一睹风采；因为我就曾在不止一位哲学家的著作里读到过这种说法，即大凡动物一入美洲，即有出现退化之患，当然连人也不例外。因此我想，欧洲的伟人之于美国的伟人，大概也犹如阿尔卑斯山的高峰之于哈得逊河边的高地那样，而这种认识，在饱看了不少英国旅客在我们中间所流露的那种优越神情与倨傲态度之后，乃益信其不妄；而其实这些人，据我听说，在其本国之中也不过是凡庸之辈而已。因此，我立志要恭游别国，亲历其境，以便见我这已经凋残的后裔所自出的那个巨人种族。

　　不管好运厄运，我这漂泊的热望总算夙愿得偿了。我漫游了许多不同的国家，阅历了不少变动不居的人生世相。我不敢妄称对于这形形色色的世相，我曾以哲人的目光作了观察；而仅仅是徘徊于众多画店庙前的探幽寻胜的谦卑癖嗜者的一种闲眺：时而美物写生，勾勒微妙；时而谐谑漫画，突现滑稽；时而山水风景,意境悠然,因而令人迷恋不止。既然当今的旅行家一出门便需画笔在手,地不虚至,以便将来图稿盈箧,满载而归,因此我也不免要拣出几件,以博友人一粲。然而当我重检自己为此而作的种种札记日志时,我却发现,由于素性疏懒,我对每位立志著述的正规旅行家照例列入其研究范围的种种重大事物,竟然多有脱漏,因而惶惧无已。我担心,我之必然令人失望,将不下于下述之山水画家。其人也确曾旅游过欧陆,然而终不胜其烟霞癖之驱遣,每有所作,辄得之于穷乡僻壤之中。因而充溢其画册的东西则茅屋也,山水也,无名之故地废墟也,但是圣彼得大教堂他却漏掉;迦利辛斗兽场他却漏掉;特尔尼瀑布或那波里海湾他也都漏掉;甚至连冰川与火山之巨观,他的全部作品中也都一笔没有提到。

往事的回忆

〔法国〕乔治·桑

乔治·桑(1804—1876),法国女作家。出生于一个军官家庭,1817年,她被送进巴黎一修道院,告别无忧无虑的童年时代。1822年,与乡绅杜德望男爵结婚,8年后愤然离家。30年代,写出《安蒂企娜》《华伦蒂纳》《莱莉亚》等小说,捍卫妇女权利,揭露资产阶级的自私。从40年代开始发表了一系列"社会问题"小说:《木工小史》《康素爱萝》《安吉堡的磨工》。1848年革命以后隐居乡间,沉醉于"田园小说"的创作,写下《魔沼》《法俗特》等小说。晚年写有回忆录《我的一生》。

我体格健全,而且在孩提时代就显出我要长成一个美人,但这是一个没有实现的预言。其中也许有我的过错,因为在那风华正茂的年月,我已经彻夜攻读和写作。我的双亲都生得一表人才,我这个女儿本来不该退化的;我那把容貌看得重于一切的母亲因而对我诸多责备。我从来不注意修饰外表。因为我有洁癖,所以更不愿意涂脂抹粉。

为了保护一双明眸而舍弃工作,当上帝美好的太阳吸引你时却躲避阳光,由于担心足背变形而不敢穿木鞋,为了保护皮肤而要戴手套——即放弃双手的灵敏和力量,迫使自己动作笨拙,在一切要求我们不辞劳苦的时候却养尊处优。总之,为了在垂暮之年来到之前不使皮肤晒黑、皲裂,为了保持容颜而把自己禁锢在钟形罩下,这是我永远无法办到的。和我母亲相比,我祖母更是有过之而无不及。她那有关帽子和手套的唠叨成了我儿时莫大的烦恼;虽然我无意反叛,但强制从来不能使我屈从。我只有过短暂的鲜艳,但从未有过美貌。虽然我五官端正,可是我从未想过赋予我的面孔以最轻微的表情。我几乎在摇篮中就养成了这个我自己也无法解释的喜欢遐想的习惯,因此我很小就显得"傻里傻气"。我直截了当用这个词,因为在我一生中,在孩童时代,在女修道院里,在家庭成员之间,别人一直这样评价我,我不过尊重事实罢了。

　　总之,我年轻时有头发、有眼睛、有牙齿,没有任何缺陷,既不丑也不美。依我看,这有一个好处:丑陋引起偏见,美貌同样是如此。人们对闪光的外表抱着太多的期待,而对猥琐的外表怀有过多的疑虑。最好有一张既不令人眩目也不令人惊恐的端端正正的面孔,所以我同我两性的友人都十分相得。

对我的智力的评估

〔英国〕达尔文

在这里，我已经列举出了我所有的已出版的书；它们就是我一生的里程碑，所以我再要讲的话也就不多了。除了现在要来讲的一点以外，我还没有发觉自己的思想在三十年内有什么变化。只要是精力一般不降低，那当然也就未必会期望到有任何的变化。可是，我的父亲享寿83岁，他的思想却依旧同往常一般的敏锐，而且他所有的官能都没有显著的衰退。我希望我最好是在自己的思想还没有显著枯竭时就与世长辞。我认为，我在探寻正确解释和想出一些实验核对的方法方面，已经比过去略为熟练些；可是，这大概只是单纯的实践和大量知识积累的结果罢了。我在清楚而扼要地表达自己的想法方面，仍旧像往常一样，很感困难；这种困难使我耗去了极多时间；可是，在这方面也有一种补偿的好处，就是：它使我不得不对每一行文字作长久而且专心的思考，因而就会使我在推断方面，和在自己和别人的观察结果方面，看出错误和失察之处。我的思想中似乎有一种命定的特征，它差使我最初在叙述自己的说法和主张时，总是采取错误或拙劣的表达方式。从前，我时常在写作时，要推敲自己的文句以后，方才下笔写出它们来；可是后来过了几年，我得出了结论，为了节省时间，尽可能迅速地用极其拙劣的笔迹，潦草地写满全页，接着就把

达尔文(1807—1882)，英国博物学家，进化论的奠基人。幼时学习成绩不佳，后学医未成，改学神学。结识植物学家亨斯罗，对博物学产生兴趣。1831年12月以博物学家身份随海军考察船比格尔号作了5年的环球旅行。回国后先研究地质学，后致力于生物学研究。1859年11月《物种起源》出版，迅即售罄。达尔文还著有《动物和植物在家养下的变异》(1868)、《人类的由来及性选择》(1871)等，奠定了行为学的基础，对心理学亦作出贡献。

它们缩减一半，然后才去仔细考虑改正它们。这样写下的词句，反而要比我时常事先深思熟虑后可能写出的词句，更加优美些。

上面已经讲了很多关于我的写作方法；我打算再补充讲一下，我在自己撰写的几部书中，曾经把大量时间耗用在一般的材料整理方面。起先，我在两三页稿纸上写出最粗略的提纲，接着把它扩充成几页较长的纲要，用不多的词句，甚至用单词，去充当整个论断或一批事实。我开始以扩展形式写作以前，先把其中每个小标题再扩大一些，而且时常把它们更换成新词。因为在我的几部著作中，大量引用了其他科学家的观察资料，又因为我经常同时在亲自研究几个完全不同的专题，所以可以来讲一下，我准备好三四十个大纸夹，把它们放置在书橱中贴有标签的搁板上，因而我就可以立刻把各种个别的参考资料或便条存放进有关的书夹中去。我购买了很多图书，在它们的末页上，记写了书中所有与我的研究工作有关的事项索引。有时，如果这本书不是我自己的，那么，我就写成一篇单独的摘要。在我的一只大抽屉中，就装满了这些摘要。在开始从事某个论题的研究工作以前，我先去查看了所有简短的索引，编写出一个分类的总索引，以后选取一个或几个适当的纸夹，因此就可以获得我过去收集到的所有备用的资料了。

正如我曾经讲过的，在过去二三十年内，我的思想方式在一个方面发生了变化。我过去一直到三十岁，或在超过三十岁的时候，曾经对很多种类的诗歌产生很浓厚的兴趣；其中，有密尔敦、格雷、拜伦、华滋华斯、柯勒律支和雪莱的诗篇；甚至是中学少年时代，我对莎士比亚的作品，尤其是他的历史剧，已经有了强烈的爱好。我还讲到过，从前我对绘画也有相当的爱好，而且也对音乐非常热爱。可是到现在，很多年来，我竟不能容忍去阅读一行诗句。最近，我尝试着阅读莎士比亚的作品，却发现它枯燥乏味，使我难以容忍，以致厌恶万分。我几乎也丧失了对绘画和音乐的兴味。音乐已经不再使我感到快乐，通常反而只会使我过分紧张地去思考自己当时要去干的工作。我对绚丽的风景还有一点兴致，但是它已经不再像往年那样，引起我极度的狂喜之情了。另一方面，有些长篇小说，它们是幻想的作品，虽然其幻想并不属于很高级的，却在很多年来，使我获得了异常的安慰和快乐，为此我时常赞美所有的长篇小说作家。家人曾经把很多长篇小说朗诵给我听，只要它们的内容情节一般是良好的，或者它们的结果不是悲惨的，我都会感到高兴。应当批准通过一条法律，禁止出版那些结局悲惨的长篇小说。依照我的趣味说来，如果长篇小说中的主人公，全都不能使人产生真正的热爱，那么，它就不能够称作是第一流的作品；而且如果主人公是一位姣美的女郎，那就更加好了。

我对这种高尚的审美兴趣，丧失得实在奇怪而且可悲；这种丧失也是最令人惊奇的，因为我对于历史、传记、游记（不论其内容是否有任何的科学性事实）和种种专题的论文，仍旧同往常一样有着浓厚的兴趣。我的头脑，好像已经变成了某种机器，专门把大量收集来的事实加工研磨，制成一般的法则；但是我还不能理解，为什么这必然会引起我大脑中专门激发高尚审美兴趣的那些区域衰退呢？我认为，如果一个人具有比我更加高级组织的或者更加良好构造的大脑。那么，他就不会遭受到这种损失了；如果我今后还要活下去的话，那么，我一定要制订一条守则：至少在每个星期内，要阅读几首诗和倾听几曲音乐；大概采取这种使用脑筋的办法，会因此把我现在已经衰退的那些脑区恢复过来。这些兴趣的丧失，也就等于幸福的丧失，可能会对智力发生损害，而且很可能也对品德有害，因为这种情形会削弱我们天性中的情感部分。

我的著作，在英国销售量很大，而且被译成多种外文译本，在国外也再版过几次。我曾经呼吁说，一部著作能够在国外获得成功，也就是证实它具有永久价值的最良好的检验标准。我怀疑这种说法是否完全正确；可是，如果用这种准则来做判断，那么，我的名字大概将会再留传下去几年。因此，我觉得，一个人要对那些使我获得成功的智力性质和条件来作分析，虽然很难获得正确的结论，但是也不妨来试一试，可能是值得这样做的。

我既没有极其敏捷的理解力，也没有机智；有几位聪明的人士，例如赫胥黎，就怀有这些优良的品质。因此，我只是一个很差的评论家：我在初次阅读任何一篇论文或者一本图书时，通常总是对它发生赞美，但是在继续作了一番思考以后，马上就会看出它的缺点来。要我遵循一条冗长的抽象思想路线——这种本领，对我是有限度的；因此，我在形而上学和数学方面，从来没有获得什么成就。

我的记忆力范围广博，但是模糊不清；如果有人不明确地向我指出，我已经观察到或阅读到某种事实，它与我所作出的结论是发生矛盾的，或者相反的是符合于我的结论的，那么，这就足够引起我的注意；而且过了一段时间，我通常能够回想到，应该从哪里去找出自己的根据来。我的记忆力在某一方面极差：

任何一个日期，或者一行诗句，过不了几天，就会被我忘记干净。

有几位评论家曾经批评我说："哦，他是一位出色的观察者，但是他却没有推理能力"，我认为，这种评语是不正确的，因为《物种起源》一书从开头一直到结尾，正是一长篇论证，而且它已经使不少有见识的专家信服。任何一个人，如果没有推理能力，决不会写出这部著作来。我有一点发明本领和合理见解，就是推理能力，正好像每一位颇有盛名的律师和医师所具有的这些本领一样，不过我自信，我在这方面的本领并不太高强。

另一方面，我以为对我有利的一种情况，是我具有比一般水平的人更高的本领，能够看出那些容易被人忽略的事物，并且对它们作细致的观察。我在观察和收集事实方面的勤奋努力，真是无以复加的了。尤其重要的是：我热爱自然科学，始终坚定不移，旺盛不衰。可是，我却怀有一种虚荣心，想要博得我的同行自然科学家们的尊敬；这种虚荣心也就强烈地促进了我对自然科学单纯的热爱。我从少年初期开始，就抱有极其强烈的愿望，想去了解或说明自己观察到的事物，也就是说，想把一切事物去分门别类，归纳到某些一般的法则中去。所有这些错综复杂的因果关系，曾经培养出我的一种耐心，使我能够在任何悠长的岁月中，对任何一个悬而未决的问题进行顽强地思考或深思。根据我所能作出的判断，我对于别人的指示并不轻易听信，盲目遵从。我始终不变地努力保持自己思想的自由，其范围可使我在一见到事实明显地相反于我深爱的任何假说时，马上就放弃这个假说（而且我对于每个专题，总是忍不住想要建立一个假说）。的确，我只能照此办法去行动，别无其他途径可能选择，因为我记得，凡是我初次建立的假说，在经过了一段时间以后，总是使我不得不放弃，或者作了重大的修正，只有《珊瑚礁》一书中的假说是个例外。这种情形，自然而然地引起了我对混合性科学中的演绎推理方法极不信任。另一方面，我并不抱有很强的怀疑态度。我认为，我这种思想方式，对于科学的进步有害。富于怀疑态度，这对科学家是有利的，因为这可以使他们不致损失大量时间；然而，我曾经遇见不少人，我相信，他们正是由于这种"缺乏怀疑态度"，不敢去设立试验和进行观察工作，不管这些工作具有直接或间接的益处。

为了说明这一点，我现在来举出我很早已经知道的一个十分离奇的事例。有一位先生（后来我知道，他是一位优秀的区系植物研究家），他从我国东部郡县写信告诉我说，那一年各地的普通豆科植物种子，即豆子，竟与往年不同，都错误地着生在豆荚的另一边上了。我在复信中，请他作更加详尽的报导，因为我不理解他所指的是什么；但是过了很久仍毫无消息。此后，我看到了两张报纸：一张是肯特郡出版的；另一张是约克郡出版的；在它们上面都载有一则新闻，报导这个十分引人注目的事实："本年所有豆子，都错误地着生在豆荚的另一侧上。"那时我就想，这种说法竟流传得这样广泛，一定有某种根据。因此，我就去找自己的园丁，他是肯特郡的老人；我问他对这种说法，究竟听到过什么来历；于是他回答道："哦，不对，先生！这一定是搞错了，因为只有在闰年，豆子才着生在豆荚的另一侧边上，可是今年却不是闰年呀！"接着我再问他，豆子在平常年份中怎样生长，在闰年又怎样生长。可是马上就发觉到，他对于豆子在任何期间怎样生长的情形却是一概不知，不过他还是一直坚持自己的主张。

又过了一段时间，那位最初的报导者，来信向我表示万分歉意，并且说，上次他如果没有听到几个有文化的农民提出这种说法，那么就绝不会写信告诉我的；可是后来，他再去同其中的每个农民交谈，才知道他们个个都丝毫不知道他所指的是什么。因此，在这里就碰到了这样的情形：一种信念，只要是可以把毫无明确观念的有关的说法叫做信念的话，那么，它就用不到任何一点证据就可以不胫而走，几乎会传遍英国全境。

回顾我走过的人生，我只听到三次故意捏造的报导；其中一次，可以说是一种招摇撞骗（科学上的招摇撞骗事件，已发生过几次），但是它竟然会蒙骗了美国的一家农业杂志。这次报导的内容是：在荷兰，用牛的各个品种互相杂交，育成了新品种的牛（我恰好已经知道，牛属中有几个种，是杂交不育的），而这个报导者竟然厚颜无耻地说，他已经同我通过信，而且我对他所获得的成就的重要性深受感动。这篇报导文章是由英国农业杂志的编辑转寄给我的；这位编辑先请我对它发表意见，然后准备要把它刊载在他的杂志上。

第二次，有一位作者报道了几个变种；它们是用报春属中的不同的种来育成的；他说，尽管它们的亲本植株被严密防护、隔离，不让昆虫接触，结果还是自发地结了大量种子。这篇报导文章是在我未发现花柱异长的意义以前发表的；其中的全部叙述，或者全是骗人的谎话，或者是在隔离昆虫接触方面有很大的漏洞，以致难以使人相信。

第三次报导更加使人奇怪了：赫斯先生在他的论著《近亲婚姻》一书中，

发表了几长段的摘录,这是从一位比利时著者的论文中摘引来的。这位比利时著者肯定地说,他把亲系极近的兔子进行交配,已经实验了很多代,毫无有害的后果。这篇文章发表在一种内容极其丰富的科学杂志上,就是在《比利时皇家医学会会刊》上。可是,我对它却仍旧难免发生怀疑:我不明白,为什么在这篇文章中,难道总是这样的成功,举不出任何一种失败的事例来呢?可是,根据我自己繁育动物的经验看来,我不得不认为,这是不真实的。

因此,我在这种犹疑不决的情况下,就写信给望·贝耐登教授,向他询问,这位著者的论文内容是否确实可靠。不久,我从他的复信中得悉:比利时皇家医学会已经发现这篇报道是伪造的,因此大为震惊。在该会的《会刊》上公开向这位著者责问,要他明确答复:他在进行为时几年的养兔试验工作时,居住在什么地点,而且他的大群兔子又在什么地点;结果却毫无回音。于是我就写信告诉这位蒙在鼓里的赫斯先生:他引用作为自己著作的主要论据的这篇文章竟是伪造的。不久,他以极其可敬的态度在回信中附来了一小张印刷的"刊误声明"纸条;他已经把这些小纸条放进了书店中尚未出售的每本书中了。

我具备了一些井井有条的习惯和方法;这对我独特的工作方法很有一些用处。因为,我还不着急去谋生觅食,所以就有了充分的空闲时间。即使是我身体很坏,而且它使我在一生中损失了几年的宝贵光阴,但同时也使我避免了许多散漫的社交生活和游乐,节约了时间,也不无小补。

因此,根据我所能作出的判断,作为一个科学家,我的成功不管它有多大,是取决于种种复杂的思想品质和条件的。其中最为重要的是:热爱科学;在长期思考任何问题方面,有无限的耐心;在观察和收集事实资料方面勤奋努力;还要有相当好的创造发明本领和合理的想法。确让人惊异的是:像我所具有的这些中等水平的本领,竟会在某些重要问题上,对科学家们的信念起了相当重要的影响。

一支粉笔

〔英国〕切斯特顿

记得在暑假里的一天早上,天气晴朗,一片碧蓝和银白。我本来没有正经干什么,不过应付点差事。我勉强摆脱手边的工作,戴上一顶帽子,抄起一根手杖,口袋里揣上六支颜色鲜艳的彩色粉笔,然后走进厨房(厨房连同这幢房子其余部分的主人,是苏塞克斯农村一位十分古板而又通情达理的老太太),问这位下厨的主人,有没有棕黄色纸。她有很多,而且实在是太多了;她对棕黄色纸的用途及其存在的基本道理有所误解。她似乎有一种看法,认为如果有人需要棕黄色纸,准是用来打包;我最不愿意干这种事,说实在的,我发觉自己没有这份才能。于是,她谈起这种纸皮实、耐用等等好处来,讲了一大篇。我解释说,我仅仅用来画画儿,根本用不着经久耐用,因此,据我看来,问题不在皮实,而在纸面是否易于着色,这种特点与包装关系不大。她明白了我的用意之后,显然以为我要用旧棕黄色包皮纸记点什么或写信是为了省钱,便给我一大堆信纸,多得叫人受不了。

于是,我试着解释那颇为微妙的道理,说我不仅喜欢棕黄色的纸,也喜欢这种纸的棕黄色的质地,正如我喜欢秋天森林里、啤酒里,或北方产泥炭的地区那种棕黄色的质地一样。棕黄色纸有创世之初那种洪荒原始的昏暗气象,只要用一两支颜色鲜艳的彩色粉笔一勾勒便能烘托出点点火光,金色的、

切斯特顿(1874—1936),英国作家。最初在圣保罗学校读书,后入斯莱德学院学美术,又入伦敦大学学习文学。他先以一名记者闻名,曾为《文人报》《每日新闻报》和伦敦《新闻画报》等报刊撰稿。文章以"反论"见长,具有社会批评的特点,很有影响。文集有《巨大琐事》《多样性作用》《一般说来》《评论荟萃》《如我所述》等。另有叙事诗《白马歌谣》,小说《诺丁山上的拿破仑》《名叫礼拜四的人》等。

火红的、碧绿的火花，就像那些从混混油池的昏暗中最初冒出来的耀眼的星星。我向老太太信口胡诌了一通，便把棕黄色纸揣进口袋，和粉笔，也许还有别的东西放在一起。我以为谁都会想一想，装在口袋里的东西有多么原始，多么富有诗意。比方说，一把小折刀，就是人类一切工具的象征和刀剑的雏形。我还打算就我口袋里的东西写一本诗集，不过，后来觉得写来太长，而且如今也不是那产生伟大史诗的时代了。

我带着小刀、粉笔和棕黄色纸，拄着手杖来到一大片丘陵地。我爬过一个个山坡，山势的起伏既柔和又坚实，体现了英格兰最优秀的本质。那山势的平静，和大挽马或山上榉树的平静，有相同的含义：它宣称，强者是仁慈的，毫不理会那些认为强者是胆怯的、无情的种种说法。我抬眼望去，只见这片景色和其中的村落一样使人感到亲切，不过，在力量上它像发生地震。可以看出，散布在大山谷里的村落，若干世纪以来都安然无恙；可是，如果大地往上鼓，就会像掀起的巨浪一样，把村落冲毁。

我走过一个又一个野草丛生的丘陵，找一个可以坐下来画画儿的地方。千万别以为我要画大自然，我要画魔鬼和六翼天使，画人类在开明以前所崇拜的瞎眼古神和穿着阴森森的暗红色袍子的圣徒，画绿得离奇的大海。总之，画那些用鲜艳的色彩画在棕黄色纸上显得效果极佳的种种神圣的或怪诞的象征。与其画大自然，真不如画这种东西，它们太值得一画了，画起来也容易得多。这时，一条奶牛懒洋洋地在附近地里走过，如果我仅仅是个画家就可能画它；不过，我画四足动物，后腿总画得不对劲儿。我只好画奶牛的灵魂；它就在前面阳光下走动，看得清清楚楚，浑身一团紫气白光，有七个角以及兽类的神秘气氛。我用一支笔虽画不出大自然的妙处，得其神髓，但也不能因此认为大自然不能得之于我。我认为这正是人们误解华兹华斯以前的古代诗人的地方，而且，仅凭他们很少描写大自然，就认为他们对大自然不甚关心。

不错，他们宁愿描写伟大人物，而不愿描写名山大川；但他们却到名山大川去写作。对于大自然，他们虽写得太少，可是，受其熏陶也许得益太多。他们成天看着那耀眼的白雪，便用来描绘圣女的白袍；那黄昏时金光熠熠紫气氤氲的景象见得多了，便用以绘制武士的盾徽。心中积累了成千上万片树叶的绿，才描绘出活生生的绿林人物罗宾汉。不经心地看了不少蓝天，那蓝色一变而为圣母的蓝袍。灵感来时如缕缕阳光，显现时巍然似太阳神。

可是，当我坐在那里胡乱画这些荒唐的形象时，渐渐明白过来，有一支粉笔没带来，而且是那支最妙的必不可少的粉笔，真让人心烦。我找遍了所有的口袋，连半支白粉笔也找不到。凡是了解棕黄色纸作画艺术所象征的全部哲理（不，简直是宗教）的人，都知道白色绝不可少。这里我不得不谈谈道德上的意义。这种棕黄色纸作画艺术所揭示的高明而令人敬畏的真理中，有一条就表明，白是一种颜色。白，不是完全没有颜色；而是闪闪发光的实实在在的颜色，如红色一样强烈，黑色一样明确。可以说，用铅笔画玫瑰，铅笔就变得火热；画星星，就变得白热。而且，最好的宗教道德中，比方说，基督教教义中有两三句大胆的老实话，有一句说的也正是这一事实。宗教道德的主要论断，就是坚持白是一种颜色。善并无恶意，或无堕落之虞；善是鲜明的，自在的，犹如痛苦或特别的气味一样。仁慈，并不是说不残酷，或不报复，不惩罚，仁慈像太阳那样明白而实在，有人或者见识过，或者没有见识过。贞洁，并不意味着淫乱；而是意味着一团烈火，像圣女贞德似的。总而言之，上帝作画使用了多种颜色，可是当他用白色作画时画得最美，我几乎要说最绚丽。从某种意义上说，我们这个时代已经认识到这一事实，而且我们阴沉的服装就表明了这一点。认为白是消极的，不表明任何意义，是一片无色的空白，如果这种看法属实，那么就应当用白色代替黑灰色作我们这个悲观时代的丧服；就应当看到都市的绅士们都穿上洁白无瑕的银白色缎子礼服，戴上白得像美丽的海芋百合花似的高顶礼帽。可是情况并非如此。

这时，我还是找不到粉笔。

我仍依然一筹莫展地坐在山丘上，附近那一带离奇切斯特镇较近，就是镇上也不可能有一家出售绘画用品的商店。可是，我这些荒唐的小画少了白色，如同这世界上没有好人一样，毫无意义。我木然地向四周注视着，挖空心思找应急的办法。我突然站起身来哈哈大笑，笑了又笑，笑得那些牛都瞪眼瞧着我，并议论起来。想想看，一位绅士身在撒哈拉大沙漠竟因为没有沙装沙漏计时器而发愁；想想看，一位绅士身在汪洋大海之中竟为没带盐水供他做化学实验而感到遗憾，而我正坐在一大堆白垩石上。这里的风景全是由白垩石构成的，满山都是白垩石，堆得高耸入云。我弯下腰，从我坐的岩石上掰下一块，当然不如商店卖的粉笔好用，可是，也画出了效果。我站在那儿欣喜若狂，因为我领悟到英格兰南部不仅是个大半岛，也是一种传统，一种文明；甚至是一种更可爱的东西，是一支粉笔。

福斯特(1879—1970),英国小说家、散文家。生于伦敦,毕业于剑桥大学的国王学院。他的成名作是《霍华德别墅》。1912—1913年和1921年曾两次访问印度,后写了著名小说《印度之行》。除小说和散文之外,他还写过传记和文艺批评,其中《小说面面观》被誉为"20世纪分析小说艺术的经典作品"。

我的园林

〔英国〕福斯特

几年前我写过一本书,部分地谈到英国人在印度陷入的困境。美国人感到自己在印度不会有困难,于是坦然地阅读那本书。他们越读越感到舒畅,结果给作者汇来一张支票。我用这张支票买下一处林园,不是一片大的园林,树木稀少,更倒霉的是,还被一条公共小道穿过。但无论怎样说,它毕竟是我拥有的第一份产业,这下也该别人分担我的耻辱,以不同程度的惊骇口气向他们自己提出一个很重要的问题:财产对人的品格会产生什么影响?咱们别提经济问题,私有制对于整个公众的影响另是一码事——也许是一个更为重要的问题,但另是一码事。咱们从心理上说吧,假若你拥有财产,它对你会产生什么影响呢?我的林园对我有什么影响?

首先,它使我感到沉重。财产确实会产生这种影响。财产造就出笨重的人,而身体笨重便进不了天堂。《圣经》寓言中那位不幸的富翁并非心术不正,只是身体太粗壮。他大腹便便,别提身材有多臃肿了。他在水晶般透明的天堂入口转来转去,擦伤了肥胖的两肋,这时他却看见旁边有一头身体较为细长的骆驼穿过针眼,到了上帝的身边。四部福音书都把粗壮和缓慢相提并论,它们指出了显而易见的道理,却很少意识到:假若你拥有许多财产,你的行动就会很不方便。家具需要打扫,扫帚需要雇人使用，雇人需要给保险金……这一连串的事儿够你在接受晚宴请帖时或决定去约旦河游泳之前三思而行。福音书的进一步阐述还表明了与托尔斯泰一致的观点：财产是罪恶。在这里，它接近于苦行主义的艰难领域，我不能亦步亦趋。但谈到财产对人的直接影响，完全符合逻辑，不言而喻。财产产生笨重的人，顾名思义，笨重者不能疾速如闪电，由东至西一瞬而过；体重将近两百磅的主教登上布道坛，恰好会与耶稣临世形成鲜明的对照。我的园林使我感到沉重，其次，它使我感到林地还应当更宽阔一些。

不久前的一天，我听见林中树枝啪的一声响。开始我有些恼怒，心想大概有人在摘黑莓，全然不顾树下的草木。走进一看，踏在树枝上并弄出声响的不是人，而是一只鸟。我心里坦然了，然而鸟儿却并不同样坦然，它才不管我们之间的关系呢，一见我露面便展翅而飞，直越过界篱飞进一块地里——赫尼希太太的地产，并歇在那儿尖叫了一声。它现在成了赫尼希太太的鸟儿了，我顿觉怅然若失，林园要再大些就不会出现这等事了。我没钱买下赫尼希太太的地产，也不敢谋害她，这种局限从四面八方向我袭来。亚哈（古代以色列君王）并不想占那个葡萄园——全是为了使自己的地产完整，他正筹划一条新的地界。而为了使我的林园完整，林园周围的土地都该属于我。有了边界才能有保障。但遗憾的是，新的边界又需要得到保障。否则，喧嚣会越过界墙，小孩子会扔石子。就这样，一大再大，逐步扩张，直到我们与大海接壤。幸运的卡鲁特王！更幸运的亚历山大大帝！这个世界为什么竟成了占有者的极限？但愿载着英国国旗的火箭不久会发射到月球去。到火星、天狼星，再往外……但这样广袤的空间终会令人沮丧失望。我不能设想自己的园林注定会是征服宇宙的核心——太狭小了，没有任何矿产，只结一些黑莓。当赫尼希太太的鸟儿再次受惊飞起，我也很不高兴；它完全飞离了我们，深信它只属于它自己。

第三，财产使它的主人感到应该用它来办点什么事，但他又不清楚究竟要办什么事。不安宁的心情使他模糊地感到需要表现自己的个性——同样的感觉（但不模糊）驱使艺术家进行创造活动。有时我想砍倒剩余的树，有时又想在树间空地补栽新苗，两种冲动都很矫揉造作和空虚，既没有诚心以此获利，又不打算以此美化园林，都源出于表现自我的愚意愿望，出于缺乏享受已有财产的能力。在人的心灵里，创造、财产和享受组成一个邪恶的三位一体。创造和享受两者都不错，但要是没有物质基础，则往往无法办到。这时，作为一种替代

选择,财产插了进来自荐说:"接受我吧,我对大家都有利。"其实,并不很有利,正像莎士比亚谈到淫念时说的:"精神损耗于羞耻之中。""事前令人感到喜悦,事后恍若一梦。"然而,我们不知道如何避免,它被我们的经济体制作为饥饿的替换物强加给了我们,这也是灵魂深处的内在缺陷所强加于我们的负担,认为财产之中蕴藏着自我发展的胚胎,蕴藏着优雅或英勇行为的根源。我们在世上的生活本是——也应当是——物质的和肉体的存在,但我们还没有学会如何适当地处理物质利益和享受之间的关系,两者仍然同占有欲纠缠在一起,用但丁的话来说:"占有与丧失同一"。

而这把我们领入了第四点,即最后一点:黑莓。

在稀疏的丛林里,黑莓结得并不多,站在横穿园林的公共小道上便可一览无遗,伸手摘取也毫不费力。毛地黄,人们爱攀摘;受过些教育的女人,甚至伸手去采毒菌,以便在星期一的课堂上显示显示。另外一些受教育较少的女人,则搂着男朋友在草地上打滚。这儿扔下纸,那儿留下罐头盒。天哪,我的园林还属不属于我?倘若属于我的话,我是否最好不让任何人入内?在林蒙雷基有一处园林,不幸也有一条公共小道穿过,但它的主人在这个问题上毫不犹豫。他在路的两旁筑起高大的石墙,墙间以桥横跨。当公众像白蚁般来回走动其间,他却在饱餐黑莓,但谁也看不见他。这个能干的家伙名副其实地拥有他的园林。戴夫斯在阴间的表现不错,他与拉撒若斯之间的鸿沟能被意念跨越,但这儿什么也无法通过,说不定哪一天,我也会这样做。我将在路边筑起墙,园边围起篱笆,让我能够真正领略拥有财产的甜蜜。身躯庞大、贪得无厌、冒充创造、极端自私,我将为自己编织一顶偌大的财产王冠,直到那些布尔什维克走到跟前,重又把它摘下,然后把我推入黑暗。

七十岁生日感怀

〔美国〕马克·吐温

马克·吐温(1835—1910),原名塞姆·朗赫恩·克列门斯,是美国的幽默大师、小说家、作家,亦是著名演说家。虽然其家财不多,却无损其幽默、机智与名气,堪称美国最知名人士之一。其交游广阔,威廉·迪安·豪威尔士、布克·华盛顿、尼古拉·特斯拉、海伦·凯勒、亨利·罗杰等皆为其友。海伦·凯勒曾言:"我喜欢马克·吐温——谁会不喜欢他呢?即使是上帝,亦会钟爱他,赋予其智慧,并于其心灵里绘画出一道爱与信仰的彩虹。"威廉·福克纳称马克·吐温为"第一位真正的美国作家,我们都是继承他而来"。其于1910年去世,年七十五,安葬于纽约州艾玛拉。

乔治·哈维上校在德尔莫尼科饭店设宴庆贺马克·吐温七十寿辰。豪厄尔斯先生致词:

"女士们,先生们,哈维上校,我荣幸地代表诸位,祝尊敬的、德高望重的贵宾身体健康。我不说:'王啊,万寿无疆!'而是要说:'王啊,想活多久就活多久吧!'"(全场起立,热烈鼓掌,挥动餐巾,频频向马克·吐温举杯。)

好吧,如果刚才那个笑话是我说话,那就是我说过的最好的笑话,而且用了最美妙的语言。我从来没能达到那个高度,但我喜欢这个笑话。我将记住它,我将在适当的场合运用它。

我一生过过许许多多生日。我清楚地记得第一个生日,而且想起来就生气。一切都那么粗俗,那么没有美感,那么原始,和今晚迥然不同:没有起码的准备,实际上什么准备都没有。对于一个生来就具有高超、精妙本身的人,咳,甚至连摇篮都没给他粉刷一下——一切都毫无准备。我没有头发,没有牙齿,没有衣服,我不得不这样出席我的第一个宴会。人们蜂拥而至。我所在的那密苏里森林中的一个小乡村——甚至称不上是乡村,只不过是一个小小的村落,那儿似乎从未发生过任何事。村民们兴致勃勃,倾巢而出。他们仔仔细细地打量我,要看看我身上有些什么新鲜东西。嗨,那个村子从未发生过任何事,我是那儿许多日子以来实实在在发生的唯一的事——虽然我对自己说实际上并非如此,可我仍然是那个村子两年多来发生的唯一真实的大事。于是,人们来了。他们怀着乡土气十足的好奇心,怀着同样乡土气十足的坦诚来了。他们从头到脚审视我,发表自己的看法,虽然没人问他们。如果有人恭维我,我也不会在意,可是没人夸奖我。他们的看法全都充满妒忌和偏见,我至今仍能感觉到。我听凭他们的评头论足——你们知道我很谦恭,我全都忍受了。我忍了一小时,然后蠕虫反抗了。我就是蠕虫,轮到我反抗了,我果然反抗了。我十分清楚我的地位所具有的力量,我知道,我是全镇唯一没有沾染污点的纯洁而清白的人。于是,我挺身而出,直言不讳。他们目瞪口呆。事实就是如此,他们脸红了,他们窘迫了。好了,那就是我平生所做的第一次餐后演说,我想那是在餐后。

从第一次生日演说到今天,相距很长一段时间了。我以为,那是我的摇篮曲,而这次是我的绝唱。我习惯于绝唱,并且已经唱过多次了。

今天是我七十岁生日。我很想知道,诸位是否都了解七十寿辰这个词的实际范畴,是否认识这个命题的全部意义。

七十寿辰!这是人们获得一种新的、令人敬畏的尊严的幸福时刻。这时,你可以把压抑自己达三十余年的故作深沉弃置一旁,无所畏惧,泰然自若地站在人生的七级顶峰向下观望,教诲他人而不会受到指责。你可以向世人讲述自己是如何到达那儿的——那是他们都要做的事。你将永远不知疲倦地讲述自己如何精妙绝伦地、百折不挠地攀登那块宝地的。你将以老年人的狂热,说明你走过的道路,描述其中的细节。很久以来,我一直渴望说明我自己的方法。现在我终于拥有这个权利了。

我用通常的方式活到了七十岁,我信守一套足以置他人于死地的生活方式。这听上去言过其实,可确实是长寿的一条普遍规则。我们在考察任何一个喋喋不休的老人的生活安排时总是发现,导致他们长寿的生活习惯却会使我们衰弱,使他们得以长期依靠继承人的财产生活的那种生活方式,如乔特先生所言,会使我们提前退役。在这里,我提出一条可靠的座右铭:走别人的路不能长寿。

现在,我要说教了。我要把我的生活方式,提供给所有想利用我七十年来击败医生和刽子手的方法进行自杀的人。某些细节听上去或许不太真实,可事实确实如此。我不是来这里骗人的,我是来教导人的。

四十岁以前,我们并未养成固定不变的生活习惯,四十岁后,生活习惯开始形成，很快就僵化了，于是，事情就来了。我打四十岁以后，就寝和起床时间就一直很有规律——这是一件很重要的事。我立了一条规则：在没有人陪伴时上床。我还立了另一条规则：在不得不起床时起床。这样就形成一条不可动摇的、没有规律的规律。这条规律使我延年益寿，却会伤害他人。

在饮食方面——这是另外一件很重要的事——我一向执著于食用那些不适合我的食品，直到决出胜负为止。最近，我就占了上风。但在今年春季，我停止了午夜后吃碎肉馅饼的习惯。在那以前，我一直认为那不是负担。三十年来，我在早晨八点喝咖啡，吃面包；然后茶饭不进，直到晚上七点。十一个小时。这种生活方式完全适合我，有益健康，因为我一生从未头痛过。但是，常患头痛病的人走这条路就不会舒舒服服地活到七十岁。他们如果想这样尝试，那就太蠢了。我要向诸位强调这一点——我认为这是明智的，诸位如果发现自己只有走一条不舒服的路才能活到七十，那就别走这条路。如果他们把普尔曼式车厢开走，让你们退到充满异味的吸烟车厢，那就收拾起你们的物品，结好账，然后在第一个有墓地的中途站下车。

我制定过一条规则：一次吸烟不超过一支。关于吸烟，我没有其他限制，我不知道自己是什么时候开始吸烟的，我只知道那是在我父亲在世的时候，因而我吸烟很谨慎。父亲于1847年初去世，那时我刚过十一岁。从那以后，我就公开抽烟了。作为他人的榜样，而不是要节制自己，我的规则一直是：睡着时，绝不抽烟；醒着时，绝不戒烟。这是一条好规则。我是指对我而言。但是诸位中有人清楚地知道，它并不适合于每一个试图活到七十岁的人。

我在床上抽烟，直到必须入睡时为止；夜间醒来——有时一次，有时两次，有时三次，我从不放弃这些机会抽烟。这个习惯对我来说太悠久，太可爱，太珍贵了，一旦失去，我的感觉就会像主席先生失去他所得到的唯一的宝贵东西时的感觉一样——我不是在指责谁。我想在这里承认，我曾有几个月不时地停止吸烟，但这不是依照原则行事，而只是为了炫耀；那是为了粉碎那些说我是习惯的奴隶，说我不能打破自己的桎梏的批评家们的谎言。

从我开始最大限度地抽烟，至今已经整整六十年了。我从不买那种带过滤嘴的雪茄，我早就发现那种烟对我来说太贵了。我总是买廉价烟——至少是价格适当，比较便宜的。六十年前，我花四美元买一筒烟，但后来我的品位提高了，现在我买七美元一筒的烟。六美元还是七美元，我想是七美元。是的，是七美元，但包括圆筒在内。我常在家里举行烟会，但来者往往是刚刚发过誓要戒烟的人。我不明白这是为什么。

至于喝酒，我没有制定过有关规定。别人喝酒，我喜欢助兴；不然，我滴酒不沾，这是出于习惯，也是出于爱好。滴酒不沾无损于我，但容易伤害你们，因为你们不同。你们就随它去吧。

我从七岁以来很少服药，更很少需要服药。但是在七岁以前，我以对抗疗法所用的药品为主食。不是我需要吃那些药，我认为我并不需要，而是为了节约。我父亲盘下了债户的一家药房，这样一来，鱼肝油就比其他早餐食品便宜了。我们有九桶鱼肝油，我整整吃了七年。以后我就"断奶"了。而我家其他人不得不吃大黄根、吐根等诸如此类的药。因为我是宠儿，我是第一个"美孚石油托拉斯"，鱼肝油都是我的。当药房吃空时，我的体格已经定型，从此安然无恙。但是，诸位明鉴，让一般儿童在这个基础上开始向七十岁迈进是愚蠢的。这件事恰恰适合我，可它纯属偶然，一个世纪内不可能再度发生。

除了睡觉和休息，我从来不运动，我也不打算进行任何运动，运动令人生厌。当你疲劳时，运动没有一点好处；而我总是疲劳。但是，让另外一个人来试试我的方式，看他会有什么成果。

现在我想重复并强调一下那条箴言：走别人的路不会长寿。我的生活习惯保护了我的生命，但会要你们的命。

我过的是一种严格遵循道德规范的生活。但是，如果别人也尝试过这种生活，或是我建议大家采用这种方式生活，那就错了，很少有人会成功。你们必须储备大量的道德；你们拥有的道德不能是一鳞半爪；你们必须完整地拥有，并置于自己的宝盒之中。道德是一种获得——如同音乐，如同外国语，如同虔诚、扑克和瘫痪——没有人生来就拥有道德。我本人就是这样，我开始时很穷，毫无道德。这幢房子里几乎没人比我那时更穷了。是的，我就是这样开始的——面对世界，没有道德，甚至连一种保过险的道德都没有。

我能记得我所得到的第一个道德，我能记得当时的景色、气候……我能记得所有情景。那是一个老道德，老的、二手的道德，不管怎么说，一切都失修，一切都不合适。但是，如果你关心这样一件东西，置之于干燥处，留着它参加队列行进，参加省托夸夏季教育集会和世界博览会等，不时为它消毒杀菌，间或为它粉饰一新，你将会惊讶地看到，她经久耐用，甜美如初，至少不伤害人。

当我得到那个陈腐的老道德时,她已经停止生长了,因为她没有运动;但我拼命地用她,我在星期天和其他一切日子里用她。经过这样的培育,她的力量和身高难以置信地渐渐增加了。她为我服务得很好,在六十三年中成了我的骄傲和欢愉。接着,她开始同保险公司的总裁们交往,渐渐消瘦,失去了个性,她看上去让人难受,并且不再胜任工作了。她是我的一大损失。然而并非全都损失了,我卖了她——啊,可怜的骷髅,她成了一具骷髅——我把她卖给了比利时的海盗王利奥波德;他又把她卖给了我们的大都会博物馆。博物馆得到她感到很高兴,因为她不穿衣服,有五十七英尺长,十六英尺高,他们认为她是一具雷龙。是的,她看上去就像一条雷龙。他们相信,培育她的配偶需要十九个地质期。

道德具有不可估量的价格,因为每个人生来就充满罪恶的细菌,唯一能够消灭这些细菌的就是道德。现在,你们选择了一个无菌基督徒——我的意思是,你们选择了我这个独一无二的无菌基督徒,因为只有这一个。亲爱的先生们,希望你们不要用那样的眼神看我。

七十岁!这个基督教《圣经》神圣法定下的人生大限。从此,你们不再需要服现役了。对于你们,紧张的生活已经结束,你们的服役期已满。用吉卜林的军事术语来说就是:你或好或坏地服了役,你退伍了。你成了共和国的荣誉成员,你解放了,强制手段不是针对你的,除了"熄灯"号外,其他号声都不是针对你的。如果喜欢,你可以支付那些过期的税单;如果愿意,你也可以不付,而且不会受到歧视,因为从法律上说,这些税是可以不收的。

四十年中给你带来这么多痛苦的"已与别人有约在先"的托词,你可以永远抛之一旁了;在坟墓的这一边,你永远不会再需要它。如果你因想到夜晚,想到冬季,想到参加宴会的晚归,想到空寂的大街上的灯光和笑声而退缩——这种孤寂现在不会像在过去三十年中那样提醒你,朋友们已经入睡,你必须抬起脚轻轻走动,不要惊扰他们,而只是提醒你不必露着脚走路,你再不会打扰他们了——如果你在想到这些时仍会退缩,那就回答说:"你们的邀请使我感到荣幸,使我高兴,因为你们还记得我。可我七十岁了,七十岁了。我要舒舒服服地坐在壁炉边抽我的烟斗,读我的书,我要休息。衷心祝大家好。当你们也抵达人生第七十号码头时,你们可以心境平和地登上下一班航船,心情愉快地朝着正在下落的太阳驶去。"

首次观剧印象

〔法国〕法朗士

法朗士(1844—1924),法国小说家。原名阿那托尔·弗朗梭阿·狄波。生于巴黎书商家庭,早年创作受巴那斯派影响,后来对资本主义社会发生怀疑。1881年,出版长篇小说《波纳尔之罪》,1897—1901年完成长篇小说《当代史话》。俄国1905年革命时,写了不少政论歌颂俄国革命。1908—1914年先后写出小说《企鹅岛》《诸神渴了》等。1921年参加法国共产党,同年获得诺贝尔文学奖。

我父母极少看戏,他们第一次带我到戏院去是各种因素异乎寻常的巧合促成的:我父亲用他的医术给一位剧作家的妻子治好了病,而这位剧作家在他妻子痊愈后不久在圣马丹场上演一部历史剧,充满感激之情的作家为父亲留了一个包厢。演出是在我唯一能够晚睡、任何一个剧场经理都轻易不肯放过的星期六晚上举行的,而且那出戏看来丝毫不会玷污我天真无邪的耳目。

整整二十四小时里,我情绪激动、焦躁不安,既担忧又满怀期望,等待实现这个前所未有的、千金难买的由突然响起的门铃声可能毁灭的幸福。一直到最后一刻,我还担心有人请父亲去出诊。那天的太阳好像迟迟不肯落山似的,我觉得晚餐拖得很长,而我却难以下咽,我非常担心迟到,误了看戏。我母亲不慌不忙地在梳妆打扮。她怕赶不上头几场,有负剧作家的盛情,可是又把宝贵的时间拿去摆弄上衣和头上的花朵。她站在穿衣镜前研究那件外罩绿花点透明长裙的白色丝上衣,似乎把发型、小披肩的线条、短袖上的绣花及别的饰物看得十分重要,而在我看来这些都是无关紧要的细节。不过,从那天起,我也改变了看法。

女仆朱斯蒂娜叫来的出租马车等在门口。妈妈在手帕上洒了几滴蘘衣草香水,随后就下楼。走到楼梯半腰，她发现嗅盐忘在梳妆台上了，又叫我去取来。我们终于到达剧场了。引座的女人把我们带进一间通红的包厢，包厢面对一个嘈杂的大厅，从那儿传来乐师调试乐器的不和谐的声音。台上响起了庄严的三声击木，随后是笼罩大厅的深沉的肃穆，我这时心情十分激动。帷幕徐徐升起，把我从一个世界带进另一个完全不同的世界，而且这是一个多么光灿夺目的世界！这个世界里住着骑士、青年侍从、贵夫人和小姐，那儿的生活比我出生的这个世界更加壮观和华丽，激情更加强烈，妇人更加美丽。在这些哥特式的大厅里，人物的服装、动作、声音令人眼花缭乱，令人心旷神怡。对我来说，除了这个蓦然向我的好奇心和爱情敞开的奇妙的世界，别的东西都不复存在了。我被无法抵御的幻觉所征服，那些本来应该提醒我台上不过在做戏而使我清醒的东西，如舞台、立幕条、绘成天空的布景、帐幕，反而使这个神奇的世界更强烈地吸引着我。

剧情把我们带到查理七世统治时代的末年。台上出现的每个人物，包括守夜的更夫和巡逻的哨兵，都给我留下了深刻的印象。马格里特·德科思在台上亮相时，我心荡神驰，六神无主，几乎昏了过去。我爱上她了！她很美。我想不到一个女人能够生得这样倾国倾城。她在夜色中显得面孔苍白，表情忧伤。月儿用她银色的光芒照耀着这位年轻的嫔妃。我一眼就认出这是一轮中世纪的月亮，因为它四周簇拥着惨淡的云霭，而且高悬在钟塔之间。这一切在我影影绰绰的记忆中是这样错综纷纭，我不知道怎样才能讲述清楚。我欣赏马格里特白洁如雪的皮肤，而当我看见她涂成蓝色的眼皮时，我想这一定是贵族的标志。她是王太子路易的妃子，但她爱上了弓箭手拉乌尔。弓箭手是一位英俊的青年，但他不知道谁是自己的亲生父母，这使他非常悲哀。当大家知道弓箭手就是查理七世的亲子之后，就不敢再责怪妃子爱上他了。当年占星家警告国王，说他将在他这个儿子手中丧生，所以太子一出世就被国王抛弃了，而用另一个婴儿取代了真太子。假太子路易长大后，娶马格里特为妃，所以说，马格里特本来是应该许配给拉乌尔的。但妃子并不了解个中的隐情，拉乌尔对此也一无所知，只是一种神秘的力量使他们互相吸引着。

幕间休息突然使我回到平庸的生活，这实在是太粗暴可气了；"果子露、柠檬水、啤酒"的叫卖声于我虽然是新鲜的，因此也并不庸俗，可是由于这些声音同刚才的世界格格不入，因此我感到非常刺耳。

我从节目单知道，马格里特是由伊莎贝尔·康斯坦扮演的，这个名字十分甜蜜地铭刻在我心上。我还不至于愚蠢到把剧中人物和扮演者混为一谈,可是我认为康斯坦小姐具有马格里特·德科思的性格,就像剧中描写的那样:爱好文学、纯洁的灵魂、高贵的情操和浪漫主义的感伤。

最后一次幕间休息时,身材高大、头发灰白的剧作家走进我们的包厢,我看见他彬彬有礼地向我母亲致敬。他像拉歇尔(法国著名剧作家)从前所做的那样,用手摸着我的头,对我的学业褒奖一番,赞扬我年纪轻轻就爱上了文学,敦促我学好拉丁文,并且说他之所以能够超过那些文笔拙劣的同行,做到运笔如神,就是得益于这种他通晓的文字。但他这番话全都白说了。我不答不理,也不正眼看他一眼。如果他知道我如此漠然的原因,他本来会洋洋得意的。但他当时可能认为我十分愚蠢,决不会想到我的呆滞正是由于他的作品在我心中产生了奇迹般的印象。

帐幕又升起了,我重新开始了生活,马格里特又回到我身边。可是,唉!我重新得到的她之后不久又失去她了!弓箭手跪倒在她脚下的当儿,马格里特被王太子路易刺死了,弓箭手也被同一把匕首刺倒在地上,而他在咽气时终于得知妃子爱上了自己。我多么羡慕他的命运呀!

看哪！这个人

〔德国〕尼 采

可以预言，我不久就要向人类提出比以往更为严峻的要求。因此，我觉得有必要说明我是什么人。其实，人们也许知道，因为，我没有使自己成为"无见证的"。我的使命的恢宏与同时代人的渺小成鲜明对照，因此，人们既不相信我的话，也对我不屑一顾。我是靠着自己的信誉活下去的。说我活着，这也许只是一种成见，……我只需同暑期到上恩加丁来消夏的每一个"有教养的人"晤谈，以使我相信，我没有活着……在这种情况下，存在着与我的习惯，尤其是自傲的本能格格不入的一种义务；即宣称：听我说，因为我是如此如此的一个人，可别把我同他人混为一谈。

比方说，我绝非鬼怪，绝不是道德怪物——我的天性同人们一向尊为德行的那一类人的天性截然相反。在我们中间，我似乎觉得这正是我引以自傲的理由之一。我是哲学家狄俄倪索斯的弟子。看来我宁愿作萨蒂尔，也不想当圣徒。不过，请你们还是读一读这本书吧！也许我做到了这一点，也许这部书除了表述同快活和友善方式的对立而外，根本就没有别的什么含义。我贸然允诺的最后一件大事也许就是"改良"人类了。我没有塑造任何新的偶像；但愿老的偶像会认清，用泥土塑造的双腿究竟意味着什么。把偶像（这是我以前称谓"理想"的用语）

尼采（1844—1900），19世纪德国哲学家。现代最有影响的思想家之一。出生于普鲁士牧师家庭。1858年就读于德国有名的普福达寄宿学校。1864年入波恩大学学习神学和古典语言学；次年放弃神学，转入莱比锡大学。1869年任巴塞尔大学（瑞士）古典语言学教授。1879年因病辞去教职，专事著述。由于失恋，尼采感到孤独和绝望，写了俄语式的格言著作《查拉图斯特拉如是说》，试图全面阐述其思想。主要著作还有《悲剧的诞生》《权力意志》等。1889年元月初，尼采摔倒在地，从此精神失常，一蹶不振。翌年辞世。

打翻在地——这样说更贴近我的工作。当人们凭空捏造了一个理想世界的时候,也就相应地剥夺了现实性的价值、意义和真实性……"真实世界"和"表面世界"——用德国话来说就是虚构的世界和现实性……迄今为止,理想这一谎言统统是降在现实性头上的灾祸,人类本身为理想所蒙蔽,使自己的本能降至最低限度,并且变得虚伪——以致朝着同现实相反的价值顶礼膜拜,只因受了它的欺骗,人类才看不到繁盛、未来和对未来的崇高权利。凡是善于发现我的著作散发出来的气息的人,就会知道这是一种高空之气,一种振奋之气。人们必须对它有所准备,不然,一旦身处其中就有非同小可的受寒危险。寒冰在近,孤寂无边,然而,躺卧在阳光下的万物是多么沉静!呼吸是何等地自由自在!人们会感到有无数的事物处于其间!正如我一向认为和经历的那样,哲学甘愿生活在冰雪和高山——在生命中搜寻一切陌生的和可疑的事物,搜寻以往禁锢的一切。长期漫游禁地的经验告诉我,以往产生道德化和理想化的原因同人们一般想象的大不相同,因为对我来说,哲学家的秘史,他们沽名的心理已经昭然若揭。一个才子能容纳多少真理,敢于提出多少真理呢?在我看来,这日益成为价值的基本准绳。谬误(即对理想的信仰)并非出自盲目,谬误来自怯懦……认识上的每个成就和进步的取得,都是勇气的功劳,是自我克制和自我净化的结果……我不排斥理想,我仅仅是在它们面前戴上手套而已……我们追求被禁止的东西:有一天,我的哲学将以此为标志征服天下,因为,从原则上来说,人们一向禁锢的东西不外是真理。

....

在我的著作中,《查拉图斯特拉如是说》占有特殊的地位。它是我给予人类的前所未有的伟大的馈赠。这部书发出的声音将响彻千年,因此,它不仅是书中的至尊,真正散发高山空气的书——人的全部事实都处在它之下,离它无限遥远——,而且也是最深刻的书,它来自真理核心财富的深处,是取之不尽用之不竭的源泉,下去的每个吊桶无不满载金银珠宝而归。这里,没有任何"先知"的预言,没有任何被称之为可怕的疾病与权力意志混合物的所谓教主在布道。从不要无故伤害自身智慧的角度着眼,人们一定会首先聆听出自查拉图斯特拉之口的这种平静的声音。"最平静的话语乃是狂脆的先声;悄然而至的思想会左右世界——"

"无花果从树上落下,它们新鲜而甜美。它们掉落时,撕破了鲜红的外衣。

对成熟的无花果来说,我是北风。因此,像无花果一样,这些学说是为你们而落,我的朋友们,现在请你们吮吸它的汁液和品尝它甜美的果实吧!现在是秋色满园、万里晴空的下午——"

这不是任何狂热分子说的话,这里没有任何"传教士";不强求任何信仰:一点一滴,一言一语,从无限光辉之源和幸福之渊流溢出来——语速缓慢,娓娓动听。这类东西只会流入出类拔萃者的心田;成为这里的听众,乃是无上的特权;不是随便什么人只要愿意就能聆听查拉图斯特拉的声音的……,难道查拉图斯特拉不是一个蛊惑者吗?……但是,当他第一次重归寂寞时,他究竟说了些什么呢?可以说,他所说的与任何"智者""圣徒""救世主"和别的颓废者在类似场合要说的截然相反……不仅言词两样,他也是另一种人……

"我独自去了,我的门徒们!你们现在也走吧,独自离去吧!我希望如此。离开我,小心查拉图斯特拉,最好是耻笑他!说不定他已欺骗了你们。

智者不仅一定会爱自己的敌人,他也一定有能力恨自己的朋友。

假如人们始终只当学生,他一定会报复老师。你们为什么不愿扯拽我的花冠呢?

你们尊崇我,假如有一天你们的尊崇突然消失,又会怎样呢?你们要小心,免得让雕像压着你们!

你们说,你们信仰查拉图斯特拉,可查拉图斯特拉有什么重要呢?你们是我的信仰者,可一切的信徒又有什么重要呢!

你们还没有发现你们自身,可你们发现了我。一切的信仰者都是如此;因此一切信仰都是微不足道的。

现在我请你们丢开我,去发现自身;而只有当你们大家都否定了我的时候,我才愿意来到你们身边……"

谈自己的文章

〔德国〕尼　采

在所有著作中，我只喜欢用心血创作的著作。用心血创作吧，你就会发现心血就是精神。

要了解别人的心血绝非一件易事，我憎恨以阅读为消遣的了解读者的人将不会再为读者做任何事情。及至另一世纪的读者——精神本身将会变质。

无论任何人都被允许学会阅读，这样做的结果不仅会损害了著作，而且也会损害了思想。

精神在从前是上帝，之后就成了人，如今则成了乌合之众。

用心血写成的著作和箴言，并不想被人朗读，而希望被人记住。

群山中，峰顶之间距离最短，然而为此就必须长途跋涉。箴言应是峰顶，聆听箴言的人应是高大的。

空气稀薄而纯洁，危险满布周围，精神中充满了快乐的邪恶，所有这些都共存发展。

因为我是勇敢的，我愿魔鬼与我共存。勇敢驱逐了幽灵，也为自己创造了魔鬼——勇敢需要欢笑。

我所感到的不再与你相同。我在我脚下所见到的云层，我所嘲笑的黑暗和沉重——这正是你的雷云。

当你渴望升腾时，你就仰视；而我则俯视。因为我已升腾。

你们中间有谁带着笑声升腾？

爬到高峰的人嘲笑所有悲剧，嘲笑现实或虚构的悲剧。

勇敢、不拘、嘲笑、暴力——智慧希望我们如是，智慧是位女神，她只爱战士。

我常常被问到为什么我用德语写作，我的书在德国比任何地方都被读得更糟。但到底谁知道我是否希望在今天就被人看懂？创造那些连时间都认为枉费心机的东西，无论在形式上还是在本质上都力求某种不朽——我从来没有谦虚到对自己提出更少的要求。警句、格言都是"永恒"的形式。我的志向是用十句话表达他人需要用一本书才能做到的表达——并说出他人在一本书中都无法表达的内容。

夜宿松林

〔英国〕斯蒂文森

斯蒂文森(1850—1894),英国作家。出生于爱丁堡一建筑工程师家庭,1867年入爱丁堡大学,先学土木工程,后攻读法律并成为律师。1879年去美国,并在那里结婚,后迁居南太平洋萨摩亚岛养病,直到去世。著有小说《金银岛》《化身博士》,游记《内河航程》《驴背旅程》,故事集《新天方夜谭》,诗集《儿童诗的花园》等。

在布列马德吃过晚饭,我不顾天色已晚,开始攀登沼泽尔峰。一条时隐时现的石子路指引着我向前。途中,我遇到四五辆来自山上松林的牛车,每辆车上都载着一整棵冬天御寒用的松树。松林长在坡势平缓、凉风飕飕的山脊。我登上松林最高处,沿林间小径左行片刻,便来到一个芳草萋萋的幽谷,溪水潺潺流过石堆,漾起一股碧波,在这未曾有仙女光临、牛羊徜徉的清幽圣洁之境,这些松树并不显得古朴苍劲,然其葱郁茂密的枝叶,却遮蔽了林间空地。欲见林外天地,只有北眺远处的山巅,仰望浩渺的苍穹。于此过夜,既安全,又似居家独处,不受打扰。我安顿好住处,喂罢莫代斯丁,暮色已经笼罩了山谷。我用皮带缚住双膝,钻入睡袋,饱餐一顿。太阳刚落山,我便摘下帽子,遮住双眼沉沉睡去。

室内的夜晚何等单调乏闷,而在含芳凝露、繁星满天的旷野,黑夜轻盈地流逝,大自然的面貌时时都在变化。寓居室内者,在四壁包围的帷帐中憋闷至极,觉得夜似乎是短暂的死亡,露宿野外者,则弛然而卧,进入轻松恬适、充满生机的梦境。他能彻夜听见大自然深沉酣畅的呼吸。大自然即便在休憩之际,也会回首绽开笑容。更有那家居者未曾经历的忙碌的时刻,大地从睡梦中苏醒,所有的生灵都直起身。雄鸡最先啼鸣，不是为了报晓，而是像一个快活的更夫，催促黑夜离去。牧场上的牛群闻声醒来，羊儿在露珠晶莹的山坡上吃完早餐，迁入掩映在蕨类植物丛中的新居。与禽鸟共眠的流浪汉，睁开惺忪的睡眼，恣情饱览这美丽的夜色。

这些眠者同时醒来，是应了某种无声的召唤，还是由于大自然轻柔的抚摸？是星星向大地施展了法术，还是由于分享了大地母亲体内蕴蓄的激情？牧羊人和年迈的庄稼汉，在这一知识领域虽堪称博学，但也无法猜出上天催醒万物生灵的目的。只是声称，这样的时刻在两点以前到来。他们不明白，也不想弄明白。不过，这实在是一件赏心乐事。因为我们只是在梦境里稍受搅扰，诚如那位阔绰气派的蒙田所言："如此，我们反而更能充分领略睡眠的美妙滋味。"尤其是想起我们已和近处生灵息息相通，远遁喧嚣的尘世，此刻只是听任上天驱策的一只温驯的羔羊，心里便贮满快慰。

我于此刻醒来时，觉得口干舌燥，便一气饮干身边的半罐水，沁人心脾的凉意使我神清气爽。我坐起身，点燃一根烟。头顶上的星斗熠耀生辉，宛如一颗颗璀璨的宝石镶嵌在天幕上，却又没有那种傲视人世的高贵气质。浩瀚的银河，浮着一匹云烟氤氲的白练；在我周围，黑黝黝的冷杉树梢笔直挺立，纹丝不动。就着白色的驴鞍，我看见拴着绳子的莫代斯丁一圈圈地在踱步，听到它缓缓嚼草的声音，除此之外，耳边仅闻石上清溪隐隐传来的流淙，似在喁喁倾吐一种无法言传的情愫。我懒洋洋地躺在床上，一边吸烟，一边观赏这清虚深邃的夜空的色彩，从松林上方微微泛红的暗灰，直到映衬着颗颗星星的深蓝。我平时戴着一枚银戒指，仿佛是为了使自己外形气质更接近商贩。此刻，随着挟在指间的香烟上下抖动，只见戒指周围闪着一圈朦胧的光晕。每吸一口烟，烟火与银光相映生辉，照亮掌心。一时间，它在黑暗笼罩的景物中显得格外耀眼醒目。

阵阵清风不时掠过林间空地，与其说风，毋宁说是荡涤心胸的爽冽气息。我在这宽敞的住处，能整晚享用这源源不绝的清风。我不无惊悸地想起沙斯拉代的旅馆和人头攒簇的夜总会，想起那些夜游在外、无所顾忌的牧师和学生，想起热浪蒸腾的戏院和空气污浊的旅馆。我难得享受如此恬静旷达、超然于物欲之外的心境。我们从野外弯腰钻入狭小的居室，而屋外世界似乎本来就是一个温馨舒适的栖身之地。每天晚上，在这上天安排的露营地，都有一张铺好的床榻迎候你就寝。我自觉已重新发现了一个虽为村夫莽汉悟及但仍为政治经济学家懵懂不明的真理，或者至少说我已为自己觅得一种新的乐趣。我陶醉在独处的乐趣中，却又生出一种前所未有的缺憾：但愿在这灿烂的星光下，能有一位伴侣躺在身边，寂无声息，一动不动，就躺在伸手可及之处。世上有一种情谊，比起幽居独处，更能保持心神的宁静。倘能正确领会，便可升华孤淡的心境，使之臻于完美。和一位自己挚爱的女子同宿于露天，实乃最纯真、最自由的生活。

　　我这样躺着，心中交织着满足与憧憬。这时，一个声音隐隐约约地飘忽而至，我起初以为是远处农场传来的鸡鸣犬吠，可它不绝于耳，逐渐变得清晰可闻，原来是一位过路客沿着谷底小径边走边唱。他的歌算不得优雅动听，但却融入了美好的心声。他亮开嗓门，歌声在山坡上飘荡，震得林中的茂密枝叶飒飒作响。我曾在夜间沉睡的城市里听见行人走过身边，有的边走边唱，记得还有一位大声吹奏管风琴；我也曾听见街上骤然响起辘辘的车声，打破了持续数小时的静谧。当时我醒在床上，车声久久萦绕于耳际。但凡夜游客，无不具有一种浪漫的气质，令我们饶有兴致地猜测他们的行止。眼下，歌者听者同时浸润于浪漫的氛围。一方面，这位夜行客酒意醺然，引吭高歌；另一方面，我躺在睡袋里，在这五六千英尺见方的松林，独自吸着烟斗，仰望星空。

　　再次醒来时，天上的星星多已消失，唯有坚定护卫黑夜的几颗依然闪烁。远望东方地平线上现出一抹淡淡的晨曦，就像我夜间醒来时看到的银河。白昼将至。我点燃灯，就着微弱的光芒，套上皮靴，系好绑腿，掰碎面包喂了莫代斯丁，水壶灌满溪水，点上酒精灯，煮了些巧克力。黑暗长时间地笼罩着我香甜入梦的林间空地。然而顷刻间，维瓦赖峰顶上空一大片橙色镀上了粼粼金辉。看着妩媚可爱的白昼期然而至，我心头涌动着庄严与欣喜的思绪。我兴致勃勃地谛听汩汩的水声，纵目环顾四周，实指望有什么美丽的景物突然出现在眼前，可是没有。纹丝不动的黑松，宽敞的林中空地，嚼草的驴，一切仍是原样。只有光由暗转明，给万物注入了生机，注入了和畅的气息，也使我感到一种从未有过的欢畅。

　　我喝下味虽寡淡，但却温热适口的巧克力汁，在林中来回踱步。就在信步闲逛的时候，一阵劲风呼啸而至，恰似早晨大自然的一声长叹。风过之处，附近的树垂下黑色的枝叶，我看见远处崖畔稀稀立着几株松树，树梢淋浴着金色的朝辉，随风起伏荡漾。十分钟后，阳光迅速洒满山坡，驱散斑驳的阴影。天色大亮了。

我连忙收拾行装，准备攀登矗立在眼前的险峰。可脑中冒出的一个念头却令我踌躇难行。其实它不过是个幻觉，可幻觉有时也会萦心系怀，难以摆脱。我依稀觉得，我在绿野仙境受到了慷慨、及时的款待。空气鲜澄，溪水清洌，黎明召唤我驻足片刻欣赏美景，且不说斑斓绚丽的夜空，秀色可餐的幽谷，受到如此盛情的款待，我觉得自己欠下了谁的一笔人情债。于是，我一边走，一边喜滋滋地，同时又有些忍俊不禁地往路边草地上抛撒钱币，直到留足住宿费。我相信这笔钱绝不至于落到哪个家境富裕、脾气乖戾的牲口贩子手里。

一个艺术家的宗教

〔印度〕泰戈尔

泰戈尔(1861—1941),印度孟加拉语诗人、神秘主义者,是向西方介绍印度文化精华和把西方文化精华介绍到印度的最有影响的人物。早年即开始写诗,诗集《心中的向往》(1890)标志着他的天才趋于成熟。他热爱孟加拉的乡村,恒河是他作品中频繁重复的形象。1902—1907年间他的妻子、一个儿子和女儿相继去世,忧伤的岁月赋予他创作最佳诗篇的灵感。抒情诗集《古檀迦利》的英译本为他赢得了1913年诺贝尔文学奖。泰戈尔多才多艺,他还是一位天才作曲家,曾为几百首诗谱曲,并属于印度一流画家之列。

当我开始我的诗人生活的时候,我国有教养阶层中的作家,都在从向他们灌输知识的英文教科书中寻找指南,而这些英文教科书并没有完全渗透他们的心灵。我认为,我所幸运的是,在我的一生中从未受过对于一个贵族家庭的孩子来说是必不可少的那种学院式教育。虽然我不能说,我已完全摆脱了那个时代禁锢青年心灵的所有桎梏,然而,写作生涯却未落入模仿的形式的窠臼。我的诗体、语言和思想追求质朴、想象和新奇,为此而遭到那些博学的批评家们的严厉斥责和饱学之士的哄然嘲笑。我的无知再加上我的异端思想,使我被放逐于文学圈子之外。

当我开始我的事业的时候,我是一个幼稚可笑的青年;实际上,在敢于发表自己见解的人们中我是最年轻的。我既没有成熟年龄的装甲防护,也没有值得尊敬的流利英语。于是,我在旁人的蔑视和偶尔的鼓励中,孑然独处,但却获得了自由。光阴荏苒,我逐渐成长着。在这些年月里,我无多大建树。我在嘲讽和偶然的恩赐中披荆斩棘,并由此悟彻到:表扬和贬损的比例,酷似我们地球上陆地和水域的比例。

我年轻时的勇气来自早期对孟加拉毗湿奴教派古诗的熟谙。这些古诗格律不严,勇于表达感情。

这些诗歌重印的时候,我只有十二岁。我从家长的书桌上偷偷地拿到这些诗歌版本,从教育的角度看,我承认这些书不适合我这种年龄的人读。我应该通过考试,不应该走将使我丢失分数的道路。我还必须承认,这些民歌大部分是色情的,非常不适合一个十几岁的男孩子读。然而,我的思想完全被它们的形式美和语言的乐感所占据;它们那浓烈的色情气息越过了我的心灵,丝毫没有迷乱我。

我在文学道路上的这种离经叛道还有另外的原因。我父亲是一个新的宗教运动的领导者,一种依据教义的、严格一神论运动的领导者,孟加拉的乡亲们认为他即使不比基督教徒更坏,至少也是同基督教徒一样的坏。因此,我们被完全排斥于社会之外,这大概使我免遭另一种灾难,即对我们自己过去的纯粹模仿。

我的家庭成员中大多数都有某种天赋——有的是艺术家,有的是诗人,有的是音乐家,家庭的整个气氛弥漫着创作的精神。从襁褓时起我就深深地迷恋于大自然的美,内心深处感觉到与树木和白云的友好伴侣关系,对四季造成的音乐韵律感到协调。同时,我对人类的友善具有特殊的敏感性。所有这一切都渴望表达。虽然我在表达方面还不成熟,不能将上述感受以完美的形式表达出来,但是我的激情热切诚挚,我向往感情表达的真实。

从此,我在我的国家获得声望,但是,直至最近我的同胞中一直有一股强大的反对我的潮流。有的说我的诗歌不是出自民族内心;有的抱怨说我的诗歌不可理解;还有人说它们是不健康的。实际上,我从未得到我国人民的完全承认,这确是一件幸事,因为没有什么比彻底胜利更使人道德沦丧了。

这就是我的生平历史。我希望能够用我的母语写成自传,从而更清晰地揭示它,我期待着有一天这将成为可能。语言是妒忌的,它们不会向那些想通过外国语的中介与它们打交道的人敞开它们最珍贵的宝藏。我们必须亲自向它们求爱,向它们殷勤献媚。诗不像市场商品一样可以交易。我们不能通过一个律师得到我们爱人的微笑和青睐,哪怕他勤勉努力和尽职尽守,也无济于事。

在我有充分的权利享受它们的款待的很久以前,我自己就曾试图企求欧洲语言文学中美的财富了。我年轻时曾想学习但丁,不幸的是,我是通过英文译本来学习的,我完全失败了,我感到我有神圣义务拒绝它。但丁对我说来仍然是一本未打开的书。

我还想了解德国文学,我读了海涅作品的译本,以为窥见了德国文学的美。我幸运地遇到了一位来自德国的女传教士并请她帮助。我刻苦学习了几个月,但我思路敏捷、急于求成(这不是一种好品质),因而我未能坚持下去。我有一种能轻而易举地猜测德文意思的本领,这是一种危险的功能。我的教师认为我已经掌握了德语,然而实际情况却并非如此。尽管这样,我继续研究海涅,像一个梦游者悠闲地穿过不熟识的小路,我发现了无比的欢愉。

其后,我试图了解歌德。然而这太野心勃勃了。借助所学到的一点德语,我通读了《浮士德》。我认为已找到了通向这座宫殿的入口,但不是像一个掌有它所有房间钥匙的人,而像一个被请进某间大客厅里的不速之客,虽然感到舒适惬意,但不是密友。正确地说,我没有认识我的歌德,同样,我对其他许多伟大人物也是知之甚微。

众所周知,如果不朝圣,就不会到达圣殿。因而,一个人决不能期望通过翻译来了解我用母语写的东西。

关于音乐,我承认我自己也可以算作半个内行。我创作了许多违反正统规范的歌曲,善良的人们对一个未受过训练竟敢大胆创作的人是不会有好感的。但是,我坚持创作,上帝原谅了我,因为我不知道我做了些什么事。可能这就是在艺术领域里从事活动的最好方法。因为我发现,人们虽然责备我,但还在唱我的歌儿,即使有时唱得并不正确。

请不要认为我是自负的。我既可以客观地评判我自己,亦可以公开表示对我自己作品的钦佩,因为我是诚实的。我毫不犹豫地说,我的歌曲在我祖国大地上和永不枯竭的鲜花一样有着它们的地位,未来的人民在欢乐的日子,或是痛苦的日子,或是节庆的日子里都必将吟唱它们。这就是一个革命者的作品。

如果我不愿意谈我自己的宗教观,那是因为我不是由于我那不由自主的出身才被动地接受了特殊的教义,继而进到我自己的宗教之门的。我出生的家庭是宗教复兴运动的先驱,这个宗教复兴运动以印度圣贤的言论为基础。但是,由于我的特殊气质,我不可能仅仅因为我周围人们认为是正确的,就接受那个宗教教义。我不会仅仅因为我信任的每个人都相信某一宗教的价值,我就去信仰它。

我的宗教本质上是一个诗人的宗教。正如我音乐的灵感一样,我的宗教是通过同样不可见的、无踪迹的渠道触及我。我的宗教生活像我的诗歌生活一样,沿神秘的路线发展。它们以某种方式互相结合，虽然它们的订婚仪式持续了一个很长的阶段，但对这阶段我却一无所知。我希望，当我确信我有诗才，确信我有掌握这种能精细入微地表达出自心灵深处的情感的工具时，我并不是在自夸，从我幼年起就有着强烈的敏感特性，它使我的心灵一直与我对周围自然的和人类的世界的意识相通。

我有幸具有那种惊奇感，它使孩子能进入存在核心的奥秘宝库。我不大在乎我的学习，因为它们粗暴地召唤我远离那作为我的朋友和伙伴的周围世界，当我十三岁时，我逃离了那个竭力想把我囚禁在以课程筑成的高墙里面的教育体系的控制。

我不清楚是谁或者什么东西触动了我的心弦，如同一个婴儿不知道他母亲的名字，或者说不知道他母亲是谁，或是不知道她是什么。我常常感觉到的，是人格的深切满足，这人格从四面八方通过生活交流渠道流入我的本质。

对我来说，最重要的事情就是我的意识从未对周围世界的事实感觉迟钝。云彩就是云彩，一朵花就是一朵花，这已足够了，因为它们是直接与我谈话的，因为我不会对它们无动于衷。我至今记得那一时刻，一个下午，当我从学校回到家中，跳下车的时候，我向天空望去，突然看到在我们房屋的上层平台后面，黑压压的雨云越积越厚，寒冷的阴影笼罩了周围，它的奇异，它的慷慨大方的表现给了我一种欢乐，这欢乐是自由，是我们在密友的爱中感到的自由。

在另一篇文章中，我曾做过这样一种解释，我设想有一个来自外星球的陌生人拜访我们的地球，突然听到留声机发出的人类声音。对他来说，最清楚不过的，表面上最活跃的，只是转动着的唱片；他不能发现在唱片之内有人的声音这一事实，从而承认唱片是最终的、非人格的科学事实——可以被触摸、被测度的事实。他可能奇怪，一个机械怎么可能会向灵魂说话呢。如果他深入探索这个奥秘，通过与作者的会见，他会突然了解音乐的核心，他会立刻理解音乐的意义是人格的沟通。

单纯的事实信息，单纯的力量发现，属于事物的外在东西，而不属于事物的内部灵魂。当我们通过真理发出的音乐，通过真理向我们内心的真理发出的问候而感到欢乐，从而触及真理之时，喜悦是我们认识真理的一个标准。一切宗教的真正基础就在于此，它不在教条中。我以前说过，我们不是由于有以太波才看到光线的；清晨并不等待科学家将它介绍给我们。同样，只有通过对爱或善的纯粹真理的感受，而不是通过神学家的解释，不是通过对伦理道德教义的广泛讨论，我们才触及在我们内心里的无限实在。

我在前面已承认，我的宗教是一个诗人的宗教；我对宗教的一切感受来自观察而不是来自知识。坦白地说，我不能满意地回答关于罪恶（或是关于死后会发生什么事）的问题。然而我确信，我的灵魂曾经触及无限，并且通过欢乐的启示曾经强烈地意识到它，我们的《奥义书》曾说过，我们的心灵和言辞对最高真理会感到迷惑不解，但是，通过自己灵魂的直接欢乐而认识"那个"的人，将摆脱一切疑惑和畏惧。

夜间，我们被某些东西绊倒，并且确切地意识到它们是独立存在的，然而白昼揭示了包括这些东西在内的伟大统一。人的内在视野是沐浴在他们意识的光辉中的，他们立即能认识到精神统一是包容一切不同种族的，他们的思想不会再在人类世界独立存在的个别事实上踌躇迟疑，也不会再把这些事物当作最终的；他们认识到宁静是寓于真理之中的内在和谐，而不是任何外部的调整，美能永恒保证人们与实在的精神联系，而实在则期待着在我们爱的回响中达到它的完美。

假如我再是大学一年级生

〔美国〕托马斯·克拉克

托马斯·克拉克,美国教育家、散文作家。生于伊利诺伊州,曾就读于伊利诺伊州立大学、芝加哥大学和哈佛大学等。毕业后终身从事教育事业。担任过副教授、教授及院长等职。他在校内外事有很高声誉,并以善于言谈与写作著称,有多部著作问世。

　　老年人一般都好对青年人作聪明指点。我们每个人都不免不时坠入的一种消遣方式便是做如意梦:假如我们再有可能将自己的青春重过一次,那我们准会过得不同和过得更好。我们几乎人人都好追悔过去,惋惜自己那些错过的良机和逝去的年华,尽管我们自己也不过刚到中年。能在想象之中避去一切过失,倒也能予人以一种圣洁之感。不过,真的机会重来,我们中许多人是否便都能不再陷入过去的失误,不再重走自己一向未能避开的弯路,这事也还大可怀疑。但即使这类再有机会便再试再干的假设对于我们仅是一点安慰,这些话让年轻人听听也会不为无益。只要是这前瞻能和那后顾一样地不失正确!

　　假如我再是大学一年级生,我一定不再工作那么长的时间。过去我在书本上费去的工夫不少,但取得的成效不大,往往心思不够集中。我的不少同学——我自己也是一样——往往工作前准备的时间太长。他们一书在手,心思却已跑开,不是望望窗外浮云,就是看看街头女郎,而这工夫却自以为是在埋头苦干。

　　不少晚上,功课繁重,而我也想早点开始,把它赶完,但光是整理书和弄个舒适座位就能花去半个小时。而我还以为已经是在工作。结果下决心(以便担负起一件自己本来有心躲避的责任)和作准备的时间竟与我实际工作的时间相等。假如我再是大学一年级生，我一定要订出工作计划，干活学会专心——工作要更加勤奋努力，但时间却不求其过长。

我一定要学会与周围的人共事合作。事实上我过去的生活不免有些与世隔绝。我的读书学习往往只是独自进行，这种方法有它一定的长处，但也不无严重缺点。目前我所居处的工作环境已和我过去上大学时的条件不大相同：往往有不少事要在缺乏安静的地方去做，因而工作起来颇感吃力。比如当我此刻想把我的许多飘浮思想在这十分拥挤的甲板之上写下来时，这周围的混乱嘈杂，特别是我身边一名好心但不懂事的青年的阵阵谈话声音就使得我不堪其扰。如果我过去学会在不同的环境下进行工作，我便能把这些声音驱散，仿佛屋顶挡住雨水那样。我认为，一个年轻人能依靠自己做好工作乃是一件有益的事，只是他不可以完全陷入单干的束缚。

假如我有可能将自己的工作重做一遍，那么作为一名大学一年级生，我一定要多去做一点对于我并无特殊爱好，或者感觉困难的工作。好逸恶劳，我也难免，另外我也不想留给人这样的印象，仿佛我会认为一个学生选择了他的心爱行业，或做了他爱做的事，便是错的。事实上我倒一向认为，他应当选择那些他个人的兴趣可以引导他前进的工作。我还认为，我们做起来最感轻松的事也就最能做好。但我又发现，本领来自奋斗；那些得到最充分发展的人便是最能抵制困难的人，便是能向困难和阻力进行斗争并将其克服的人。我自己就遇到过不少很有才分的人，但他们后来的成就大都极其平庸，这主要因为他们不曾学会去做艰苦或不顺心的工作。

每天到办公室来找我的学生当中，要求解除工作者有之，要求免修课程者有之，要求消减练习课者有之，而理由不外是他们感觉某项工作太难，或某位教师、某个学科缺乏趣味。其实生活当中不愉快的工作往往是大量的。我自己在学校每年最繁忙的时候被迫去做得不少工作便都属于这类不愉快或不爱做的工作。不论我爱做与否，我都不能不强迫自己对这些事务给予极大关注。我真巴不得我在大学一年级时便已学会更多地做些这类工作。

就在昨天，我在早餐桌上曾和一个我很感兴趣的一年级生谈起下一年的课程。我提到某门学科，认为修一修对他极为有益。"这课容易吗？"他一下便提出这个问题，而当他听到我的回答是否定的，他的兴趣马上降了下来。在这个我们迟早总要工作于其间的现实世界当中，所谓的捷径近便路向来不多。我们总不免要被迫去干不少头痛事情。假如我再是大学一年级生，我一定要早点学会办理这类事务的本领。

正像不少其他人的情形那样，我认为我现在所从事的工作也并不是我在大学时就曾计划做的。我并不相信宿命，但是我却不免觉得，人们按照自己意愿去选择工作的事固然有之，不是出于爱好，而是因为环境使然而做起某种事来的情形也同样不少。如果我会想到将来我有可能要在许多完全预想不到的情况下和就完全不熟悉的问题去讲这说那，那么我在当年上学时候就应当对自己进行这方面的训练，因为我确信这乃是一切想要具有即席讲话能力的人都不能不采取的做法。我认识到，每一位稍有头脑的人迟早总不免要在公众场合去表达他的思想意见，但是不管这些思想意见如何丰富，他仍然会感到痛苦万分和效果不佳，除非他在过去便曾做过经常和持续的努力。

去年春天我偶然遇到了一位旧日同窗，如今已是位名气不小的工程专家，而我们自毕业后彼此便再没见过。我问他道，"假如你有可能将你的事业重做一遍，那你将会作点什么改变？"我讲这话时是指望他说他会多搞一点他心爱的数学。

但他的回答却是："我会要练习写作，我会要学习讲话，我会要像个大学一年级生那样一切从头开始。但过去遇到写作或讲话机会，我总是避之唯恐不及，错误地认为那只是牧师和律师的事，结果使我后来天天为此苦恼。我的儿子就要做工程师了，我一定要使他不再重犯我以前的错误。"

而现在，当我有时不免要在无准备的情形下起来讲话时，我往往会感到膝头打战，语言支吾，要用的词不是根本不来，就是来得过于吃力，这时我就越发感到我那同学的话确实不错，越发确信假如我再是大学一年级生，我一定要学会准确使用语言，学会不用稿子讲话。

我还希望，如果再是大学一年级生，我能搞好一两项体育活动。这倒并非是因为我必曾或必将从其中获得多大乐趣，事实上我这样做时确实能感到乐趣，而这已经是很大收获了。一旦一个人在事业上取得某种成就（而我们人人都巴不得能够这样），他所将面临的事务必然异常繁重，于是他也就得找点娱乐，用来排遣。对我来说，那种一打便又弹回，弹回便又再打的沙囊拍击，或者举起便又放下，放下便又再举的举重运动都不是什么乐趣。我宁愿到园中去锄锄杂草，锯锯木头，或把后院晾衣绳上的地毯拍拍干净。另外，我对一些聪明人设计发明出来的种种据说可以使人保持最佳工作状态的器械、"系统"等等，也都一概看不出多大妙处。如果我一定要从体育中寻点乐趣，那么我做这种运动时将不止是从义务观点出发。这种运动一定要具有某种体力竞赛性质,这样才能有具体的结果可得,明确的目标可循和强劲之敌可以应付。我将宁可去认真打上一局网球,也不愿对我们基督教国中的全部体操器械动一指头。我认为最能使人保持青春健壮和最有助于他适应平日生活斗争的因素莫过于一副健全体魄,而竞赛活动就最能形成这种状态。当然一个人到了他的大学时代后期甚至出校以后再学体育也是有可能的;但那时不仅费用较高,身体也将不如过去灵便,加之种种杂务缠身,常常会使你锻炼不成。因此,一个人如果在大学一年级时不曾学到某种运动技巧,只怕他以后更难学到。

假如我再是大学一年级生,我一定要至少把一个方面的工作做好。今天回想起来,我从前所关心的只是能"交代过去"。我自信,在学业方面,我还不致完全像下面一位青年那样毫无抱负,因为不久以前他竟对我讲过,对他来说,何必要求满分,六十分也就够了。但至少我没有在课程的某个方面竭尽自己的最大努力。事实是,几乎每个大学生,包括一年级生在内,在自己的学习上都有敷衍了事的毛病。不是做功课时浪费的时间过多,就是不能按时完成作业,因而即使做了,也是做得潦草马虎。大学一年级生当中十有八九拖欠作业。我甚至听到过这种说法,即落下功课正是妙计一条,因为如若不然,一个人岂不要多做不少功课?或许是妙计吧,但是这样匆忙赶出的东西一定会粗糙肤浅之极,几乎遮掩不住。当然我也认为,确有一些工作只要做得大体不差,也就是了。但是至少在某门功课上我总是应该费些时间认真思考,并竭尽全力将它做好。一个人日后在生活中要求事事精细确实也难办到;惟其如此,能够至少在一个时期把一件工作尽心竭力地认真做好,这样将来回忆起来,也总会不失为一种欣慰吧。

我一定要比过去更加努力去熟悉亲近我的授课老师。一般一年级生头脑中的老师往往只是些古怪家伙,有时倒还很有学识,但是他们对于每个学生则是既不了解,又缺乏同情。有些老师确实是这样的;我在一年级时的老师当中就有这样的人。那时我的认识是,这些老师我是越少麻烦他们越好,因而如果哪天侥幸他们因病未来或者有事出城,那真将是好事一桩,值得大大感谢。但后来我终于认识到,我的旧日老师——包括那些起初看来很难接近的老师——乃是极其可爱的人,不仅学识丰富,而且心地宽厚,乐于助人。这种隔膜的造成主要出自我这方面。我至今认为,我在大学期间的最大乐趣与最大收获便是我总算至少熟识了一位老师,而这件事给我带来的启示之大几乎胜过任何其他学习。如果我后来能和与我一道工作的男女同事也有更多的了解接触，那我所获取的教益又将何止目前这些！

假如我再是大学一年级生，我一定要一有机会就去听听名人讲演，因为这些人总会由于某种原因要到各个大学城来的。那时我手头常不宽裕，所以不常去听讲演，不去听音乐或看戏倒也不无理由。但现在我很惋惜这种机会难再来了。过去我一直想听听亨利·瓦德·比契尔的讲话，但后来他真的来了，我却又嫌门票过高而止步不前，想等下次再说。但这下次却永远不来了，比契尔此后不久便逝世了。失掉聆听这样一位伟人讲话的机会实在是我大学生活中的一大憾事。

过去每逢我对刚入校的新生发表讲话时，我总是强调第一学年的第一要事便是学习——其余似乎都无关紧要；然而假如我再是大学一年级生，我一定要注意更多参加一些学生活动。另外我还认为，对于一年级学生来说，社交当中涉及年轻女性的那一部分，则以推迟至以后几年为好。情感方面的事不妨等等。当然学习应当是最主要的，但也不该是独一无二的；一个一年级生如果除了上课之外再没有培养起一点别的兴趣，未必便是好事。一个只知钻书本的人将来在社会上往往不及一些活跃学生成就显著。曾经在毕业典礼上作告别演说的优秀学生日后在事业上并不一定能出人头地，这主要因为他们的兴趣过于狭窄，另外对人情世故太不了解。假如我再是大学一年级生，我一定要在正常学习之外至少培养一项爱好，以便使我在每日繁忙之余得到一点轻松，另外也好与其他人保持紧密联系。

至于这种业余爱好到底应是什么，当然只能视每个一年级生个人的情形而定。它可以是体育，如他本人对此擅长；也可以是宗教、演说或政治等等；但是不论哪种，我相信一个人总会因此而获益匪浅，只要这种爱好不仅使他能了解事，而且能了解人。

一个人能在大学里住上四年诚然是个可喜经历与绝好机会，只可惜我今生再无此福分了。我办过不止一桩错事，失掉过不止一次机会；但无论如何，我还是认为我之所得毕竟多于所失，因此即便我能再有机会把这一切重做一遍，我也许仍然缺乏头脑使自己比过去做得更好，所以一切也就只好听其自然了。

我的首次飞行

〔英国〕威尔斯

威尔斯(1866—1946)，英国小说家。出生于伦敦郊区，幼年生活寒苦，13岁开始做店员，以后又当过布商学徒、小学教师帮手，最后终于有机会在伦敦大学攻读生物学。毕业后受聘于其母校教授生物学，同时从事写作。他的初期作品主要为科幻小说。1895年他出版了小说《时间机器》，从此成为英国小说界最负盛名的作家之一。19世纪90年代以后，他的兴趣转向社会与教育问题方面，这方面的代表著作有《憧憬》《发展中的人类》等。

　　至此为止，我所有的飞行都只是想象里的飞行，但是今天早上我真的飞起来了。我在天空中度过了十到十五分钟；我们去了海上，腾入了高空，又返回了陆地，继而盘旋而上，飞得更高，接着又陡峭直下，降落水面；抵岸之后，我深切感觉到，对于这番至此为止意想不到的巨大快乐，我还仅是初尝。以后一旦有机会，我还要再去飞行，而且要飞行得更高更远。

　　这次经历使我多年来对飞行所具有的兴趣又油然复生起来；在这件事上，由于一向只是在书本上或口头上听人说说讲讲，而缺乏亲身体验，兴趣的确有点索然下降了。十六年以前，也就是在兰格里与李林索尔正在噪红的那个时期，我曾是坚信并著文论述过飞行一事确属可能的少数报人之一——这件事对我的声誉曾颇有不利，但却也从当时受到挫折的少数先驱者那里赢得了一点异常动人的感激。我现在写作时，我的壁炉架上就挂着兰格里教授十六年前寄给我的一幅照片，像面模糊，拍得不佳，但却很有趣。从照片上可以看到第一架人造机器飞行的情形，它比空气重而能在空中保持若干时刻。这是一具飞机模型；小得连一只猫也载不动；上升是螺旋式的，降落时完好无损，但却像挪亚的鸽子一样，带回了巨大的希望。

这不过是十六年前的事；回想起当年哪怕我们最彻底的信仰者在发表其预言时那副谨而慎之的神气，也未免令人好笑。我是一个十足的鲁莽之徒；我直截了当地说道，我们这一代人即将看到人的飞行。但对这话我也一再作了修饰，即在今后若干年内，这件事仍将是具有非常胆量与技巧的人才干得了的事。我们虚构了大量的困难与危险。记得一位著名的剑桥数学家便曾撰文指出，一架飞行的机器必然会产生严重的颠簸现象，因而在其前行的过程中，颠簸程度必然不断增加，其结果将是忽而头掉，忽而尾落，于是机身会像一柄刀一样地砰然坠地了事。这篇文章给我的印象很深，读后心情非常沮丧。我们太夸大了不安全性的各种可能。我们想象里的那架飞机不是一股劲地"前后折腾"，就是一阵最小的侧风也会把它吹歪，一个喷嚏也会把它打翻。我们竟把这种简陋不堪的装置拿来与鸟类的天生平衡感相比，殊不知在"先跑"这点上，禽羽族早已有着上千万年的演进历史……

今天早上我与格雷汉姆·怀特先生一起在伊斯特本上空驾驶的那架水上飞机，乘坐起来完全与在柏油路面上奔驰着的汽车同样平稳。

于是我们的思路就又从摇晃不安的顾虑转移到飞行对心理与生理的作用的考虑上去了。多数人从悬崖或高塔的顶端朝下看时往往会感到一种轻微的畏惧，甚至是很严重的畏惧。因此我们不禁要问，即使人们经过极大努力而终于进入了高空，难道他们这时不会因为不胜其孤寂、眩晕与惴惴不安之感而顿失其一切自制吗？尤其是那种颠簸和摇晃不会使他们严重地"晕船"吗？

上面说的那种畏惧我一向也多少有一些。在今天上午我登上飞机时那种兴致勃勃的心情的底层，就多少活动着一股害怕的潜流———一种当人们从事一种新的经历时潜入心里的微弱的怕；正如当人们初次潜水或第一道沿着冰路乘坐雪橇疾驰而下时所感觉的那样；我原以为我准要"晕船"，或者更确切些说要"晕飞机"；我原来还以为我一定要弄得头昏眼花，浑身冰冷，着实有一番罪好受。出乎预料，这种情形竟一点也没有发生。

飞机的行动是那么顺当平稳，此刻我仍然惊异不已。世上很少有什么可以与它相比——也许除了光洁冰面上的快艇运行，不过这个我也拿不很准。世界上最好路面上的最好汽车相形之下也只不过是件摇摇晃晃的东西。

一开始，我们顺风去了海上，飞机一下还飞不起来。我们忽高忽低，在波峰浪尖上跳跃前进，不时在水面激起了轻微的浪花。接着我们便调转机身，逆风而起，而当我俯身细视时，我已经不再能看到银白泡沫的倏忽明灭。我飞起来了！一切宁静安谧，恍若置身梦境。我看到了飞机的浮舟与波涛之间的距离正在一步步拉大。这绝不是一个无风的天气，一阵阵飘忽不定的猎猎晨风正从北面刮来，拂掠着岸边的丘岗。但这对我们的飞行却丝毫不产生影响。

至于说到俯视所易引起的眩晕，我一点也没有感到。很难说明为什么会是这样，但事实却是这样。我觉得在这类事情上我既不是特别头脑稳健，也不是特别容易眩晕。我敢站在千尺悬崖之上朝下瞭望，但我却从来缺乏胆量去站在边缘地方，或者伸颈直视涧底。如要这样也只有采取卧式才敢。前不多久，我登过一次鹿特丹摩天楼顶部的一座瞭望台，那时恰值风很大；从脚下地板的隙缝间可以俯瞰到下面街道上行人的头顶；但我感觉并不舒服。但是今天早晨我可是笔直下视了，看到了下面路过的一支小小的渔舟船队，看到了麇集在海滩上的人群以及从细波碎浪中向我们睁目凝望的浴者，但这时我却感到十分舒适欣喜。这时沐浴在晨光里的伊斯特本，真是一座纤毫毕见、晶莹可爱的小城，宛如我们从高山之巅朝下俯视时所看到的那样。

飞过湖面，飞过海上，飞在阳光之中，飞在近陆之处，这正是一个空际旅行家的绝妙所在。我真愿今天早上就飞入法国，而不是返回伊斯特本；然后沿陆一气飞入西班牙，飞入地中海；接着再缓缓其行，飞赴印度，再飞到东印度群岛……

我突然感到今天我的书房对我的吸引力减弱了。

罗曼·罗兰（1866-1944），法国批判现实主义作家、音乐评论家。著名的三大传记《贝多芬传》《米开朗琪罗传》《托尔斯泰传》（并称《名人传》）。代表作《约翰·克利斯朵夫》被誉为20世纪最伟大的小说。该小说于1913年获法兰西学院文学奖金，由此罗曼·罗兰被认为是法国当代最重要的作家。1915年，为了表彰他文学作品中的高尚理想和他在描绘各种不同类型人物所具有的同情和对真理的热爱，罗兰被授予诺贝尔文学奖。

鼠 笼

〔法国〕罗曼·罗兰

在我小时候，心中头一个疑问就是："我是打哪儿来的？人家把我关在什么地方了？……"

我出生在一个小康的中产家庭里，周围有爱我的亲人。我家住在一个景物宜人的地方，到后来我对那地方也曾回味过，也曾借着我考拉的声音赞颂过那种喜洋洋的土风。

我在刚踏进人生的小小年纪，头一个最强烈最持久的感触就是——又暧昧，又烦乱，有时候顽强，有时候又不得不忍耐："我是一个囚犯！"

佛朗索瓦一世一走进我们克拉美西圣·马丹古寺那个不大稳固的教堂的时候，说过这样的话："这可真是个漂亮的鼠笼！"——（这是根据传说）——我当时就是在鼠笼里的。

最先是眼底的印象——我用小孩子目光所及的头一个境界：一所院子，相当的宽广，铺砌着石头，当中有一块花畦，房子的三堵墙围绕着三面，墙对我显得非常的高。第四面是街道和对街的屋宇，这些都和我们隔着一道运河。虽然这方方的院子是坐落在临水的平台之上，可是从幽禁在底层屋子里的孩子看来，它就像是动物园围墙脚下的一个深坑。

一个最切身的印象是童年的疾病和娇弱的体质。虽然我有康健的父母，富于抵抗力的血统——姓罗兰和姓古洛的都很高大，骨骼外露，没有生理的缺陷,有天生耗不完的精力,这使得他们一辈子硬朗、勤快,都能够活到高年。我的外祖父母满不在乎地活到80岁以上,我写这篇文章的时候,我88岁的老父正在那里兴致勃勃地浇他的花园。他们的身子骨在什么情形下都经得住疲乏和劳碌生活的考验,我的身子骨也和他们没什么两样,可是,在我襁褓时期却出了件意外的事,一直影响着我的一生,给我后来的生活带来痛苦。那是因为在我未满周岁的时候,一个年轻女仆一时粗心,把我丢在冬天的寒气里忘了管我,这件事险些送了我的性命,而且给我种下了支气管衰弱和气喘的毛病,使得我受累终身。人家从我的作品里,常常可以看到那些"呼吸方面的"辞藻:"窒闷",——"敞开的窗户",——"户外的自由空气",——"英雄的气息",——这些都是无心地迸发出来的,好像是一只鸟飞翔受了挫折时的挣扎。这只鸟在扑着翅膀,要不就是胸脯受了伤,困在那里,满腹焦躁地缩作一团。

　　最后是精神方面的印象,强烈而又深入心脾。我在十岁以前,一直是被死的念头包围着的。——死神到过我的家,在我身旁击倒了我一个年纪很小的妹妹(我下文还要说到她)。她的影子常驻在我们家里没有消散。挚情的母亲对这件伤心事总是不能淡忘,如醉如痴地追想着那个夭殇的孩子。而我呢,我眼看着她没有两天就消失了,又老看着我母亲那么一心一意地牵记着她,死的念头始终在围着我打转,尽管我在那个年纪本该对死心不在焉,可是恰恰因为我十岁或十二岁以前一直是多灾多病的,所以就更加暴露了弱点,使得那个念头容易乘虚而入了。接二连三的伤风、支气管炎、喉病、难止的鼻血,把我对生活的热情断送得一干二净。我在小床上反复叫着:"我不要死啊!"而我母亲泪汪汪地抱紧了我,回答说:"不会的,我的孩子,善心的上帝不会连你也从我手里夺去的。"

　　我对这话只是半信半疑:因为要说到上帝的话,我只知道从我人生第一步起他就滥用过他的威力,别的我还知道什么呢?当时我还不懂,我对于上帝的最清楚的见解,也就是园丁对他主人的见解:

　　老实人说,这都是君王的把戏。

　　……

　　向那些为王的求助,你就成了大大的傻子。

　　你永远也别让他们走进你的园地。

　　古老的房屋,呼吸困难的胸膛,死亡凶兆的包围,在这三重监狱之中,我幼年时期初步的自觉，仰仗着母亲惴惴不安的爱护而萌动起来。脆弱的植物和庭前墙角抽华吐萼的紫藤与茄花正像是同科的姊妹。朝荣夕萎的唇瓣上所发出的浓香，混合着呆滞的运河里的腻人气息。这两种花在土地里植根，朝着光明舒展，小小的囚徒也像她们一样，带着盲目的可是还半眠半醒的本能，在空中暗自摸索，要找一条无形的出路来使自己脱逃。

最近的出路是那道暗沉沉的运河，它沿着平台的矮墙，我站在墙头。河水浑腻而青绿，没有波纹，河上载着沉凹的重船，瘦弱的纤夫几乎要倾着全身的重量扑到地上。船栏杆上缆绳的摩擦声隐约可闻。一座转桥轧轧作声，缓缓地旋动着开来。船舱的小天窗上摆着一盆石榴红，从船舱里，一缕青烟在冉冉上升。舱口坐着一个女人，默默无语地缝补着活计，这时徐徐抬起头来，朝着我漠然看了一眼。船过去了……而我呢，我凭在墙头，看见墙和我一同过去。我们把那只船撇在后头，我们漂开了，越漂越远，到了无垠的广漠。没有一丝振荡，没有一丝簸动，悠悠荡荡的，仿佛我们也像黑夜的天空一样，老是这么着，在永恒里自在翱翔。随后我们又发觉了，墙和我还是在原来的地方做着梦，船却走了。它到得了目的地吗？另一只船接着又过来了，仿佛还是先前的那一只……

另外一条出路，更加自由而没有障碍，那就是太空。——小孩子常常仰起脸来，望着飘忽的云，听着呢喃的燕语。一大片一大片的白云，在孩子的心目中都幻成光怪陆离的建筑物(那是他初次着手的雕塑，小小的创作家是把空气当黏土来塑造的)。至于那些凶险的密云，法兰西中部夹着霹雷的倾盆暴雨，那就更不用说了！风云起处，来了害人的对头，造物主双眉紧皱，向荏弱的小囚徒重新关起天上的窗板……可是救星来了，就像是女巫的手指为我打开那旷野上的天窗……听！钟声响了，这正是圣·马丹寺的钟声！在《约翰·克利斯朵夫》的开头几页，也有这钟声在歌唱着。我未觉醒的心灵里，早就铭记住它的音乐了。在我的屋顶上面，这些钟声从古老大教堂透雕的钟楼里面袅袅而出。但这些教堂的歌鸟却没有使我想到教堂。以后我再说说我和教堂中神祇的关系。我们的关系是冷淡的，客气的，疏远的。尽管我认真努力，我也没法和神祇接近。神懂得我怎样地找过他啊！可是懂得我心事的神绝不是那个神。这是向我倾听的神——为了要这个神向我倾听，我才特意把他创造出来，在我的一生中，我始终不断地向他皈依，这个神是在翱翔着的歌鸟身上的，也就是钟声，而且是在太空里的。不是圣·马丹寺高居在雕饰的拱门之上，蜷缩在鼠笼之内的那个上帝，而是"自由之神"。——自然，在那个时期，我对他翅膀的大小是毫无所知的。我只听见那两个翅膀在寥廓的高空中鼓动。可是我却断不定它们是否比那些白云更为真实。它们是我一个怀乡梦，这个怀乡梦为我打开一线天光，转瞬就匆匆飞逝，让笼门又在我生命的暗窟上关闭了……很久很久以后，(这情形留待将来再说吧!)我爬，我推，我用前额来顶开那个笼门，在空阔的海面上，我又找到了那钟声的余韵。但是直到青春期为止，我始终是在那个紧闭的暗窟里摸索着的——我指的是勃艮涅那个又大又美的暗窟，那暗窟就像是一所地窖，酒桶排列成行，桶里装着美酒，桶上结着蛛网。在那里面，除了一个女人，别的人都是逍遥自在的，我听到他们的笑声，正如我本乡人那么会笑一样。我并不是瞧不起这种欢笑和豪饮……可是，窟外有的是阳光啊!……那真的是阳光吗?(但愿我能够知道就好了！)要不就是夜景吧?……既然那些身强力壮的人没有一个想要离开，我知道自己软弱，也就失掉了勇气，留守在我的一隅。

我十六七岁读到《哈姆雷特》的时候，那些亲切的词句在我那暗窟的拱顶下引起了怎样的共鸣啊!

你们在幸运之神的掌下惹下了什么祸事以致被她发落到这监牢里来？
监牢，殿下？
丹麦便是一个监牢。
那么这世界也便是一个监牢。
是很宽绰的一个；里面有许多囚室，监守所和监狱；
丹麦是其中最坏的之一。

当真的，再往下读，一句话，一句神咒般的话打开了我无穷的希望：

啊上帝哟，若不做那一场噩梦，我即便是被关在胡桃核里，我也可自命为一个拥有广土的帝王。

这就是我一生的历史。

我一回顾那遥远的年代，最使我惊异的就是"自我"的庞大。从刚离开混沌状态的那一刻起，它就勃然滋长，像是一朵大大的漫过池面的莲花。小孩子是不能像我现在这样的来估计它大小的，因为只有在人生的壁垒上碰过之后，对自我的大小才会有些数目。高举在天水之间的莲花，本来是铺展的，不可限量的，这座壁垒却逼得它把红衣掩闭起来。随着身体的生长，在许多岁月中受尽了反复的考验，这样一来，身体是越来越大了，自我却越来越小了。只有在青年期快完的时候，自我才完全控制住它的躯壳。可是这种生命初期充塞于天地之间的丰富饱满，以后就一去而不可再得了。一个婴儿的精神生命和他细小的身材是不相称的。但是难得有几道电光射进我远在天边的朦胧的记忆，还使我看到巨大的自我，盘踞在小小的生命里南面称王。

以下是这些光芒中的一道，——不是离我最远的，（还有别的光芒照到我三岁的时候，甚至更早）而是最深入我心的。

我年方五岁。我有个妹妹，是第一个叫玛德琳的，她比我小两岁。那时是1871年6月底，我们随着母亲在阿尔卡甸海滨。几天以来，这孩子一直是懒洋洋的，她的精神已经委顿下去。一个庸医不晓得去诊断出她潜伏的病根，我们也没想到过不上几天她就会离开我们了。有一次，她来到了海边。那天刮着风，有太阳，我和别的孩子在那里玩着；可是她没有参加，她坐在沙土上面的一把小柳条椅上，一言不发地看着男孩子们在争争吵吵，闹闹嚷嚷。我没有别的孩子那么强壮，被人家把我排挤出来，撅着嘴，抽抽咽咽的，自然而然走到这女孩子的脚边——那双悬着的小脚还够不着地——我把脸靠着她裙子，一面哼哼唧唧，一面拨弄着沙土。于是她用小手轻轻地抚弄着我的头发，向我说：

"我可怜的小曼曼……"

我的眼泪收住了，我也不知是受了什么打动。我朝她抬起眼来；我看见她又怜爱又凄怆的脸。当时的情形不过如此。过了一会儿，我对这些就再也不想看了。——可是，我要想它一辈子呢……

这个三岁的小姑娘，她那略微大了些的脸庞，她淡蓝的眼珠，她又长又美的金发——那是我母亲引以为自豪的——她蓝白两色交织的方格裙子，上部敞着露出雪白的衬衫，她悬宕着的小腿，腿上穿着粗白袜子和圆头糕皮鞋……她充满了怜悯的声音，她放在我头上的柔软的手，她惆怅的眼光……这些都直透进我的心坎。刹那间我仿佛受到了某一种启示，那是从比她更高远的地方来的。是什么呢？我也说不上来。小动物什么都不摆在心上，受了别的吸引，就把这些忘得一干二净了。

我们回到了住所。太阳在海面上落了下去。那一天正是小玛德琳在世的最后一天。咽喉炎当夜就把她带走了。在旅馆的那间窒闷的屋子里，她临死挣扎了六个钟头。人家把我和她隔开了。我所看到的只是盖紧的棺材和我母亲从她头上剪下来的一绺金发。母亲疯了似的，连哭带喊，不许别人把她抬走……

过了几天，也许就是第二天，我们回家去了。现在我眼前还看得见那个载着我们的火车；那些人，那些风景，那些使我惶恐不安的隧道，整个占满了我的心思，根本就没什么悲哀。离开那个我所不喜欢的海，我心里没有一点遗憾；我也离开了在那个海边发生的不愉快的事；我把一切都撇在脑后，一切似乎都烟消云散了……

但是那个坐在海边的小姑娘，她的手，她的声音，她的眼光，从来也没离开过我。好像这些都镂刻进我的肌骨似的！那时她不到四岁，我也还不到五岁，不知不觉的，两颗心在这次永诀中融合在一起了。我们两个是超出时间之外的。我们从那时候，紧靠着成长起来，彼此真是寸步不离。因为，差不多每天晚上临睡之前，我总要向她吐诉出一段还不成熟的思想。而且我还从她身上认出了"启示"，她就是传达了那启示的脆弱的使者。这启示就是：在她从尘世过境中的那个通灵的一刹那间，纯净的结合使我俩融为一体，这个结合在我心里引起了神圣的感觉——也就是人类的"同情"。

在我所著的《女朋友们》的卷尾，当葛拉齐亚在客厅大镜子里出现的时候，可以看到我对这道光芒的淡薄的追忆。

"苦命人"自传

〔前苏联〕高尔基

高尔基(1868—1936),前苏联作家。原名阿列克赛·马克西莫维奇·彼什科夫,"高尔基"的意思是苦命人。因家境贫寒只读过两年书,后当过学徒、码头工等,颠沛流离之中到过俄国各地,洞悉俄国下层人民的生活和心理。1892年起发表作品,著有大量中短篇小说,多部长篇小说和剧本,同时还写了许多政论和文学评论文章。他的短篇小说《马卡尔·楚德拉》,散文《海燕》,长篇小说《母亲》,自传体小说三部曲《童年》《在人间》《我的大学》,剧本《小市民》等,都是脍炙人口的佳作。

  1868年3月14日,我生于尼日尼诺戈罗德。父亲是士兵的儿子,母亲是小市民。祖父做过军官,因残酷虐待部下而受到尼古拉一世的降职处分。这个人粗暴到这种程度,致使我的父亲在十岁到十七岁之间从家中逃跑五次。父亲最后一次成功地永远脱离了家庭——他从托波尔斯克徒步到尼日尼城,在那里给一个挂帷幔的匠人当了学徒。看来他有天赋,也识字,二十二岁时,科尔沁(现为卡尔波瓦)轮船公司就指派他做阿斯特拉罕办事处的主任。1873年由于受到我的传染,死于霍乱。从外祖母的话中可以看出,父亲是一个聪明、善良和非常愉快的人。

  外祖父是从做伏尔加河上的纤夫发迹的。沿伏尔加河拉了三趟纤,他就成了巴拉赫纳的商人扎耶夫的商船队的纤头,后来从事染线,发了财,在尼日尼城开设了大规模的染房。不久他就在城内购买了几所房屋和三只印花和染布的作坊,当选为行会的首领。他在这个职位上干了三届共九年,后来因为没有选他做手工业行会的头领,他感到受了污辱,辞了职。他笃信宗教,专横到残忍的地步,吝啬到病态的程度。活到九十二岁,在临死前一年,1888年,发了疯。

  父亲和母亲是"私奔"结婚的,外祖父当然不能把自己心爱的女儿嫁给一个出身卑微、前途渺茫的人。我的母亲对我的一生没有任何影响，她认为我是父亲死亡的原因，因而不爱我，她将要再嫁之前，就已把我完全交给了外祖父。外祖父从《圣诗集》和日课经开始了对我的教育。后来，七岁的时候，送我上了学。我在学校学习了五个月，学习得不好，我憎恨学校的制度，也恨同学们，因为我总是喜欢独自一个人待着。我在学校感染上天花之后就辍了学，以后再也没有复学。这时我的母亲患急性结核病死了，外祖父也破了产。外祖父家是个非常大的家庭，因为两个儿子已经结婚并且有了孩子，都同他生活在一起。在这个家庭里，除外祖母这位善良得令人惊叹的、勇于自我牺牲的老太婆外，谁也不喜欢我。我终生都将带着热爱和崇敬的感情怀念她。我的舅父们都喜欢日子过得痛快，也就是喝得、吃得又多又好。喝醉之后，通常是互相殴打，或者与客人打(我们家里的客人向来是很多的)，再不就是殴打自己的老婆。一个舅父打死了两个老婆，另一个打死了一个老婆。有时候也打我。在这样环境里谈不上任何智力的影响，况且我的亲属都是半文盲。

八岁那年我被送进鞋店当"小伙计"，但两个月后，我被滚开的菜汤烫了双手，被老板打发回外祖父家。伤愈后，外祖父把我送到远亲绘图师家做学徒，但过了一年，由于生活条件非常艰苦，我从他那里跑了出来，跑到轮船上给厨师打下手。他是近卫军的退伍军士，米哈依尔·安东诺夫·斯穆雷，一个有着惊人的体力、粗鲁、读过很多书的人，他唤醒了我读书的兴趣。在这之前，我厌恶书籍和一切印刷品，但是，我的教师用打骂和爱抚迫使我相信了书的伟大意义，爱上了书。第一本使我高兴得发狂的书是《大兵如何搭救彼得大帝的故事》。斯穆雷的整整一个箱子都塞满了大多是皮革面的小开本书，这是世界上一个非常奇特的图书馆。那里既有涅克拉索夫的作品，也有埃卡尔特高森的书；既有《同时代人》杂志，也有安·拉德克利福的书，有1864年度的《火花》杂志，也有《信仰的磐石》，还有小俄罗斯语的书。

从生活的这个时刻起，我开始阅读所有落到手上的书籍。从十岁开始写日记，把从生活中和书本中得到的印象记录进去。后来的生活各种各样，非常复杂：我离开厨房，再度回到绘图师那里，以后卖过圣像，在格里亚齐—察里津铁路做过守夜人，烤制过面包，住过贫民窟，几次徒步游历过俄罗斯。1888年，在喀山生活时，第一次结识了大学生们，参加了自学小组。1890年，我感到在大学生中间没有找到自己应做的事，又去旅行。从尼日尼走到察里津，穿过顿河区、乌克兰，进入比萨拉比亚，又从那里沿克里米亚南岸到库班，到黑海。1892 年 10 月，我住在第比利斯，在那里的《高加索报》上发表了我的第一篇特写《马卡尔·楚德拉》。我受到很多赞扬，返回尼日尼后，我尝试为喀山的《伏尔加信使报》写短小的故事，报社都满意地接受并登载出来。我把特写《叶美良·皮里雅依》寄往《俄罗斯新闻》也被接受并发表出来。或许我在这里应该指出，地方报纸发表初学者的作品，容易得确实惊人。我认为，这应该表明，或者是编辑先生们极为善良，或者是他们根本没有文学嗅觉。

1895 年，《俄国财富》(第六期) 登载了我的短篇小说《契尔卡什》，《俄国思想》杂志 (不记得是哪一期了) 发表了对它的评论。同年《俄国思想》刊出了我的特写《错误》，但似乎没有反响。特写《苦闷》1896 年发表于《新语》杂志，评论见《教育》十月号。翌年 3 月，在《新语》发表了特写《柯诺瓦洛夫》。

迄今为止还没有写出过一篇使我自己满意的东西，因此我没有保存自己的作品，所以不能寄去。我的生活中似乎没有什么非凡的事件，而且我也不明白，这些词的含义到底是什么。

接受诺贝尔奖

〔俄国〕蒲 宁

蒲宁(1870—1953),诗人和小说家,第一个获得诺贝尔文学奖的俄国人。1891年出版第一部诗集。由于他出色地翻译了美国诗人朗费罗的《海华沙之歌》,俄国科学院于1903年授予他普希金奖,并在1909年选举他为名誉院士。因创作出《旧金山来的绅士》等杰作而享有短篇小说家的盛名。其他作品还有小说《乡村》《米佳的爱情》《阿尔谢尼耶夫的一生》《里卡》和两部回忆录《该死的日子》《回忆录》。十月革命后侨居国外,死于巴黎。

1933年11月9日,在民风淳厚的古老的普罗旺斯省的格腊斯市(我在那里深居简出已达十年),正值深秋,天气静谧、温暖、晦暗……

每遇这种天气,我就无心写作。可我仍像往常一样,一早就坐到写字台前;吃过早饭,又坐回到那儿。我望了一眼窗外,见到就要下雨,便安不下心来写作了。今天电影院有日场,走,看电影去。

我一边步下"观景殿"所在的山冈,朝市区走去,一边眺望着远处的戛纳和在这种天气下隐约可见的大海,以及云烟氤氲的埃斯特列尔山峰,忽然闪过一个念头:

"也许此时此刻,在欧洲的另一边,正在决定我的命运……"

可是一踏进电影院,我就把斯德哥尔摩忘在脑后了。

间奏曲后,放映一部胡闹的喜剧,片名叫《小心肝》,我怀着特别大的兴趣看着银幕,因为这部片子是由漂亮的基莎·库普林娜主演的,她是亚历山大·伊凡诺维奇的女儿。我正看得津津有味时,在黑洞洞的放映厅里我的附近响起一阵放轻了的脚步声,然后一道手电筒光照了过来,有人碰了碰我的肩膀,压低声音,庄重而又激动地告诉我说:

"斯德哥尔摩来长途电话……"

这个电话立时使我本来的生活戛然而止。

我回家时走得很快,但心情十分平静,只是感到遗憾,没能看完电影,不知道基莎下面还演些什么,此外就是抱着一种超然物外的态度,不相信通知我的是真事。然而不能不相信,因为远远就可望见在俯瞰格腊斯的山坡上,我家从上到下灯火通明,而平日这个时候,这幢孤苦伶仃地坐落在山上荒芜的橄榄园中的房子,一向是落寞的,昏暗的。于是我的心一下子忧伤地揪紧了……我的生活发生了某种转折……

整整一夜,我那座"观景殿"里电话铃声没有断过,几乎从欧洲各国首都全都挂来长途电话,用各种语言扯开嗓门叫喊,可声音仍然显得很远;邮递员不停地按响门铃,送来从世界各地发来的贺电——几乎包括所有国家,就是没有俄国!并且各式各样的客人、摄影记者和新闻记者发动了第一次强攻……客人越来越多,多得我望出去他们的脸全都混杂在一起了。人们从四面八方伸过手来同我握手,全都激动地、急急忙忙地谈着同一件事,摄影记者纷纷用镁光灯耀得我眼睛发花,以便此后把一个面无血色的精神错乱者的照片发向全世界,新闻记者像审犯人似地争先恐后向我提出一连串问题……

"您离开俄国很久了吗?"

"从２０年代初我就是侨民了。"

"您现在想回到那边去吗?"

"我的天,为什么现在我反有可能回到那边去呢?"

"你是自从设立诺贝尔奖金以来,第一个获得这项奖金的俄国作家,对吗?"

"对的。"

"当初曾经向列夫·托尔斯泰提出授予他诺贝尔奖,可他拒绝了,对吗?"

"不对。诺贝尔奖从来不事先向本人提出,授予谁诺贝尔奖一向是在绝对保密的情况下决定的。"

"您在瑞典科学院有没有关系和熟人?"

"从来没有。"

"是为了您的哪一部作品,授予您奖金的呢?"

"我想是为了我所有的作品。"

"您料到会授予您这项奖金吗?"

"我知道我早已列为候选人,我的候选人资格已不止一次得到确认,我多次读到像伯克、厄斯特林和阿格雷尔这样一些著名的斯堪的纳维亚批评家对我作品所作的高度评价，听说他们参与瑞典科学院的工作，我想他们也赞成授予我这项奖金的。当然，我对于能否获奖没有丝毫把握。"

"诺贝尔奖一般是在什么时候举行授奖仪式？"

"举行授奖仪式的日子是固定的：每年十二月九号。"

"这么说，您将在九号前抵达斯德哥尔摩？"

"也许还要提前些，因为我急于想享受一下长途旅行的乐趣。要知道我们侨民处于无权地位，出国必须取得多项签证，而这是极其繁难的，因此我已经有十三年没离开过法国国境，其间只去过一次英国。这对我这样一个当年曾经周游过世界的人来说，是最大的缺憾。"

"您曾经去过斯堪的纳维亚吗？"

"没有，从未去过。我再重复一遍，我当年曾多次出国旅游，但都是往东方和南方跑，北方想留待以后再去……"

就这样，我突然被这股急流所裹挟，很快进入了一个颇像疯狂的世界，自早到晚，我没有一分钟是可以自由支配的，是安静的。除了每年每个诺贝尔奖金获得者通常都要遇到的那一切事情之外，我由于处境的特殊，即我的祖国是那个古怪的国家——俄国，它的子民现在散居于世界各地，我还遇到了世界上任何一个诺贝尔奖金得主所从未遇到过的事：斯德哥尔摩的决定对整个俄国来说，是莫大的侮辱，是对其尊严的莫大损害，因而名副其实地成了国际事端……

12月3日夜，我已远离巴黎。我乘坐的是北方特快头等车厢——我已经有多少年没有体味过这种滋味了！离半夜还早我们就已进入德国境内。我们这一节车厢是列车的最后一节，我一直站在车厢的通过台上。从车厢下奔腾而出、急速地朝后退去的一切，蒙着惨白的月光，很像是俄国：平坦的原野忧伤地披着斑斑驳驳的积雪，一座座村落也都覆在积雪之下……

翌日早晨车抵汉诺威。我醒了过来，掀开窗帘，车窗已经冻住。铁轨上也结了冰。月台上走来走去的人全都戴着皮帽，穿着皮大衣——这种情景已不知多少年没看到了，可是我并未淡忘，这一切始终珍藏在我心底，而且是那样的活灵活现！

傍晚，我们的列车由"古斯塔夫五世"号渡轮载着，缓缓地驶向瑞典海岸。采访又开始了，镁光灯又闪亮了。列车进入瑞典境内后，我这节车厢被一大群摄影记者和新闻记者挤得水泄不通,这一点儿也不夸大其词……直到深夜才总算剩下我一个人。窗外又黑又白——密密麻麻黑森森的树林半埋在深深的白雪之中。所有这一切,包括暖气烧得热腾腾的仓房,和我早年在尼古拉耶夫铁路线上所度过的那些夜晚,简直一模一样……

向获奖人授奖的仪式年年都在12月9日举行,仪式于傍晚五时整开始。

这天侍者来敲我卧室的门比往日要早,前一天就关照下来要在八点半之前把我唤醒。我听到敲门声一跃而起,立刻想起今天是主日。表上的指针才指着八点,北国的早晨刚泛出一抹晨曦,由我的窗口可以望见的滨河街上路灯还亮着,我眼前的这部分斯德哥尔摩有不少塔楼、教堂和宫殿,和彼得堡非常相似,但究竟什么地方相似又说不出,此时这个地区天上的云霞美得简直跟仙境一般,这样的美景只有日落或者拂晓时才有。我今天不得不黎明即起。今天是12月9日,是阿尔弗勒德·诺贝尔逝世的日子,因此我一早就得戴上大礼帽,驱车去城外的公墓,向他的坟墓献花圈。我昨天照例是深夜三点才上床睡觉,因此穿衣服时只觉得两腿软得像棉花一样,然而咖啡又烫又浓;天气晴朗、寒冷,又想到今晚我将出席一个非比寻常的典礼,精神终于振奋起来……

出席典礼的正式请帖几天之前就已分送给获奖者。瑞典人举办一切庆典的最大特点就是事先作出精确的安排,这份请帖也是如此(请帖是用法文写的):

谨请各位获奖者于1933年12月9日不迟于下午四时五十分抵达音乐宫接受诺贝尔奖。国王陛下于五时整在王室和宫廷大臣陪同下莅临音乐宫,出席典礼,亲自授予每位获奖者以相应之奖金。音乐厅大门五时一过即行关闭,典礼正式开始。

应邀出席任何瑞典的典礼,哪怕仅仅迟到一分钟,或者比规定的时间早到两分钟,都是绝对不容许的。因此我差不多从下午三点起就开始换装,生怕出了什么事儿耽搁了时间,比方说,燕尾服衬衫的袖扣突然间不知到哪儿去了,而世界上所有的袖扣在类似情况下都喜欢不告而别。

我们于四点半出发。

这天晚上斯德哥尔摩的灯火特别明亮。这既是为了祝贺获奖者,也是为了迎接行将到来的圣诞节和新年。去宏伟的音乐宫的路上(每年的授奖典礼都是在那儿举行的），汽车一辆紧接着一辆，排成无尽头的长龙，我们的驾驶员——一个戴着毛茸茸的皮帽子的年轻巨人，费尽九牛二虎之力想超越前面的车子却超越不了，多亏一位警察搭救了我们，他看到了获奖者的车队，便拦住了其他汽车，让车队过去。

我们获奖者和出席典礼的其他人由同一个门进入音乐宫，但一进入前厅就把我们同其他人分开，领着我们走一条专道去一间休息厅，因此在我们进入正厅之前，舞台上都进行了些什么活动，我是在事后听别人说的。

正厅的巍峨令人叹为观止。这天整个正厅都用鲜花装饰了起来，而且嘉宾满座：穿着晚礼服、戴着珍珠和钻石的淑女数以百计，穿着燕尾服、挂着星章、勋章、各色绶带和其他奖章的男士也数以百计。五时差五分，瑞典内阁的全体大臣、外交使团、瑞典科学院、诺贝尔奖金评奖委员会委员以及其他应邀出席盛典的来宾均已就座，保持着肃静。五时整，承宣官们在舞台上吹响号角，宣告国王驾到。随后号角声被高处什么地方传下来的悠扬的国歌声所替代。国王在王储和王室其他人员的陪同下步入正厅。他们身后是侍从和宫廷大臣。而此时我们四个获奖者还坐在通往舞台后入口处的小厅里。

但终于轮到我们了。舞台上又重响起号角声，于是我们各自由将要介绍我们并宣读有关我们的授奖词的瑞典科学院院士引导出场。在授奖仪式后的宴会上，安排我第一个讲话，因此按照礼节，此刻我由瑞典科学院常务秘书佩尔·哈尔斯特伦前引，最后一个登上舞台。正厅的富丽堂皇以及观礼人数之多令我惊叹。令我惊叹的还有当获奖者入场后向大家鞠躬致意时，不仅大厅中所有的观礼者，而且国王和全体王室人员以及宫廷大臣都站了起来。

舞台也非常之大，饰有许多玫瑰红的鲜花，花朵很小，我不知其名。舞台的右侧排列着科学院院士们的坐椅。第一排左起四把坐椅是获奖者的席位。在舞台天幕处庄严地挂着一面巨幅瑞典国旗。按例舞台上应当挂获奖者们所属各国的国旗，可是我，一个流亡国外的侨民，能有什么国旗呢？为我挂上苏联国旗是绝不可能的，于是授奖式的组织者由于我的关系决定在这年典礼只挂一个国家的国旗——瑞典国旗。真是聪明绝顶！

诺贝尔基金会主席宣布典礼开始。他向国王和四位获奖者致敬，然后请报告人讲话。那人通篇讲话都是怀念阿尔弗勒德·诺贝尔的，因为今年是他诞辰一百周年。此后是各报告人宣读有关每一位获奖者的授奖词。宣读完一份，报告人便请那位获奖者走下舞台，从国王手中领取诺贝尔奖的奖状和一只盒子，里边盛放着一大枚金质奖章，奖章的一面刻着阿尔弗勒德·诺贝尔的像，另一面是获奖者的名字。此时乐队奏响贝多芬和格里格的乐曲。

格里格是我最喜爱的作曲家之一。在佩尔·哈尔斯特伦作有关我的报告之前，我怀着特别浓烈的喜悦听着格里格的音乐。

在他的报告行将结束时，我激动不已。哈尔斯特伦的授奖词不但优美，而且真诚。讲完后，他用法语亲切地、彬彬有礼地对我说：

"伊凡·阿历克谢耶维奇·蒲宁，请您去台下由陛下手中接受瑞典科学院授予您的１９３３年度诺贝尔文学奖。"

这时全场鸦雀无声，我徐步穿过舞台，徐步沿着舞台的梯级向国王走去，国王迎着我站了起来。全场也都站了起来，没有一息声音，以便听清国王向我讲些什么，我又怎么回答。国王向我并通过我向整个俄罗斯文学致敬，同时特别亲切地同我紧紧握手。我向他深深地鞠了一躬，用法语回答说：

"请陛下接受我满怀敬意的感激之情。"

我话音刚落，就响起了热烈的鼓掌声。

授奖典礼的次日，国王在王宫设午宴款待获奖者。在１２月９日当天晚上，典礼几乎刚一结束，获奖者便去出席诺贝尔奖委员会举行的盛大宴会。

宴会由王储主持。我们乘车抵达宴会厅时，科学院全体院士、王室全体成员、全体宫廷大臣、外交使团、斯德哥尔摩文艺界，以及其他受到邀请的人已在那里等候。

第一对走向餐桌的是王储和他的妻子。她和王储并坐在餐桌正中的座位上。

我的座位是在英格丽公主旁边（现在她是丹麦女王），对着国王的弟弟欧根亲王。顺便说一句，他是瑞典著名画家。

王储首先致祝酒词。他讲得非常出色，内容是追念阿尔弗勒德·诺贝尔，然后由获奖者依次讲话。

王储是在他的座位上讲的。我们则登上一个专门的讲坛，讲坛设在宴会厅的中央，宴会厅也建造得美轮美奂，是瑞典古典风格。

无线电把我们的讲话从这个讲坛上传向整个欧洲，我把当时用法语所作的讲话，无一字变动地追述于下。

王储陛下，女士们，先生们：

　　11月9日，在离这里十分遥远的古老的普罗旺斯省一座城市的一幢贫寒的农舍里，电话告知了我瑞典科学院的决定。如果我照别人在类似情况下所说的那样，把这件事说成是我一生中所体验到的最强烈的感受，那我就不是在讲真话。有位伟大的哲人说得对，最强烈的欢乐感与同样强烈的悲痛感相比，就显得微不足道了。我丝毫也不想使今天这个节日添上不愉快的色彩，这个节日我将终生永志不忘。纵然如此，我还是想说，近十五年来我的悲痛远远超过了我的欢乐，而且这悲痛并非仅仅是我个人的，绝对不是！不过我还是可以肯定地说，在我作家的生涯的所有欢乐中，现代科技的这个小小的奇迹，也就是从斯德哥尔摩挂到格腊斯的这个长途电话，给予作为一个作家的我以最大的喜悦。由诸位的伟大同胞阿尔弗勒德·诺贝尔所设立的文学奖是赋予作家的劳动的最崇高的桂冠！扬名于世，几乎是每个人，每个作家所热望的，我能从如此权威、如此公正的法庭中受到这样的褒奖，也同样感到无比自豪。但是在11月9号那天我是不是只想到自己呢？不，如果这样的话就过于自私了。在最初如潮水般涌来的贺客和贺电所引起的激动和兴奋过去之后，每当夜深人静，我独自一人时，我思考着瑞典科学院这个举动的深刻意义。自从诺贝尔奖设立以来，你们这是第一次给予一个流放者以诺贝尔奖。我是什么人？我是好客的法兰西所收容的流放者。对法兰西，我也是终生感激的。科学院的诸位院士先生，请允许我告诉你们，把我本人及我的作品搁在一边不谈，仅以你们所作的这个姿态本身而言，也是极为漂亮的。世界上应当有充分独立的领域。毫无疑问，在此地的餐桌四周有代表各种各样的观点、各种各样哲学信仰和宗教信仰的人。但是有一种不可动摇的东西把我们团结在一起，那就是思想的自由和良心的自由，这是文明的恩赐。对于作家来说，这种自由尤其不可或缺——它是作家的信条和公理。各位院士先生，你们的姿态再次表明，对自由的爱好是名副其实的瑞典国教。

　　最后，我还想再说几句来结束我简短的演讲。我敬佩你们的王室，你们的国家，你们的人民，你们的文学，并非自今日始。对艺术和文学的热爱一直是瑞典王室，也同样是你们整个高尚的民族的传统。由一位光荣的战士所建立的瑞典王朝是世界上最光荣的王朝之一。请国王陛下，骑士式的人民的骑士式的国王，允许一个承蒙瑞典科学院厚待的外国自由作家向他表达出自衷心的最大敬意。

国木田独步(1871—1908),日本小说家、诗人。生于千叶县一个下级官吏家庭,1888年入东京专门学校学习,因对学校当局不满而退学。曾任教员、新闻记者、杂志编辑等。一生写了几十篇短篇小说和大量诗歌、评论、书简、日记等。主要作品有短篇小说《源老头儿》《牛肉和马铃薯》《竹栅门》等,散文《武藏野》及诗集《独步吟》。

初 恋

〔日本〕国木田独步

我十四岁时,假定我们村子里住着位姓大泽的老人。这虽是事实,但暂且假定一下吧。

这位老人为人之顽固,仅从他是位汉学家而又无一人和他交往一事便可知晓。即便见了平民小百姓,他也马上摆出大道理将人难倒,人们只好退避三舍,敬而远之。在狭窄的田埂上,谁如果与此老相遇,这人离老远便闪过一旁,恭候他过去。因此,先生愈益得意,目中无人,大摇大摆阔步而行。

他家离我家不到三町,约合一百零九米的山脚下,虽是所只有四间房屋的小院落,但却小巧玲珑,风雅别致。院内多树,还种着各样花草,绿荫之下,百花争艳。里面住着一个年近四旬的男仆和一个年方十二岁的孙女,总共三口人。冷眼旁观,这人家孤独寂寞,死气沉沉,当然实际上也并非如此。

有一天,我独自散步,不觉信步来到靠近这位老先生宅院的小丘之上。无意中向对面一望,见那位顽固的大泽老人正坐在松树根上埋头看书,并未察觉我的来临,那位孙女似在呆望着远方的大海。听见我的脚步声,姑娘猛地一回头,一看是我,脸上露出了微笑。接着老人也看见了我,照素日的样子显出一脸可怕的神色,随即将手里的书揣进了衣袋。我当时是学校里的孩子头,也够傲慢不逊的。因为年少,对大泽先生总摆出一副老学究的架子心中生厌，曾自作聪明地想，总有一天要让那老顽固认口服输的。于是我问道：

"先生，您刚才看的是什么书？"

"什么书都行，你打听这个干什么？"他用低哑的声音气狠狠地反问道。

"因为我喜欢《孟子》，所以才问问。"

一语击中要害，因为我知道这位老先生曾攻击过《孟子》，声言四书之中唯独这书不能摆在他家里。我不怀好意地捅这马蜂窝，为的是挑起争论。

"呢，你喜欢《孟子》吗？"

"是的，我非常喜欢。"

"向谁学的？谁教你的？"

"父亲教我的。"

"是吗，你有个混账老子呀！"

"什么？这不是出口伤人吗？张口就说别人的父母是混账。"我暴躁起来。

"住嘴！太猖狂了！"老人咄咄逼人地瞪起双目，大喝一声。

这时站在一旁一直默不作声的孙女赶紧一拉老人的袖子，温柔地说："爷爷回去吧！回家吧！"

我丝毫不把老人的那套放在心上，大声喊叫："不逊，太傲慢不逊了！显示出浑身是胆，天不怕地不怕的样子。老人急忙从衣袋里抽出《孟子》来，"喂！你看看这地方！"举到我眼前给我看的便是那句："君视臣如犬马，臣视君如寇仇"。我早就知道是这么回事，就哇哇地把这句话一念，喊了声："这有什么？"

"你是日本人吗？"

"是，不是日本人是什么？"

"是夷狄，是畜生！是日本人的话就好好听着：'君即使不君，臣不能不臣，此乃先王之教，君待臣以礼，臣仕君以忠'，此乃孔夫子之言，这是关系日本国体的教诲，即便是这样，你也喜欢《孟子》吗？"

我被他这么一问，有些词穷了，但马上说："那样的话，先生为什么还看《孟子》？"我抓住把柄不放，先生也有点语塞，于是我穷追不舍，"就是说，孟子说的话并非全不对，读了有益之处还很多呢。我所谓喜欢，只是喜欢那有益的地方，先生不也一样吗？"

这时，孙女再一次拽老人的袖子，催他回家去。老先生沉稳地立起身来，"你还没资格说那些吹牛的话，哪里读了有益，哪里无益，小孩子家的头脑能分辨得清吗？今天晚上到我家来，我详细讲给你听！"说完，祖孙二人便下山去了。

也不知是我把那高傲的老人给攻倒了，还是老人把高傲的我给攻倒了，反正我觉得灭了点他的威风，便也转身回了家。把这事对父亲一说，父亲狠狠地说了我一顿，命令我今晚赶紧到老人家去赔礼道歉。父亲认为我羞辱了长者不大应该，对我讲了一大套道理。

这晚，我初次造访大泽先生的宅院。并无须我怎么赔礼认错，老先生很亲热地给我讲了许多，我不知怎的忽然喜欢起这位老人来，觉得他简直像我的祖父。

从此以后，我经常到老人家去，常常一放学就去了。老人和孙女爱子也总是高兴地欢迎我。和最初的表面印象大不相同，先生的家不仅不是死气沉沉的，相反的令人很快活。男仆大勋是个诙谐有趣的人。爱子也许因为连小学校的门也没进的关系，是个不谙世故的、无比文静端庄的姑娘。至于老先生，只不过是位和善的老爷爷而已。我往大泽家走动了一个月光景，从前桀骜不驯、好耍小聪明的毛病都不见了。

每当老先生坐在那小丘的松树根上看书时，我和爱子曾多次坐在小丘顶的岩石上共赏落日的美景。

这便是我的初恋，也是最后之恋。该明白我说假定姓大泽的缘故了吧。

我是怎样写作的

〔英国〕罗 素

罗素(1872—1970),英国哲学家、逻辑学家、数学家和政治活动家。出生于英国贵族家庭,考入剑桥大学三一学院学习数学,后成为三一学院研究员。1910—1913年与怀特共同写作《数学纲要》,该书对数学、逻辑学和哲学产生了深远的影响。1950年获诺贝尔文学奖。一生著作达40余部,主要有《数学原理》《心的分析》《论教育》《物的分析》《西方哲学史》和《自传》等。

我不能强作知道文章该怎样写,也不能强作知道一位有见识的评论家会给我出些什么主意,使我的写作有所长进。我能做到的,充其量不过是谈谈自己尝试过的做法的一鳞半爪罢了。

我在二十岁以前,想大体上仿照约翰·斯图尔特·米尔的风格去写文章。我喜欢他的句子结构和他那发挥主题的方式。然而,这时候我的心里已经别有准绳,大概是取法数学吧。不论说什么事情,我都想用最少量的词去说清楚。我以为,我们应该模仿的也许是旅行指南,而不是比较书卷气的范本。我常耗费不少时间去寻找最简练而不含混的表达方法。为此,我情愿不去追求文学上的优美。

但是我在二十一岁那年,受到了新的影响,我的一位未来的姻亲洛根·皮厄索尔·史密斯的影响。他那个时候醉心于与文章内容相区别的文章风格。他崇拜的作家是福楼拜和沃尔特·佩特,而我颇为相信学习写作的方法就是照搬他们的技巧。他告诉过我各种各样的简单的规则,我记得的只有两条:"每隔四个词用一个逗号"和"除了在句子开头的地方以外,千万不要用and"。他极为强烈的意见是:写什么东西总得写两遍。我认认真真地照他的话试了试,可是却发觉我的初稿几乎总比二稿好,这一发现省了我大量的时间。当然,我并不以此应用于文章的内容，而只应用于文章的形式。每当我发现了一个重大错误，那就得全部重写。

　　逐渐逐渐地，我找到了尽可能免除烦恼和焦虑的写作方法。我年轻时，每想动笔写一篇像样的东西，在一段时间——也许是很长的时间里，似乎总觉得自己力所不及。我生怕会写不好，往往急得心烦意乱，进而坐立不安。我试着写了又写，都不满意，结果也就不试了。最后，我发觉这样摸索试探是浪费时间。看来，打算就什么题目写本书，又经过初步的认真考虑，我还需要一段潜意识的酝酿时间，这段时间不能赶，甚至有意识地思考反倒可能一无进展。有时候过了一段时间我发觉自己错了，心里想写的那本书不能写了。但是通常我还算是运气的。经过一段时间聚精会神地思考，把问题植入潜意识中，像是让它在地下萌动，直至问题的答案忽然冒出，使人豁然开朗，于是只需把这种仿佛是神的启示记下来就可以了。

　　这种过程的最奇妙的事例，发生在1914年初。当时我已应聘去波士顿为洛厄尔讲座作讲演，选的题目是《我们对客观世界的认识》。1913这一年中我一直思考这个题目。上课期间，我在剑桥的宿舍；假日，我在泰晤士河上游僻静的旅店苦思冥想，因而屏息静气；神思恍惚，甚至喘吁心悸。但是这一切都徒劳无功。我想得出来的每一种理论我都感觉到有相反的观点把它推翻。最后，我灰心丧气地动身去罗马过圣诞节，但愿度过假日之后，我那疲惫的身心能够恢复过来。我回到剑桥是在1913年的除夕。虽然我的一些难题仍然没有全部解决，我还是找了一位速记员来，力尽所能地向她口述，让她记下，因为余下的时间已经不多了。第二天早上，她刚走进门，我突然领悟到自己要讲些什么，便一口气口述下了全书。

　　我并不想给人以夸张了的印象。那本书是很不成熟的，我现在认为它还存在一些严重的错误。但这是我在当时能写出的最完美的书，如果那时慢条斯理地(在我能支配的时间内)着手写，那就几乎肯定地会写出一些比较差的东西来。不管别人情况如何，这是适合我的方法。我还发现，就我而言，福楼拜也好，佩特也好，还是忘掉的好。

　　我现在对于写作的想法同在十八岁时的想法虽然没有很大的不同，但是我的认识发展过程绝不是没有曲折的。本世纪初，曾经有过一段时间我想在辞藻和修辞方面出人头地，也就在这段时间内我写了《自由人的崇拜》。这本书我现在认为是不高明的。那时候我沉浸于密尔顿的散文，他那洋洋洒洒的文采使我回肠荡气，我不能说现在不再赞赏他的语言，但是我如果加以模仿就不免显得缺乏真诚了。事实上，凡模仿都是危险的。就风格而言，没有比祈祷书和《圣经》钦定英译文再优美的了，但是它们表达的那种思想感情同我们的时代不同。文章的风格要能亲切而又几乎是不自觉地表现作者的个性才算好，而这个性还一定是值得表现的。然而，照搬别人风格的做法固然总是不可取的，但是熟悉优秀的散文则大有好处，尤其是对培养散文的节奏感大有好处。

有几条简单的准则——也许并不像我那位姻亲洛根·皮厄索尔·史密斯赠给我的那几条那样简单——我认为也许可以向写说明文的作者推荐。第一，能用短的词就决不用长的词；第二，你的叙述如果带有许多附加语，那就分别在各个句子里放几个；第三，不要使读者读了你句子的开头所期待的同句子的结尾所阐述的截然相反。譬如有这么一个句子，可能在社会学的著作中见到："世人惟于实际生活中偶或得以实现之某些先决条件，经由与生俱来，或后天所有之有利环境意外配合，得以巧合一体。形为个人，其多种因素，以造福社会之形式，别于常人之时，庶几免于落入不良之行为模式也。"现在让我们看看能否把这句话就用英语说得明白易懂些。我的建议如下："凡是人都是坏蛋，至少绝大多数人都是坏蛋。凡不是坏蛋的人一定是因为他们在出身和教养两方面都特别幸运。"这样说句子短，意思也较清楚，说的内容完全一样。但是我担心哪位教授如果说的第二句而不是第一句，那就得卷铺盖。

我这么说，其中含有对听众里那些幸而当教授的人的一句忠告。而我自己用通晓易懂的英语是允许的，因为大家都知道只要我愿意，我能够使用数学逻辑。请看这段话："有些人与亡妻的姐妹结婚。"我能够运用只有经过多年研究才能懂得的语言表达这个意思，而这也给了我写作的自由。我向年轻的教授们建议：第一部著作应该用只有极少数饱学之士才懂得的行话写。有了这样的著作作为依靠，以后就可以常用一种"为大众所懂得的"语言来说要说的东西了。目前，我们自身的命运掌握在教授们手中，我不免想到，如果教授们采纳我的意见，我们应该感恩戴德才是哩。

我与绘画的缘分

〔英国〕丘吉尔

丘吉尔(1874—1965),英国政治家、历史学家、散文家。出生于英国贵族家庭,早年当过骑兵和记者,先后到过古巴、印度、苏丹、南非等国。1900年进入议会,开始了长达半个世纪的政治生涯,担任过内阁大臣。第二次世界大战开始时,任英国海军大臣,后出任首相,是国际反法西斯战线的著名领袖之一。战后(1951—1955)再次组阁。1953年,他以6卷本的回忆录《第二次世界大战》而荣获诺贝尔文学奖。主要著作还有《当代伟人》《英国民族史》及演讲集多种。

  年至四十而从未握过画笔,老把绘画视为神秘莫测之事,然后突然发现自己投身到了一个颜料、调色板和画布的新奇兴趣中去了,并且成绩还不怎么叫人丧气,这可真是个奇异而又大开眼界的体验。我很希望别人也能分享到它。

  为了得到真正的快乐,避免烦恼和脑力的过度紧张,我们都应该有一些嗜好。它们必须都很实在,其中最好最简易的莫过于写生画画了。这样的嗜好在一个最苦闷的时期搭救了我。1915年5月末,我离开了海军部,可我仍是内阁和军事委员会的一个成员。在这个职位上,我什么都知道,却什么都不能干。我有一些炽烈的信念,却无力去把它们付诸实现。那时候,我全身的每根神经都热切地想行动,而我却只能被迫赋闲。

  尔后,一个礼拜天,在乡村里,孩子们的颜料盒来帮我忙了。我用他们那些玩具水彩颜料稍一尝试,便促使我第二天上午去买了一整套油画器具。下一步我真的动手了。调色板上闪烁着一摊摊颜料;一张崭新的白白的画布摆在我的面前;那支没蘸色的画笔重如千斤,性命攸关,悬在空中无从落下。我小心翼翼地用一支很小的画笔蘸一点点蓝颜料,然后战战兢兢地在咄咄逼人的雪白画布上画了大约像一颗小豆子那么大的一笔。恰恰那时候车道上驶来了一辆汽车，而且车里走出的不是别人，正是著名肖像画家约翰·赖弗瑞爵士的才气横溢的太太。"画画！不过你还在犹豫什么哟！给我一支笔，要大的。"画笔扑通一声浸进松节油，继而扔进蓝色和白色颜料中，在我那块调色板上疯狂地搅拌了起来，然后在吓得簌簌直抖的画布上恣肆汪洋地涂了好几笔蓝颜色。紧箍咒被打破了，我那病态的拘束烟消云散了。我抓起一支最大的画笔，雄赳赳气昂昂地朝我的牺牲品扑了过去。打那以后，我再也不怕画布了。

这个胆大妄为的开端是绘画艺术极为重要的一部分。我们不要野心太大，我们并不希冀传世之作，能够在一盒颜料中其乐陶陶，我们就心满意足了。而要这样，大胆则是唯一的门券。

我不想说水彩颜料的坏话，可是实在没有比油画颜料更好的材料了。首先，你能比较容易地修改错误。调色刀只消一下子就能把一上午的心血从画布上"铲"除干净；对表现过去的印象来说，画布反而来得更好。其次，你可以从各种途径达到自己的目的。假如开始时你采用适中的色调来进行一次适度的集中布局，尔后心血来潮时，你也可以大刀阔斧，尽情发挥。最后，颜色调弄起来真是太妙了。假如你高兴，可以把颜料一层一层地加上去，你可以改变计划去适应时间和天气的要求，把你所见的景象跟画面相比较简直令人着迷。假如你还没有那么干过的话，在你归天以前，不妨试一试。

当一个人开始慢慢地感到选择适当的颜色、用适当的手法把它们画到适当的位置上去不是一种困难时，我们便面临更广泛的思考了。人们会惊讶地发现在自然景色中还有那么多以前从未注意到的东西。每当走路乘车时，附加了一个新目的，那可真是新鲜有趣之极。山丘的侧面有那么丰富的色彩，在阴影处和阳光下迥然不同；水塘里闪烁着如此耀眼夺目的光，光波在一层一层地淡下去；表面和边缘那种镀金镶银般的光亮真是美不胜收。我一边散步，一边留心着叶子的色泽和特征，山峦那迷梦一般的紫色，冬天的枝干的绝妙的边线，以及遥远的地平线的暗白色的剪影，那时候，我便本能地意识到了自己。我活了四十多岁，除了用普通的眼光，从未留心过这一切。好比一个人看着一群人，只会说"人可真多啊"一样。

我以为，这种对自然景象观察能力的提高，便是我从学画中得来的最大乐趣之一。假如你观察得极其精细入微，并把你所见的情景相当如实地描绘下来，结果画布上的景象就会惊人的逼真。

嗣后,美术馆便出现了一种新鲜的——至少对我如此——极其实际的兴趣。你看见了昨天阻碍过你的难点,而且你看见这个难点被一个绘画大师那么轻而易举地就解决了。你会用一种剖析的理解的眼光来欣赏一幅艺术杰作。

一天,偶然的机缘把我引到马赛附近的一个偏僻角落里,我在那儿遇见了塞尚的两位门徒。在他们眼中,自然景象是一团闪烁不定的光,在这里形体与表面并不重要,几乎不为人所见,人们看到的只是色彩的美丽与谐和对比。这些彩色的每一个小点都放射出一种眼睛感受得到却不明其原因的强光。你瞧,那大海的蓝色,你怎么能描摹它呢?当然不能用现成的任何单色。临摹那种深蓝色的唯一办法,是把跟整个构图真正有关的各种不同颜色一点一点地堆砌上去。难吗?可是迷人之处也正在这里!

我看过一幅塞尚的画,画的是一座房子里的一堵空墙。那是他天才般地用最微妙的光线和色彩画成的。现在我常能这样自得其乐:每当我盯着一堵墙壁或各种平整的表面时,便试图辨别出其中各种各样不同的色调,并且思索着这些色调是反光引起的呢,还是出于天然本色。你第一次这么试验时,难免会大吃一惊,甚至在最平凡的景物上你都能看见那么多如此美妙的色彩。

所以,很显然地,一个人被一盒颜料装备起来,他便不会心烦意乱,或者无所事事了。有多少东西要欣赏啊,可观看的时间又那么少!人们会第一次开始去嫉妒梅休赛兰。

注意到记忆在绘画中所起的作用是很有趣的。当惠斯特勒在巴黎主持一所学校时,他要他的学生们在一楼观察他们的模特儿,然后跑上楼,到二楼去画他们的画。当他们比较熟练时,他就把他们的画架放高一层楼,直到最后那些高材生们必须拼命奔上六层楼梯到顶楼里去作画。

所有最伟大的风景画常常是在最初的那些印象归纳起来好久以后在室内画出来的。荷兰或者意大利的大师在阴暗的地窖里重现了尼德兰狂欢节上闪光的冰块,或者是威尼斯的明媚阳光。所以,这就要求对视觉形象具有一种惊人的记忆力。就发展一种受过训练的精确持久的记忆力来说,绘画是一种十分有效的锻炼。

另外,作为旅游的一种刺激剂,实在没有比绘画更好的了。每天排满了有关绘画的远征和实践——既省钱易行,又能陶情养心。哲学家的宁静享受替代了旅行者的无谓的辛劳。你走访的每一个国家都有它自己的主调,你即使见到了也无法描摹它，但你能观察它，理解它，感受它，也会永远地赞美它。不过，只要阳光灿烂，人们是大可不必出国远行的。业余画家踌躇满志地从一个地方到另一个地方东游西逛，老在寻觅那些可以入画，可以安安稳稳带回家去的迷人胜景。

　　作为一种消遣，绘画简直十全十美了。我不知道还有什么在不精疲力竭消耗体力的情况下比绘画更使人全神贯注的了。不管目前的烦恼和未来的威胁怎么样，一旦画面开始展开，大脑屏幕上便没有它们的立足之地了。它们退隐到阴影黑暗中去了，人的全部注意力都集中到了工作上面。当我列队行进时，或者甚至说来遗憾，在教堂里一次站上半个钟点，我总觉得这种站立的姿势对男人来说很不自在，老那么硬挺着只能使人疲惫不堪而已，可是却没有一个喜欢绘画的人接连站三四个钟点画画会感到些微的不适。

　　买一盒颜料，尝试一下吧！假如你知道充满思想和技巧的神奇新世界，一个阳光普照、色彩斑斓的花园正近在咫尺等待着你，与此同时你却用高尔夫和桥牌消磨时间，那真是太可怜了。惠而不费，独立自主，能得到新的精神食粮和锻炼，在每个平凡的景色中都能享有一种额外的兴味，使每个空闲的钟点都很充实，使每一次作画都成为一次充满了销魂荡魄般发现的无休止的航行——这些都是崇高的褒赏。我希望它们也能为你所享有。

毛姆（1874—1965），英国作家。1903—1933年，他创作了近30部剧本，深受观众欢迎。其中最著名的剧本是《圈子》。他的主要成就是小说创作。代表作有：长篇小说：《月亮和六便士》《人间的枷锁》《大吃大喝》《刀刃》等和100多篇短篇小说，有小说集《叶的震颤》《卡美里纳树》《阿金》等。毛姆的作品除在英美畅销外，还译成多种外文。1952年，牛津大学授予他名誉博士学位。1954年，英王授予他"荣誉侍从"的称号。

宗教之谜

〔英国〕毛 姆

第一个引起我注意的题目就是宗教。因为我觉得我需要断定的最重要的问题是：我只需考虑我生活其间的这个世界呢，还是我必须把它看做不过是一个磨炼的场所，为我来世作准备呢？

我在写《人性的枷锁》时，专门用了一章写我的主人公失去了他从小培育成的信仰。当时有一位多蒙关爱的聪明女士读了我这部小说的打字稿。她对我说，这一章写得不恰当。我改写了，不过我并不觉得改得好了多少。原来我描述的是我亲身的经验，我明明知道我得出那样结论的理由是不大成立的。那些是无知孩童的理由，那些是出于感情而不是知性的理由。父母双亡后，我跟叔父一起生活。他是个牧师，五十岁年纪，没有子女，我想一个小男孩塞到他那里，要他照料，是件十分讨厌的事情。他早晨晚上都做祷告，我们每星期去教堂做两次礼拜。星期天是最忙的日子。我叔父老是说，他是他教区里唯一的一个一星期工作七天的人。事实上，他是说来难以令人置信地痴情的，他把他教区里的工作都叫他的副牧师和教堂执事们做。但是我容易受影响，很快就变得十分虔诚。我在叔父处和后来在学校里所受的教育，都毫不迟疑地全盘接受。

可是有一点立即影响了我的信仰。我进学校不久，由于受到同学们的嘲笑和侮辱，我发现我的口吃是多大的不幸；而我在《圣经》上读到过，只要你信仰上帝，山也可以搬动。我叔父对我说，这的的确确是事实。一天晚上，第二天要返回学校去，我拼命地祷告上帝，祈求他去掉我口吃的毛病；我的信仰是那么诚笃，我睡的时候，确信无疑明天早上醒来定能同常人一样说话。那时候我还在初等中学里念书，我想象同学们看到我不再口吃时的惊奇情况。当我欣喜若狂地醒来时，却发现口吃依然如故。这一下对我真是一个沉重的打击。

我渐渐长大，进了皇家学校。那里的教师都是教士，他们又愚蠢又凶暴。他们讨厌我的口吃，不是对我不理不睬，就是对我吆五喝六，当然我宁愿他们不理我。他们似乎认为口吃是我的过错。

不久，我发现我叔父非常自私，只顾自己安乐。有时候邻近的教士到他的宅院来，有一个因为偷了他的牛而被罚款，另一个因为喝醉酒而被解雇。他们嘴上教导我的是，我们生活在上帝面前，他们的主要职责是拯救我们的灵魂；而我看到的偏偏没有一个教士是履行他们的说教的。尽管我热诚信仰上帝，但是我对于被迫没完没了地上教堂做礼拜却厌烦之至，在家和在学校里都是如此，后来我动身去德国时，真为我能够离开那里、获得自由而欢欣鼓舞。

然而出于好奇，我在海德堡去参加过两三次天主教耶稣会的大弥撒。虽然我叔父对天主教怀有自然的同情（他属于英国国教的高教会派，在选举的时候，他们在花园篱笆上用油漆写着"这条大路通罗马"，他深信他们将在地狱里被烧得吱吱叫。他绝对相信存在永恒的惩罚。他痛恨他教区里不信奉国教的人，而且认为国教容忍他们，实乃荒谬之至。他聊以自慰的是，国家的这些当权者也将受到永恒的惩罚。天国是属于英国国教徒的。我得以在这个教会里长大成人，自应感谢上帝的宏恩。这跟生而为英国人同样了不起。

但是我到了德国，发现德国人正和我以身为英国人而自豪一样，他们以身为德国人而自豪。我听他们说，英国人不懂音乐，莎士比亚只有在德国真正被人欣赏。他们把英国称为掌柜之邦，无疑地，在他们心目中，艺术家、科学家、哲学家远远高出于那些掌柜的。这使我大为惊讶。这令我在海德堡的大弥撒仪式中，不能不注意到那些学生们把教堂挤得满满的，人人都非常虔诚。的确，看来他们像我相信我的宗教一样真诚地相信他们的宗教。我奇怪，他们怎么可能笃信他们的宗教呢？因为他们的宗教是假的，我的才是真的。

我想我一定天生缺乏强烈的宗教感情，要不就是由于我年轻刚正，对我接触到的一些教士的言行不一大为震惊,准是对宗教产生了怀疑;否则的话,当时我忽然想到一个简单的念头,不可能对我产生那么重大的影响。我忽然想到的念头是,我完全可能出生在德国南方,那样我就完全可能培育长大成为一个天主教徒。我实在想不通,为什么不是由于我自己的过错,却就此要作为异教徒而遭到永恒惩罚的厄运。我率直的性格深以为大谬不然。

　　后来,我得出的结论是:一个人相信什么是无所谓的,上帝不可能就因为你是西班牙人或是霍屯督人而把你打入地狱。我的认识原来会到此为止,如果不是那么愚昧的话,很可能信奉了盛行于18世纪的莱一派自然神论。可是常年灌输在我头脑里的种种信仰是扭结在一起的,有一个显得令人不能容忍时,其他的信仰也得到同样的命运了。不是基于对上帝的爱,而是基于对地狱的恐怖的整个可怕的结构,像孩子们用纸牌搭起的房子一样倒塌下来了。

　　至少在理智上我不再信仰上帝了,我感到了获得一种新的自由的欣喜。不过我仅是在理智上不信神,在灵魂深处依然萦绕着根深蒂固的对狱火的畏惧,所以我的欣喜在一段长时间里夹杂着祖祖辈辈遗传下来的惶惶不安。我不再相信上帝,我却始终深信魔鬼。

我的生活观

〔美国〕杰克·伦敦

杰克·伦敦(1876—1916),美国作家。生于旧金山。做过工人、水手,曾在各地流浪,到加拿大北部淘金。1898年开始文学创作。1900年出版第一部短篇小说集《狼的儿子》。1903年发表的中篇小说《荒野的呼唤》使他一举成名,此后,相继发表长篇小说《海狼》《铁蹄》《马丁·伊登》《天大亮》《月谷》等,对资本主义社会的黑暗面进行了揭露和批判。

　　我出身于工人阶级。早年我就胸怀大志,积极热情、富有理想;童年时期我唯一的愿望就是实现自己的抱负。可是我生长在一个浅陋粗俗、缺乏教养、没有文化的环境里。我没有什么前途,只是仰望着上层社会。我的社会地位在最底层。在最底层的社会生活中,肉体和精神都是肮脏、悲惨的。在这里肉体和精神都备受饥饿和苦难的折磨。

　　矗立在我上面的是巍峨的社会大厦。我知道自己唯一的出路就是努力攀登。所以,我自幼就下定决心要向上爬。在上流社会里,男人都穿黑色的外套,里面是硬胸衬衫,妇女们更是羽衣云裳,漂亮非凡。他们吃的是山珍海味,受用不尽。他们的物质生活丰富,精神方面也充实。我知道上层社会人人都有无私的情操,思想纯洁、高尚,头脑敏锐。这些我都知道,因为我读《海滨丛书》的小说,小说中描写的人物,除了那些坏蛋和女骗子之外,男男女女个个都是思想纯洁、谈吐文雅、行为高尚的人。总而言之,正如我相信早晨太阳一定会升起一样,我深信在上层社会里一切都美好、崇高、优雅,生活体面而富有尊严。这一切使生命有了意义与价值,个人的辛劳与不幸也都得到了酬劳和赔偿。

　　但是一个人要从工人阶级的队伍里往上攀登谈何容易!他要是再有许多不切实际的幻想,那就更是障碍重重,难上加难。我家住在加州一个农场上,

从哪里才能找到一架向上爬的阶梯?真是一筹莫展!很早我就开始打听过有关投资的利率。就一个孩子所能进行的思维,费了好大劲才弄明白了"复利"这样一个人类杰出的发明所具有的妙处。接着,我又搞清楚了不同年龄的工人现行的工资差别和他们的生活费用。从这些数据中我得出一个结论:假若我马上开始边做工边储蓄,一直干到50岁光景,到那时,我便可以不再工作,同时我也可以分享到一点上等社会的富裕的条件和欢快幸福的生活。当然,我下定了决心绝不结婚,我也完全忽略了工人阶级生活中最大的灾难——疾病的危险。

然而,精力充沛的我不能满足于克勤克俭的生活。同时在我十岁那一年,我当了一名城里街头的报童。随之而来的是,我对向上攀登的看法也有了些改变。虽然四周环境还是同过去一样肮脏、悲惨,在我上面还是那个等待我去的天堂,可我决心从另一个梯子向上攀登。我选择了做买卖这条途径。明摆着五分钱买进的两份报,转手之间可以一角钱卖出。这样资金就增长了一倍。我又何苦一点点积蓄然后再去买政府的公债呢?看来做买卖这架梯子对我再合适不过了。于是我开始想入非非,仿佛看见自己变成为一个秃了顶、发了财的商界大王。

可惜,幻想破灭了。16岁那年我真获得了"大王"的称号。不过这是一帮凶杀盗窃犯送给我的诨名。他们叫我"蚝贼大王"。当时我已爬上买卖阶梯的第一级,是个资本家了。我拥有一条船和全套蚝贼抢劫要用的装备,并开始剥削我的伙计。我手下有一名船员。作为船长和船主,抢来的东西我留2/3,分给船员1/3。其实他干得绝不比我差,而且同我一样冒着丧命和失去自由的风险。

但这第一级阶梯也就是我做买卖生涯的最高点了。一天夜里我去袭击中国渔民。他们那些绳索和渔网都是值钱的东西。这么干自然是明火执仗,我自己也承认,可这不就是地道的资本主义精神?资本家们用回扣、背信弃义,用贿赂议员、收买最高法院法官等办法来掠夺同胞的财物。我无非是比他们粗鲁一些。也就只有这么一点不同而已——我用的是一杆枪。

糟糕的是那天夜里我的伙计太没能耐,资本家碰见这种人都会暴跳如雷的,因为这些废物势必增加耗费、减少红利。我那伙计偏偏两个错误都犯了。人不知怎的一下不小心烧着了我船上的主帆,把主帆全给毁了。那天夜里我半点红利也没有捞到,中国渔民反而赚回了我们没弄到手的绳和网。偏巧那时我又一文不名,拿不出65块美元去重新买一张帆。我只得抛下锚,离开了我的船,上了一条在海湾里的海盗船到萨克拉门托河上去袭击行船。谁知就在我上路后不久,另一伙海湾里的海盗又把我的船洗劫一空,连船锚都一起带走了。后来我找到飘在水上的船壳只卖得了20块钱。就这样，我虽爬上了第一级阶梯却又滑回到了原地。此后我再也没有去爬过做买卖这架阶梯了。

从那时起我开始遭到别的资本家的残酷剥削。我有力气，他们就靠我的力气大赚其钱，我自己则凑凑合合混碗饭吃。我当过水手、码头工人、打杂工，在罐头食品厂和其他工厂、洗衣作坊里都干过活，我帮人推草坪、扫地毯、擦窗户等等。但我从来也没有得到过我应得的报酬。当我看见罐头食品厂老板的女儿坐着马车，我知道她马车胶皮轱辘之所以能滚动起来，有一部分原因是我流了血汗。当我看见工厂主的儿子去上大学，我知道他和朋友们欢聚豪饮时的部分酒钱是靠我的血汗来支付的。

然而我并不感到怨恨。这一切都是竞赛的规矩，他们是强者。好吧，我也强壮，我会开出一条路来直通到他们中间去，我也可以靠别人的血汗发财，我不怕干活，我还喜欢干重活。我一定拼了命更加苦干直到我成为社会的栋梁！

正在这时候，我碰巧找到了一个和我想法合拍的雇主。我乐意干活，他更是巴不得我好好干活。我以为我在学一门手艺，其实，我一个人顶了两个劳动力。我以为他在把我培养成一名电工，实际上他每个月从我身上赚了50块大洋。我所顶替的两个工人，每人每月工资40元，而我干了他们两个人的活，一个月却只拿30块钱。

这个老板让我干的活，差一点把我累死。有的人本来很爱吃蚝肉，但吃得太多，就会倒胃口。我就属于这种情况。苦力活使得我对劳动厌恶透了，我再也不想干活了。我逃跑去当一名流浪汉，挨家挨户讨饭吃。我浪迹江湖，走遍了整个美国，有时便在贫民窟和监狱里苦度生涯。

我出身于工人阶级，但是到18岁时，我的地位比我出生时还低，落到了社会大厦的地窖里，泡在下层社会苦难的深渊中。这些事提起来令人不快，而且也不宜谈论。我掉进了无底深渊、人间地狱。这里是现代文明制度下的屠宰场、万人坑。这是被社会遗忘的一个角落。由于文章篇幅有限，我也无法详谈。一言以蔽之：我在那里的所见所闻真叫我毛骨悚然！

恐怖的现实迫使我思考问题。我找到了光怪陆离文明社会中赤裸裸的真理。所谓生活不外乎吃和住两大问题。为了有东西吃，有地方住，人们就出卖东西。商人出售鞋子、政客出卖人格、人民的代表——自然也有例外——出卖人们对自己的信任，而几乎所有的人都出卖自己的节操。女人也一样，妓女也罢、已婚妇女也罢，都难免要出卖自己肉体。普天之下无一不是商品，每一个人都既是买主又是卖主。而对于劳动者来说,唯一可以出卖的就是劳力。至于劳动者的品德高低,在市场上是卖不了钱的。他们能够出卖的仅仅只有气力,别无他物。

不过这当中有一点区别,而且是十分重要的区别。鞋也好,信任也好,节操也好,这些东西都有办法更新,都是用之不竭的货物,唯有力气是不能再生的。商人把鞋卖了,可以再进货,而一个劳动者却无法补充自己的力气。他卖出的力气越多,剩下的就越少。力气是他拥有的唯一商品,而他的存货是一天比一天少。最后,他的货一旦卖光,而他自己还没有在关门结业前死掉,他便成了一名劳力破产者,走投无路,只有落入社会大厦的地窖里,凄惨地了其残生。

此外,我还懂得了智力也同样是商品。不过脑力劳动和体力劳动有所不同。出卖智力的人到五六十岁,正好处于精力充沛的全盛时期,他的货物比年轻时更值钱。而一个体力劳动者干到45岁或者50岁时,便已精疲力竭,完全垮了。我在社会大厦的地窖呆过,我可不喜欢这样的住所。这里的各种管道和下水道都极不卫生,加上空气污浊,无法呼吸。我想既然我不能住进社会大厦有正厅的那一层,至少可以争取住到楼顶间去。确实那里的饭食不足以充饥,不过至少空气是清新的。于是我决心不再出卖体力,而改为出卖脑力。

我开始如饥似渴地追求知识。我回到加利福尼亚州把书本打开,武装自己以便成为一名智力商人,在此过程中,我当然不免要钻研一下社会学。不料其中竟有某一类书籍科学地陈述了我经过独立思考得出的简单的社会学的概念。比我更有头脑的人早在我出生之前就已经解决了我考虑过的所有问题,而且还远不止这些。这时我才恍然大悟我是一个社会主义者。

社会主义者是干革命的,因为他们的奋斗目标是推翻今天的社会,并在现有的物质基础上建立一个未来的社会。我和他们一样是个社会主义者,是一个革命者。我加入了工人阶级革命知识分子的队伍,有生以来第一次过着知识分子的生活。在这里我遇见了思想敏锐和机智超群的人:有坚强、机警、手上长茧的工人,有被免去圣职的牧师——因为他们的基督徒精神过于宽宏而为拜金主义的教徒所不容。另外还有一些大学教授因为急于把他们的知识用于解决社会问题而被一味屈从于统治阶级的学校当局辞退并赶出校门。

在这里,我还看到了对人类热忱的信念、闪闪发光的理想主义、亲切的大公无私的精神,抛弃一切、舍生取义的献身精神——看到了所有那些光彩夺目、激励人心的美好心灵。这里的生活如此纯洁、崇高、充满了生机。生活恢复了原有的价值,变得乐趣无穷、光辉灿烂。我觉得活得很快活,有机会接触到一些杰出的人物。他们颂扬人的血肉之躯和人的灵魂而蔑视金钱。他们对商业扩张和世界帝国的威仪堂堂远不如对贫民窟里孩子饥饿的号哭声更为动心。我成天耳闻目睹的都是崇高的目的和英雄的行为。我的白天阳光明媚，我的黑夜星光灿烂。熊熊的火光与晶莹的露水相互交融。我的眼前总有那圣杯——耶稣基督的圣杯燃烧发光，有那些受尽凌辱和劫难的善意的人类，他们终将得到拯救。

我这个可怜的傻瓜当时还满心以为这里一切虽好，但和我将来跻身于其中的上层社会相比，只算是预先尝到的一点点甜头罢了。当年在加州农场读《海滨丛书》时的不少梦想到这时候业已纷纷破灭，许多残留下的幻影也注定会消失的。

作为一个贩卖脑力的商人，我可真称得上一帆风顺。社会向我敞开了大门，我径自登堂入室，与此同时我原来的幻梦也在加速地破灭中。我和社会上的大亨在一起吃饭，也同他们的太太小姐同席进餐。她们的穿着美丽我也承认；但是使我这个天真的人大为惊讶的是在本质上她们竟同我过去在地窖那一层所碰见的那些女人完全一样。"揭去了表皮——脱去衣裳，上校的太太和朱迪·奥格雷迪简直就是亲姐妹"。

不过最使我惊愕的是她们的唯物质主义。虽然这些花枝招展的漂亮女人也常常空谈一些美好的理想和可爱的德行，但不管她们嘴上讲得多漂亮，她们一味追求的只是物质生活，而且她们都是那么充满柔情地自私。她们赞助一切美好的慈善活动，且大肆宣扬。殊不知她们嘴里吃的美味佳肴，身上穿的绫罗绸缎哪一样不是用沾满工人、童工、妓女的血汗的红利买来的！当我向她们一语道破这事实的真相时，我满心以为朱迪·奥格雷迪的姐妹们会立即把血迹斑斑的·身丝绸和珠宝统统脱下来，不料她们竟恼羞成怒反而恣意地教训起我来，说什么下等人受苦是因为他们挥霍浪费，因为他们酗酒，因为他们都是生来就堕落。我告诉她们，我很难理解那些在南方棉纺厂里饿得半死的六岁的童工每晚得工作12个小时也是因为他们挥霍浪费、酗酒和天生堕落，这下子，这帮朱迪·奥格雷迪的姐妹们便对我进行了人身攻击，痛骂我是煽动分子，似乎只消替我套上这顶帽子，就能把我驳倒了。

我和大亨们本人的关系也不比同他们的小姐太太更加融洽些。我本来以为那些衣着整洁、品德高尚、谈笑风生的人，他们的理想也是纯洁、高尚、朝气蓬勃的。我和那些地位显赫的人——传教士、政界人物、企业家、教授、编辑等人交往，一起吃喝游乐。没想到经过一段仔细观察，我发现他们之中确也不乏纯洁高尚之人，但是除了个别人外，他们都是死气沉沉的，而真正朝气蓬勃的人屈指可数。这些槁木死灰式的人物，虽不染指乱七八糟的丑事，可他们自己也已是麻木不仁的活死人——纯洁、高尚得犹如精心保存的木乃伊，毫无生气。最能说明问题的是我见到过的几个教授，他们完全达到了高等学府陈腐的理想境界："冷静的学者从事冷静的智力活动"。

我曾碰见过某些人，他们口口声声和平万岁，激烈反对战争，可正是他们把长枪塞到便衣侦探手中，唆使他们去枪杀自己工厂里罢工的工人。我还碰到过一些人，当他们在痛斥职业的拳击手如何惨无人道时，可以激动得语无伦次，可事实上，正是他们这些人合伙在出售的食品中掺假，每年害死的儿童比双手沾满鲜血的希律王杀的人还要多。

我曾经和工业界的巨头在旅馆里、在他们家里、在卧铺车厢里、在轮船甲板的躺椅上一起聊天。他们文化知识方面的孤陋寡闻实在令人吃惊。可是另一方面，我发现，他们做生意的聪明才智却是畸形地发展了。另外我也发现他们这种人在做生意上，根本没有任何道德的概念。

这位相貌长得像个贵族的文弱绅士是一家暗中霸占孤儿寡妇钱财的公司所雇佣的傀儡经理。这位爱收集精美版本，而且特别慷慨资助文学事业的老爷却会去写信讹诈那位宽下巴、粗眉毛的市政机关的头头。这位编辑刊登了许多专利成药的广告，但因为害怕丢了广告生意，一直不敢在他的报纸上揭露有关这些成药害人的真相。就是这位先生因为听我说他的政治经济学观点早已过时，而他的生物学知识还是"古罗马普林尼"时代的那点东西，就大骂我是最下流的煽动分子。

这位参议员是那个大腹便便没有文化的机器制造商手下一名小小傀儡和奴才。这位州长，还有那位最高法院的院长也都是他得心应手的工具。因此，这三位先生都有幸可以坐免费的火车。这位先生不久之前曾在一桩买卖里出卖了自己的伙伴，现在居然严肃认真地大谈美好的理想和上帝的恩德。这位先生强迫他厂里的女工一天工作十个小时，而发给她们的工资填不饱肚皮。他实际上是逼着女工去卖淫，可他倒成了教会里的台柱子，还为海外的布道团慷慨解囊。这位先生为赚得区区几块大洋，不惜在法院作伪证，可又热心为大学捐款以便扩大招生名额。这位铁路大王眼看两个工业界巨头拼得你死我活的时候，他作为一个基督徒，一个堂堂的绅士，居然违反了自己的诺言，偷偷用给其中一方打折扣的办法使他得利。

到处都是一样：犯罪、出卖朋友，出卖朋友、犯罪。活跃而能干的人既不纯洁也不高尚；高尚而纯洁的人则好像是行尸走肉，没有一点活人的气味。另外还有一大批废物，他们不但像活死人似的缺乏生气，而且也并不高尚，只是纯洁而已。他们不会故意地为非作歹，但是他们对眼前的坏人坏事不闻不问，还因此分到一点好处，糊里糊涂，被动地犯了罪。假使他们精明强干，思想高尚，就不会糊涂，就会拒绝分享他人通过犯罪和出卖朋友所得的好处。

我感到在大厦正厅这一层里再也住不下去了。这里的人在智力上使我厌烦，精神道德上更叫我作呕。我怀念我从前的那些知识分子和理想主义者的朋友们，那些免了职的教师，潦倒的教授和思想纯洁、觉悟高的工人弟兄。我怀念那阳光明媚、星光灿烂的日日夜夜。那儿有海阔天空任驰骋的生活，那儿，是德高望重、急公好义者的天堂。耶稣基督的圣杯又出现在我眼前，它不断地燃烧发光！

于是我重新回到生我养我的工人阶级中去，这里才是我的归宿，我再也不想往上爬了。我感兴趣的就是这块基石，耸立在基石上的大厦对我已没有任何吸引力。我乐意在这儿劳动。我要手执铁杆和知识分子、理想主义者和先进的工人一起，不时地在大厦基部使劲地撬几下，让整个大厦摇晃起来。等到将来我们的人手增加了，钢钎也多了，我们就会把大厦掀倒，把那腐烂的生活、那些行尸走肉、穷凶极恶的自私自利者和臭气熏天的唯物质主义者统统推倒在地。然后，我们将清扫地窖，为人类建造一所新的大厦。那里不分正厅、地窖，每一个房间都是空气流通，阳光充足；人们将真正生活在纯洁、高尚、生气勃勃的气氛之中。

这就是我的看法。我盼望着有朝一日，人们不再为填饱肚子而奔波，可以从事有价值、有意义的工作。那时候，人们将有崇高的动力，而不像今天这样只是为肚皮而奔波。我坚信善良高尚的人性，我坚信美好的心灵和大公无私的精神必然会战胜今天粗俗的饕餮。最后一点，我把希望和信念寄托在工人阶级身上。有一位法国人说得好："在历史的阶梯上总不断回荡着木屐往上走和皮靴往下落的声音。"

我的传略

〔德国〕赫尔曼·黑塞

赫尔曼·黑塞（1877—1962），德国作家。1923年46岁入瑞士籍，1946年获诺贝尔文学奖。1962年于瑞士家中去世。爱好音乐与绘画，是一位漂泊、孤独、隐逸的诗人。黑塞的诗有很多充满了浪漫气息，从他的最初诗集《浪漫之歌》的书名，也可以看出他深受德国浪漫主义诗人的影响，以致后来被人称为"德国浪漫派最后的一个骑士"。主要作品有《彼得·卡门青特》《荒原狼》《东方之行》《玻璃球游戏》等。

　　第一次世界大战后的几年中，我曾两度以童话风格和半带嘲讽的方式对自己的生平作了尝试性的概括总结，当时我的朋友们都认为我有点像一个谜。我选中的第一次尝试就是《魔术师的童年》，现在保存了部分片断；另一次尝试是以让·保尔为样本大胆地写了预示未来的《虚拟传略》，刊载于1925年在柏林出版的《新评论》杂志上。后来出版单行本时只作了一些无关紧要的修改。多年来我一直计划把这两篇在风格和情调上截然不同的作品予以合并，却无论如何也找不到能够调和的途径。

　　在新时代的末年，中世纪即将复活之前，在爱神的光芒的照耀和保护下我来到了人世。我诞生在七月一个温暖的将近黄昏的时刻。我出生时的温度正是我毕生所本能地喜爱和追求的，缺少了它，我定会感到痛苦。我不能在寒冷的国度里生活，我一生中凡是自愿的旅行都是朝南的。我是虔诚的双亲的儿子，我温顺地爱他们，倘若人们没有老早教会我第四诫，我会更温顺地爱他们。但是告诫往往对我有不幸的影响，尽管它非常正确又非常地怀有善意。我是生来像羔羊般温顺，又像肥皂泡那么易于操纵，却反对任何形式的告诫，尤其在青年时代，这种告诫总引起我倔强的反抗。我只要一听到"你应该怎样怎样"就立即转过身子，变得顽固不化。

人们可以想象，这种个性在我的学生时代给予我多么巨大的不利影响。老师们确实教我们学习了那有趣的、称之为世界史的课程，告诉我们世界是由某一些人统治、支配和改变的，这些人制订自己的法律以区别过去遗留下来的法律；告诉我们，这些人是值得崇敬的。但是这个课程也像全部其他课程一样都是欺骗人的，因为只要我们之中有一个人，不管出于好意或恶意，敢于反对某一项告诫，或者仅仅是反对某一种愚蠢的习惯或什么正在时兴的事情，那么他不但得不到尊敬，成不了模范，还要受到惩罚和嘲笑，甚至被那些极怯懦的教师压得喘不过气来。

我很幸运早在学生时代开始之前就已经学到对于生活有重大意义和价值的东西。我有清醒的、细致的和温柔的感觉。凭着这些感觉，我得以汲取许多乐趣，即使当我后来受到形而上学的吸引，无可救药地陷入其中时，甚至当我的意识受到抑制和疏忽时，那种细腻地形成的感受能力，也即是和人们的视、听有关的能力，也总能忠实地在我身上保存下来，以致使那些看来十分抽象的东西，也总是生动地活跃在我的思想世界中。正如我刚才所说，早在我开始学生时代的多年以前，我就已经掌握人生必需的那种知识了。我熟悉我们的家园故土，熟悉那些鸡舍、树林、果园以及手工业作坊；我认识树木、鸟类和蝴蝶；我会唱歌、会吹口哨以及其他许多对于人生有价值的事情。现在又加上了学校的知识，它们让我觉得津津有味。尤其是拉丁语让我感到了真正的兴趣，我早年用拉丁文写诗就像用德文写诗一般。而我的说谎和外交本领却要归功于第二学年的一位教师和一个职员，他们带给我这种能力。那时候由于我的天真开朗和轻信别人对人对己都造成了不幸。这两位教育者成功地对我进行开导，因为他们并不想从同学们身上找寻诚实和热爱真理的品性。他们把班上发生的一件实际上毫不重要的恶事硬栽在我头上，而我是完全无辜的。当他们没有能够逼我承认自己是肇事者时，他们就把一件小事拿到整个班上审判。他们确实没有用拷问和殴打取得预期的供认，却使我丧失了对一切师道尊严的信仰。感谢上帝，随着时间的流逝我也学会了认识真正值得尊敬的教师，但是发生了这种伤害之后，使我不仅和学校教师们的关系，而且和一切权威人士的关系全都变得令人苦恼和不正常了。总的说来，我在最初的七八个学年中是一个好学生，至少总是在班上名列前茅的。直到那些斗争开始(这是无法避免的，也由于我的个性关系)，我和学校当局的冲突才越来越多。待我真正了解这些斗争的含意，已是二十年后的事了，当时的情况很简单，他们违反我的意志，把我卷了进去，好像发生

了什么可怕的灾难。

事实上,我从十三岁开始就明白自己要不是成为诗人,那就什么也当不成。但是针对这一明确的看法却逐渐产生了另一种令人痛苦的认识。人们可以当教员、牧师、医生、工匠、商人、邮政人员,也可以当音乐家、画家或者建筑师,世界为这一切职业铺平了道路,提供了先决条件,也就是有学校为全部初学者启蒙。只有诗人没有这样的条件!世界允许人们成为诗人,甚至当一个诗人得到成就和名气之后,给予他高度荣誉,可惜大多数人都是壮志未酬而身先死。我不久就觉察到自己要成为诗人是不可能的,连这样的愿望也是可笑和可耻的。我也很快从现实情况中认识到,只有诗人才是诗人,而不可能学着当诗人。此外,我对文艺的爱好和个人的文学才能引起了教师们的怀疑,因而导致猜疑、嘲笑,甚至经常受到极端的侮辱。诗人的命运和英雄的命运完全一样,就像一切强壮、美丽、勇敢和不平凡的人物和业绩一样,他们在历史上是极壮丽的,所有的教科书对他们交口赞美,但在当前,在现实中,他们却遭到憎恨,大概这些教师受雇佣和训练,恰恰就是因为要他们尽力去阻碍出色的自由人物的成长,阻碍伟大的光辉业绩的产生吧。

因此,我在我和我的远大目标之间所看到的只是深渊而已。对我来说,一切都变得不确切,一切都变得毫无价值,仅存一个事实:我要成为一个诗人,不管是难是易,都要受到嘲讽和赞美。这一决心的形成——倒不如说这一命运——导致了下述结果。

我十三岁那年,那场冲突刚开始不久,我的行为使我不论在家庭,还是在学校都希望把我放逐到另一个城市的一所拉丁语学校去。一年之后我成了一所神学校的学生,学习写希伯来语字母,而当我几乎已经掌握何谓 dagesch,forteimplicitum(重读)之意时,突然心血来潮,逃离了神学校,结果受到严厉的禁闭和开除学籍的处罚。

后来我到一所普通中学用功了一段时间,使我的学业有所进步,可是我在那里的结果也仅仅是禁闭和开除学籍。接着在一家商店当了三天学徒,随后又私自逃走,让双亲因我的失踪而担了几天几夜的心。接下来我给父亲当了半年助手,又在一家机械工厂和一家钟表工厂当了一年半学徒工。

总之,四年多的时间中我的一切都是命里注定的,都是该倒霉的,没有学校愿意收留我,没有一门学业能坚持到底。任何一种把我培养成材的尝试,结果总归是失败,发生了一次次耻辱和丑闻,到头来不是逃走就是被开除,然而不论在何处，人们都承认我很有天才，甚至不得不说我有一定程度的诚实愿望。我始终不大勤奋，总是怀着那种羡慕高贵的惰性，但是我永远不会成为他们中的能手。从十五岁开始，当我无学校可进时，就一心一意地自修，我很幸运和快乐，因为在我父亲的屋子里有祖父的丰富藏书，整个大厅里全是古老的书籍，其中也有18世纪的全部德国文学和哲学书籍。在我十六岁和二十岁之间，不仅在大量纸张上写满了我最初的诗歌习作，而且也在那几年中读完了一半的世界文学，还顽强地钻研艺术史、语言和哲学，收获之丰富绝不亚于正规的课堂学习。

　　后来为了能够独立谋生，我成了书商。我和书籍的关系比起与老虎钳和齿轮的关系要好得多，我当机械工人真是受折磨。最初一段时间我游弋于那些新的、最新的文学书籍的海洋中，那高涨的潮水，几乎令我心醉神迷。但是过了一段时间后，我很自然地发觉，一个人的思想只停留在当代，停留在新的、最新的书籍之中，对于人的精神生活是无益的，只会使精神生活贫乏，只有和过去的事、历史、古老的以及原始的事维持经常联系才可能存在真正的精神生活。于是我在第一阶段的满足之后，便渴望从新书的汪洋大海中回到古代去，因而我又从新书店转移到旧书铺去。不过职业对于我只是混日子而已，所以总不能维持长久。当我二十六岁取得第一批文学成果时，我就放弃了那个职业。

　　经历了如此众多的风暴和牺牲，现在我终于达到了目的：我居然成了诗人。原先这好像是根本不可能的，事实上这是我同世界进行了长期的坚韧斗争所得的胜利。我在学生时代和成长岁月里的种种灾难，常常几乎使我濒于毁灭，现在都已成为过去，可以一笑置之，连那些曾认为我无可救药的亲戚和朋友，现在也朝我亲切微笑了。尽管我干的是最愚蠢和最无价值的事，我还是胜利了，而且看到别人也像我自己那样为我的成功而兴高采烈。直到这时我才发觉自己多年来始终生活在何等可怕的孤独、禁欲和危险之中，受尊重的温暖气氛使我舒适，我开始成为一个满足的人了。

　　于是我的表面生活有一段时间过得很美好，又平静又舒适。我有妻子、儿女、房屋和花园。我写作，被认为是一个可爱的诗人，和世人和平相处。1905年，我协助创办了一份杂志。这份杂志以反对威廉二世政权为主要目标，而我竟没有认真地考虑过这个政治目的。我愉快地游历了瑞士、德国、奥地利、意大利和印度。世上一切似乎都有条不紊。

　　1914年那个夏季来临了，我忽然看到里里外外完全改变了。我发现，一直美好幸福的生活竟建立在不安全的土地上，因此现在开始往下坡走，开始产生巨大的动荡。这个所谓的伟大时代诞生了，我不能说，别人比我对这个大时代更有准备，对待得更恰当、更好。当时我和别人的区别仅仅是我对此缺乏伟大的温情，而别人却那么满怀热情。因而我再度成了问题，和周围世界产生了矛盾，我得再一次进学校学习，我必须再一次以自己为满足，而忘却周围世界，正是这一次经验，我才跨过门槛进入了生活。

我永远不会忘记第一次世界大战期间那次小小的经历。为了适应已经变化的世界，我想方设法要当一个志愿者，这完全符合我当时的情况，那时我为寻求一种可能性，去拜访了一所规模很大的军医院。我在那所伤兵医院里认识了一位老小姐，她过去在富裕家庭里过着一种悠闲的生活，现在却当了护士。她十分激动地告诉我，她居然得以经历这个伟大时代，真是高兴和自豪。我很理解，像她这样的女士是会需要战争的，战争可以让她从懒惰的、完全自私自利的老处女生活中走出来，过一种积极的、有价值的生活。但是当她向我陈述她的幸福时，走廊里躺满了包扎着绷带、身体弯曲的伤兵，病房之间躺满了折手断脚和垂死的人，令我心痛如绞。我很理解这位老小姐的热情，却不能分享，更不能赞同。倘若需要十个受伤者才能产生出这么一位热情的护士，那么为这位女士的幸福付出的代价也未免太高了。

不，我绝不能分享这个大时代的快乐，于是我从战争刚一开始就饱尝苦恼，数年来我绝望地抵御着显然来自外界、降自上天的不幸，而这时我周围世界所发生的一切，对于这同一种不幸却好像充满了愉快的狂热。我读着作家们写的报刊评论，教授们写的号召书以及著名诗人们在书房里炮制的战斗诗篇，他们都为战争祝福，这使我变得更为痛苦了。

1915年的一天，我公开说出了对这场灾难的认识，而且表示遗憾，因为连那些所谓有知识的人也不知所措，只晓得宣扬憎恨，传播谎言，还赞颂这场巨大的灾难。我这些相当谨慎小心的控诉引起的后果是，我在自己祖国的报刊上被宣布为叛徒。这对我来说还是一件新鲜事，因为尽管我和新闻界接触很多，但是这种为大多数人排斥的情况，过去却从未经历过。在我的家乡，有二十家报纸转载了那篇抨击我的文章，而我的所有朋友中——我相信许多人和报界有关系——只有两个人敢于为我辩护。有些老朋友通知我说，过去他们在胸前豢养了毒蛇，今后将把赤诚之心奉献给皇上和帝国，再也不受我的堕落论调欺骗。诽谤我的匿名信纷纷寄来，而出版商也通知我说，一个具有如此可鄙意识的作家是他们所完全不需要的。在如此众多的信件中，我还看到了一件过去从未见识过的小小工艺品,那是一个小小的圆印章,上面刻着:上帝惩罚英国吧!

人们以为我对这种谬误定然会付之一笑。可是我笑不出来。这一微不足道的小事却是我生平中第二次巨大变化的结果。

人们记得我的第一次变化是我决心让自己成为诗人的片刻。此刻之前一直是模范学生黑塞,此刻之后成了一个坏学生,他受惩罚,被开除,他到哪儿都闯祸,害得自己和双亲忧心忡忡——一切只因为他在这个世界里,不论过去或者现在,他都感觉不到有任何和解的可能性。现在,同样的情况在战争年代又重演了。我再度看到自己同一直和平相处得好好的世界发生了矛盾。一切似乎又沦于失败,我又变得孤独和痛苦,我所讲的和写的一切又被别人满怀敌意地误解了。在现实和我认为是希望、理性和善良的事物之间,我又看见了一道无法逾越的鸿沟。

这一回我不能再逃避反省了。没多久我就痛苦地发觉,要解脱令我烦恼的罪责不能求诸外界,只能依靠自己。因为我确实了解,无论人或神都没有权力责备这整个世界的疯狂和野蛮,尤其是我,更无权力。倘若我对抗这整个世界的潮流,那么必然会首先引起我自身的各种各样的紊乱。显而易见,事实上确实存在着一场大紊乱。可是清理这种紊乱,并寻求整顿,却不是愉快的事。因为首先明摆着一个事实:我和整个世界都曾生活于其中的美好和平,现在不仅要我付出过高的代价,而且也像世界的表面和平一样早就腐败变质了。我曾相信,由于青年时代的艰苦奋斗,我在社会上获得了地位,并且已经是一位诗人了。其间我因成功和顺境的正常影响,曾经非常满足和懒散,而当我仔细观察时,我发现诗人和通俗作家几乎没有什么区别。我的好时光消逝了,现在正面临逆境,而它却往往是良好和有活力的学校,现在处处是忧患。我因而学习了很多很多,懂得对世界上的矛盾冲突应该听其自然,这样才能在全部的混乱和罪行中从事自己的一份工作。这份工作就是我留给读者的许多文章。我总暗暗抱着希望,随着时间的消逝,希望我的民族,虽然不是全体,却有很多很多的觉醒的和有责任感的个人会作出相似的检查。除了谴责和漫骂可恶的战争、可恶的敌人和可恶的革命,还要由成千上万颗心提出问题:我是如何参与罪行的?我还能变成无罪吗?要是人人都能认识自己的烦恼和罪过,并且与之一刀两断,而不是只在别人身上寻找罪过,那么他们随时随地就能变成无罪的。

当这种新的变化在我的著作和生活中开始表现出来时,我的许多朋友都大摇其头,许多人甚至抛弃了我。伴随我的变化接踵而来的生活景象是:我丧失

了我的房屋、我的家庭以及其他一切财产和舒适之物。在那个时期里,我每天和过去告别,而且每天都惊讶自己居然还能够忍受下去,还总是活着,同时还总是在这种罕见的生活中爱着一些什么。然而这种生活对我似乎只是带来痛苦、绝望和损失。

　　此外,我还要补充一个情况:即使在战争期间,我也像是有神灵保佑而福星高照似的。当我由于烦恼而感到十分孤独,直至变化开始之后,我时刻感觉自己命运不济,我诅咒烦恼,却为烦恼所支配,但它同时也成为我抵御外界的甲胄和铁罩。我也就是在这样一种可怖的充满间谍行为、行贿技巧和投机艺术的政治环境里度过了战争的岁月。当时这种环境只存在于地球上极少数地方,那就是伯尔尼,这里成了德国、中立国和敌对国三方的外交中心。这个城市转眼之间变得人口过密,而且来的全都是地地道道的外交官、政治掮客、间谍、新闻记者、囤积者和奸商。我生活在外交官和军人之间,我和许多国家,甚至和敌对国家的很多人交往,由间谍和反间谍、密探、阴谋、政治的和个人的事业所织成的网紧紧包围着我,而我在那几年中对这一切竟浑然不觉!我被偷听、被监视、被侦探,有时候被怀疑是敌人,有时候被看做中立者,有时候又被看成同胞,而我自己却全然不觉,很久之后才从各方面听说这些情况,我自己也纳闷,竟能安然无恙地在这种环境中活下来。不过这些都已成为往事了。

　　随着战争的结束,我的变化以及我那已达考验的顶点的烦恼也结束了。这些烦恼同战争以及世界的命运再也不相干。德国战败了,其实我们在国外的人两年来早就预料会有这个结局,所以此刻毫不惊讶。我完全沉醉于自己内心和个人的命运之中,尽管我往往觉得这好像和一切人的命运都有关。我在自己身上重又看到了世界上一切战争和谋杀欲,看到了一切轻狂,一切粗俗的享乐,一切胆小怯懦,于是首先就丧失了对自己的尊重,然后又失去了鄙视自己的能力,我除了静候这场大混乱收场之外,别无他法。我常常满怀希望,常常又濒于绝望,我在混乱的对面又重新找到了自然和纯洁。每一个觉醒的人,真正觉醒了的人都要一次或多次穿过荒野走这条狭窄的小路——何必对别人谈这些话呢,恐怕是多此一举。

　　当朋友们对我不忠实时,我时常感到悲伤,却不是愤怒,并常常因而更坚信自己所走的道路。而我这些从前的朋友也完全有理由说,我从前是一个富有同情心的人,一个诗人,现在则因自己的问题变得简直让人受不了。当时我早就不去考虑什么艺术趣味、什么个人性格等等问题了。那时我认为没有一个人理解我讲的话。朋友们责备我，说我的作品丧失了优美与和谐，他们也许是对的。但是我只感到这些话可笑——对于一个判处了死刑的人，对于一个为生活而奔波于断垣残壁之间的人有什么优美和谐可讲呢？难道我已背叛了自己毕生的信念，根本就不是诗人了吗？难道我从事的全部美学活动都是错误的？为什么不是呢？连这个问题也是无关紧要的。我在这次地狱之行的征途中所见到的大多是欺骗和无价值之物，也许这也是我的职务和才能所形成的错觉吧！当然，这也是微不足道的！而我曾经满怀虚荣和天真喜悦地看做是自己使命的东西，也不复存在了。我看到更能挽救我的使命的，早就不再是在诗歌、哲学或者任何其他专门史的范畴之内，它们只是给我心中留下了若干真正富于生命力的和强大的东西，它们只是绝对忠实地保存了我还觉得有生气的若干东西。这就是生命，这就是上帝！几年之后，当这种高度紧张和危险的时期过去之后，再看这一切便全然不同了，因为当时的内容和名称已经完全无意义，前天还是神圣的事，今天听来已经变得几近滑稽可笑了。

等到战争对于我来说也终于结束时，已是1919年春天了，我迁居到瑞士一个偏僻的角落，当了隐居者。由于我一生都热衷于研究印度和中国的智慧（这是我双亲和祖父母的遗产），而且我的新经历一部分也是用东方的形象语言加以表达的，因此常常有人称呼我是一个"佛教徒"，对此我只是一笑置之，因为从根本上看我对佛教简直是毫无所知。不过这么称呼我也有一些道理，其中隐藏着一点真理，这是我稍后才渐渐明白的。可以设想，倘若要求一个人自己选择宗教，那么我一定会从内心深处渴望加入一个保守的宗教，例如儒教、婆罗门教或者罗马天主教。我之所以这样是因为我渴望一种极端，而并非出于天生的亲缘关系，因为我不仅偶然生在虔诚的新基督教徒家庭，而且我的性情和本质很合于一个基督徒（至于我现在对基督教义有深刻反感，这是不相矛盾的）。

自从大战引起的那次变化以后，我对自己的诗人地位以及对文学工作价值的信念都连根拔起了。写作不再带给我真正的欢乐。但是一个人终究需要有欢乐的，我无论怎么困难也要求得有一点欢乐。我可以放弃生活中和世界上的一切正义和理性，我看得很清楚，没有这些抽象的东西世界也同样美好，但是我不能放弃一点点欢乐，相反我还要追求这一点点欢乐，它在我心中点燃起那一朵小小的火焰，给予我信心，使我想到从这朵小小的火焰里再重新创造世界。我常常从一瓶葡萄酒中寻找我的欢乐、我的梦幻和我遗忘的东西，它常常给予我很大的帮助，真应该赞美它，不过这是远远不够的。你看，有一天我发现了

一种全新的欢乐。我已经四十岁了,却突然开始学画。我并不认为自己是个画家,或者将成为一个画家,但是绘画本身是一件美妙的事,它能使你更为快乐,更有耐性。绘画不像写字会沾一手黑墨水,倒是会沾上了红色和蓝色。我学习绘画也使许多朋友不高兴。我不予理睬——事情总是这样,但凡我做了一些自己感到需要的、幸福的和美好的事情,这些人总要不高兴。他们希望别人永远是原来的面貌,不允许有丝毫改变,可是我不接受,只要自己感到需要,我会常常改变自己的。

也有人对我作另一种责备,似乎也十分正确。他们指责我缺乏现实的感觉。他们说我写的诗、作的画都不符合现实。我写书的时候常常忘记有教养的读者对一本正确的书提出的一切要求,而且不尊重现实。我觉得现实最不需要人们充分去注意,因为现实存在自身就够麻烦的了,而要求我们注意和思虑更美好和更必要的事情,才是永远客观存在的。人们生活于现实中永远不可能满意,如同人们在任何情况下都不可能崇拜和尊敬现实一般,因为现实是一种偶然性,是生命的垃圾。对于这种可怜的、令人失望和荒芜的现实,我们除了否定它之外,别无选择。与此同时,我们显示了我们比这种现实更强有力。

人们屡屡指责我的诗歌中丧失了对现实的最普通的尊敬,而在我绘画时,树都有脸,房子在笑或者在跳舞,在哭泣,但是那棵树究竟是梨树还是栗树,却多半看不出来。我必须接受这个批评。我承认,连我自己的生活也经常很像是一个童话,我时常看见和感到外部世界和我的内在世界是密切关联和协调的,我必须把它称之为有魔力的。

我还好几次做了傻事,例如有一次我对著名诗人席勒发表了一些无伤大雅的言论,因而立即招致南德全部九所戏球俱乐部发表声明,骂我是神圣祖国的亵渎者。不过现在我已学乖,多年来再也不发表任何有渎圣贤和惹人恼怒的言论了。我认为这是自己的进步。

由于目前这种所谓的现实对我来说毫不重要,由于过去常常像现在一样充满在我内心,而当前却似乎无限遥远,所以我也不能够像多数人那样,把未来和过去作截然的分割。我常常生活在未来之中,所以我也没有必要把我的传记结束在当前的日子,而是听任它安宁地继续向前进行。

我将简要地叙述我一生的轮廓。迄至1930年我写了一些著作,目的是为了以后永远放弃这个行业。问题在于我是否算作一个诗人。两位用功的年轻人在两篇博士论文中对此进行了研究,但是没有给予解答。其结果就是对当代文学作了谨慎的观察，发现造就诗人的那种液体在当代还只是处于极其稀薄的状态，于是在诗人和文学家之间几乎看不出什么区别。由于这一客观鉴定，导致这两位博士学位申请者得出完全对立的结论。有一位青年是比较有同情心的，他认为这等可笑而浅薄的诗实在算不上是诗，同时作为赤裸裸的文学也实在没有存在价值，至于今天还称之为诗的那些东西，还不如让它们静静地死去！另一位青年是一个诗歌的绝对崇拜者，即使在极其稀薄的状态下也同样崇拜，因此他的意见是，谨慎小心地评价一百个非诗人，也比不公平地错误判断一个真正诗人为好，因为他可能有一滴真正巴那萨斯的血。

我先是主要从事于绘画和研究中国魔术，但尔后几年中又渐渐沉浸于音乐之中。我晚年的野心是想写一部歌剧，其中要写的人生很少有所谓的真实性，对这种真实性甚至还要加以嘲讽，还要把它的永恒价值当做画像，当做随风飘扬的服装来加以显示。我经常近乎是以魔术来解释人生的，我从来也不是一个"现代人"，而且常常把霍夫曼的《金罐》，或者甚至是《亨利希·封·奥夫特丁根》当作较之所有世界史和自然科学史（更确切地说，我也时常从这些书中读到极为吸引人的寓言故事）更有价值的教科书。现在我又开始了一个生活时期，在这个时期里不断地发展和区别一个完整的、又有充分差别的性格已经毫无意义，代替它的课题是，让有价值的自我重新在世界中沉沦，同时面对暂时性让自己列入永恒而超越时代的秩序中。要表达这种想法或者表达这种生活气氛似乎只有用童话方式才可能实现，而我认为歌剧是童话的最高形式，这大概是因为我不再真正相信那种遭到滥用和濒死的语言具有语言魔力的缘故吧，不过音乐在我眼中仍是一棵生气勃勃的树，它的树枝上今天也能够结出天堂的果实。我想在我的歌剧中写出我在以往的文学著作中从未完全成功地表现过的东西：我要给人类生活带来高尚和喜悦的意义。我将赞美大自然的纯洁和无穷无尽，并表现它的全部过程，表现它如何从不可避免的烦恼而强迫转向内在精神，转向远隔的相对极，同时开朗、轻松和完美地表现生活如何在自然与精神这一对相对极之间颤动，如同表现一道絮然的长虹。

可惜我从未能完成我这部歌剧。它的遭遇和我的诗歌的遭遇一模一样。我不得不放弃我的诗歌，因为我看到《金罐》和《亨利希·封·奥夫特丁根》中把我认为值得一讲的重要东西，早已比我能做到的清楚一千倍地讲明了。我的歌剧情况也同样。正当我花了好几年工夫把音乐上的许多问题研究清楚，歌词草稿也大部分完成之后，当我再次尽量深入地推敲这部著作的意义和内容时，

我突然觉察到，自己这部歌剧实在没有可追求的，因为《魔笛》中早就美妙地解决了我要追求的一切。

于是我把这件工作搁置一边，又全心全意地转向实际的魔术实验。如果我成为艺术家的梦想已经落空，如果我的能力既及不上《金罐》，又比不上《魔笛》，那么我生来只好当一个魔术师了。我早就充分探讨了《老子》和《易经》中的东方道路，为了能够确切地认识所谓现实的偶然性和可变性。现在这种现实已通过魔术而成为我的思想，我必须承认自己从中获得了很多快乐。同时我也必须承认，我并不总是把自己局限在人们称之为白色魔术的那个迷人的花园里，而且也每每把我身上那朵生动的小小火焰引向黑色魔术那一边。

当我年逾七十高龄时，有两个大学才刚刚授予我荣誉博士的光荣称号，我却因为用魔术引诱一位年轻小姐而受到法庭审判。我在监狱中请求允许自己绘画，得到了批准。朋友们给我送来了颜料和画具，于是我在狱室的墙上画了一幅小小的风景画。就这样，我再度回到了艺术世界，我曾作为艺术家体会过一切沉船的滋味，却丝毫不能阻挡自己再一次满饮这一杯香甜的美酒。我又像一个玩耍着的孩子，在自己面前筑起一座小小的可爱的游乐世界，让自己的心从中得到满足；我再度抛弃一切智慧和抽象，而探索创造万物的原始喜悦。于是我又开始绘画，我调和颜料，我浸润画笔，我再度怀着狂喜汲饮所有这些无穷无尽的魔术。我把色调明朗快乐的朱红色，把丰满纯净的黄色，把深刻动人的蓝色，把这一切色调混合的音乐融入最遥远、最浅淡的灰色之中。我幸福而孩子气地从事我的创造游戏，就这样在我牢房的墙上绘了一幅风景画。这幅画几乎包含了我一生中所有使我得到欢乐的东西，有河流、山谷、海洋和云彩，还有正在收割的农民以及其他许多我喜爱的美好事物。这幅画的正中还有一条小小的铁路向外延伸，它往上伸向一座山峰，尽头处就像苹果里的蛀虫似的钻进了山里，火车头也驶进了小小的隧道，从那拱形洞口处冒着一股烟雾。

我的游戏从未像这一回使我如此入迷。我忘乎所以地回到艺术中去，不仅忘记了自己是一个犯人、被告，除了终身监禁外看不到还有其他前途，我甚至常常忘记自己的魔术练习，当我用一支细小的笔画出一棵小小的树、一朵淡淡的云彩时，便觉得魔术师的职业我已经厌烦了。

与此同时，我在事实上已经把所谓现实完全破坏了，我的一切努力，我的梦想受到嘲讽，并且一再遭到毁灭。几乎每天都有人传唤我，在监视之下把我带到非常可憎的地方去，那儿，在一摞摞纸张中间坐着些非常可憎的人，他们质问我，他们不愿意相信我，他们粗暴地呵斥我，一忽儿像对待一个三岁顽童，一忽儿像对待狡猾的犯人似的对待我。人们想要认识这个由办事处、纸张、公文所组成的奇特的、真正地狱一般的世界；并不需要当被告。在人类不得不以奇怪的方式创造出来的一切地狱中，这一个地狱在我看来是最可怕的。只要你想迁居、结婚，想申请护照或者户籍本，你就站在这个地狱之中了；你必须在这缺乏空气的纸张世界中度过许多不愉快的钟点，你不得不受到那些无聊的，却又匆忙而可憎的人们的盘问、呵斥；你发现，连那些最简单、最真实的陈述也得不到他们的信任，他们会像对待一个顽童，或者对待一个犯人般的对待你。是的，这是每个人都知道的。若是没有我的画具不断安慰我、满足我，若是没有我的图画、我的美丽的小风景带给我新鲜空气和生命，我早就在这个纸张的地狱里窒息与枯萎了。

有一次我正站在狱中这幅画前时，看守又送来了那无聊的传票，要把我从幸福的工作中拉开。那个时期，我对世上一切繁忙活动和整个蛮横而无聊的现实感到非常倦怠，甚至有点儿厌恶了。我觉得当时正是结束我的苦恼的时候。如果不许我清清静静地玩我的纯洁无辜的艺术家游戏，那么我只能献身于我一生中曾为之服务了那么多年的那种更严肃的艺术了。没有了魔术，这个世界便会是不堪忍受的。

我想起了中国的一个准则，屏息一分钟，然后把自己从现实的幻觉中解救出来。于是我和蔼地请求看守们稍候片刻，因为我必须登上我画中的小火车去察看察看。他们像惯常那样笑了，认为我已神经错乱。

这时我变小了，走进了我自己的画中，我登上那列小火车，和它一起钻进了黑色的小隧道中，片刻间还可以看到从那圆洞里冒出白色的烟雾，但是一转眼就不见了，而那整幅画连同我本人也都无影无踪了。

看守们不知所措地站在那里。

艺术与爱情

〔美国〕邓 肯

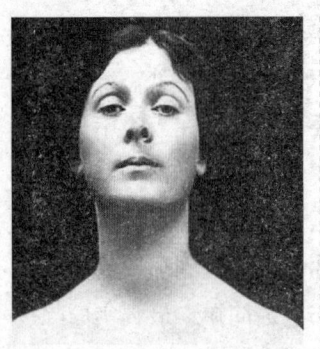

邓肯（1878—1927），美国舞蹈家，把解释性的舞蹈提高到创造性艺术地位的先驱者之一。家境贫寒，从小受教于音乐教师的母亲，对古典芭蕾的刻板程式反感，主张把舞蹈建立在自然的节奏和动作之上。她的创新最初在美国并未受到重视。二十一岁去英国，她的舞蹈很快风靡全欧。1920年应邀到莫斯科创办舞蹈学校，并于1922年与诗人叶赛宁结婚。在此以前曾先后与舞台美术家克莱格及富商辛格同居，生过两个孩子（均死于车祸）。最后几年在法国尼斯离群索居，后因汽车车祸去世。

坦白地说，当初让我写这本书的时候，真有点心惊胆战。这倒不是因为我的生活没有小说有趣，没有电影惊险，也不是怕写成以后成不了一本划时代的传记，而是因为要把它写出来——这就是难点。

为了学会做好一个简单的舞姿，我曾历经多年的奋斗、辛勤工作和探索；我也十分了解写作艺术的艰辛，知道要写好一个简单而漂亮的句子，同样需要我花费很多年的时间去埋头苦干。再说，我也常常这么认为：一个人完全可以长途跋涉去过赤道，创造出降狮伏虎的惊人业绩，但当他试图形诸笔墨时，却会遭到失败；而另一个人呢，他足不出户，反倒可以把在丛林中杀虎的经过写得活灵活现，使读者相信他曾身历其境，甚至能够感受到他的痛苦和忧惧，嗅到狮子的腥味，听到响尾蛇可怕的声响。要是离开了想象，什么都不存在。而且我经历的一切奇妙事情，在我笔下也许会索然无味，因为我没有塞万提斯那样的文笔，甚至不如卡萨诺瓦。

另一方面，怎么去写自己的真实情况呢？我们确实了解自己吗？有朋友对我们的看法，自己对自己的看法，崇拜我们的人对我们的看法，还有仇人对我们的看法。所有这些看法各不相同。我完全有理由这么看问题，因为早上喝咖啡时，我才看到报上说我美丽得像天仙下凡，说我是个天才，我得意的笑容未敛，捡起另一份报纸来看，却说我无才而丑陋，是个十足的丑八怪。

于是我立刻不再阅读评论我演出的文章了。我不能规定只给我看说我好话的文章，但坏话却太令人泄气，叫人火冒三丈，比杀了我还难受哩。有一位柏林的评论家一个劲儿辱骂我，还说我对音乐一窍不通。有一天，我写信请他来，要他明白他是错的。他来了，在茶桌那边坐了下来。我高谈阔论地向他讲解我根据音乐创造动作的理论，一气讲了一个半小时。我发现他死板呆笨之极，尤其叫我啼笑皆非的是，他居然从衣兜里掏出一个助听器来，说他完全是个聋子，甚至靠助听器坐在剧场前排也听不清乐队演奏，就是这样一个人对我妄加评论，搞得我晚上睡不着觉。

所以，既然别人对我们的看法各不相同，各人描绘的形象都不一样，那么，我们又怎能在自己身上找出更不相同的新的形象在这本书里描绘呢？该写成圣母玛丽亚，还是放荡的密萨琳娜，从良的妓女玛达琳，还是附庸风雅的女文人呢？从她们的种种冒险中，我哪儿能找到真实的女性？我觉得，真实女性的形象不止一个，而是成百上千；但是我的心灵飘然超乎一切，根本不受她们之中任何一个的影响。

有人说得好，要写点什么的话，首要的秘诀就是对于所写的题材全无经验。把自己亲身的经历用文字写出来，那就必定会发现你所写的东西捉摸不定。回忆不如梦境那样有声有色。的确，我做过的许多梦比回忆真实经历要生动得多。人生如梦，这样倒好，否则的话，能有谁在某些经历之后还活得下去呢？例如"露西塔尼亚"号邮船的沉没，经过这样的惨祸之后，遇难的男男女女脸上应当留下永难消失的恐怖表情，而我们随处见到他们时，哪一个不是满面春风呢？只有在浪漫故事里，突然改变面容形体才是可能的。但在真实生活中，甚至在经历了最恐怖事件之后，最主要的特征也还是完全保持原样的。试看许许多多俄国王公显贵失去了曾经占有的一切之后，还不是依然故我，每天晚上都在荣特马特大街上，像战前一样，同歌女们一起吃喝玩乐么？

无论男女，只要愿意如实地写出自己的生活，都可以写成一部杰作，但是，从来没有一个人有胆量把自己一生的真情实况写出来。让·雅克·卢梭为人类作出了最大的牺牲——他把自己灵魂的真貌，最隐秘的行动和内心思想活动揭露无遗，结果写成了一部杰作。沃尔特·惠特曼向美国人民披露了他内心的真情，他的著作一度被认为是"不道德的书"而遭禁邮。这个罪名在今天看来，简直是荒唐之至。自古以来还没有一个女性向世界披露过自己生活的全部真情。许多著名妇女的自传，都是表面生活、微末琐事和趣闻轶事的记述汇编，都不能使人看清她们的真面目。一涉及欢乐或痛苦的关键情节，她们就出奇的守口如瓶了。

我的艺术就是努力通过舞姿和动作表现我的真实生活。为了发现即使是一个绝对真实的动作，我也花费了漫长的岁月。而用词句表达，意义就不一样了。在蜂拥前来看我演出的观众面前，我从不含糊，可以把自己心灵深处最隐秘的世界都献给他们。从一开始我就是用舞蹈仅仅表现自己的生活。童年时代，是用舞蹈表达自己对生气勃勃的万物所感到的自发欢乐。少年时，舞蹈中的欢乐情绪开始转为忧虑，为刚刚认识到的生活中的悲剧性潜流而忧心忡忡，为生活的无情残忍、为生活滚滚向前碾碎一切而忧心忡忡。

十六岁的时候，有一次没有音乐伴奏，我给观众表演舞蹈。结束的时候，突然有人从观众席中高呼："这是死神和少女！"从此以后，这个舞蹈一直就叫做《死神与少女》了。这可不是我的本意。我不过是竭尽自己最大的努力去表现我当时初步认识到的，一切貌似欢乐的现象之中都暗藏着悲剧而已。那个舞蹈，按我的意思应该叫做《生命与少女》才对。

以后，我用舞蹈表现我向生活本身，即观众称之为"死"的东西所进行的搏斗，表现我从生活中夺取的短暂欢乐。没有比一般的电影或者小说中的男女主人公更远离人的真实情况了。这些人被描写为一切美德俱全，绝不可能犯什么错误。如果是男子，一定是高贵啦，勇敢啦，刚毅啦……；如果是女人，一定是如何纯洁啊，温柔啊……等等。人们把一切卑劣的品质和罪恶赋予故事情节中的恶棍和"坏女人"。其实，我们知道，在真实的生活中，没有一个人是绝对地好，或者绝对地坏。可能并非人人都违犯"十诫"，尽管人人全都干得出来。我们心中潜藏着违法犯罪的魔鬼，只要一有机会，它就会跳将出来，有德行的人之所以有德行，只不过受到的引诱不足而已；这不是因为他们生活单调刻板，就是因为他们专心一意奔向一个目标而无暇旁顾。

我曾经看过一部叫做《轨道》的好电影。主题是说人类的生活犹如在轨道上行驶的火车头。如果火车头离开轨道，或者在前进道路上碰到不可超越的物体，那就会发生灾祸。司机看见陡峭下坡就在前面，却不是恶魔附体，按捺不住，撒开一切制动器冲向毁灭，这样的司机就"有福了"！

有时人们问我是否认为爱情高于艺术，我回答说，不能把二者分开，因为只有艺术家是会爱的人，只有他才能对美形成纯粹的意象，当心灵得以审视不朽的美的时候，爱就是心灵的意象。

也许，当代的奇人之一，就是加布里埃尔·邓南遮了。然而他身材矮小，除了他容光焕发的时候以外，很难称得上美丽。但是当他对他所爱的人说话的时候，就立刻变得像太阳神阿波罗转世一般，赢得了几位当今著名美女的欢心。邓南遮爱一个女人的时候，他能使对方的精神从尘世飞升到贝雅特丽斯发射着光芒的神圣境界。他把每一个女人轮番变成圣境本质的一个构成部分，使她们飞升登仙，终至相信自己确实是同但丁用不朽的诗篇歌颂过的那位贝雅特丽斯同在。在巴黎，曾有一度对邓南遮的崇拜达到了高峰，所有的著名美女全都爱上了他。那时，他逐个给她们披上闪闪发光的面纱，这样，她就飞腾而起，超越凡夫俗子，在神妙灵光环绕之中漫步天堂。但是诗人一时的兴致转眼即逝，那面纱也就化为乌有，灵光也黯然消失，她也就重新变成肉体凡胎的女人。她本人甚至还不知道发生了什么事情，但是却意识到自己突然下坠，重新落到地球之上了。当她再回顾受邓南遮宠幸时自身的变化，才明白她这辈子再也遇不到这样的爱之精灵了。于是，她为自己的命运痛心疾首，越来越伤心绝望，到后来，人们瞧见她时都会说："邓南遮怎么会爱上这样一个毫不出众的红眼睛女人呢？"邓南遮就是这样一个杰出的情人，他能把一个最普通的平常人变成昙花一现的天上神仙。

在诗人的一生中，只有一位女人经受住了这种考验，她犹如非凡的贝雅特丽斯仙女再生，对于她，邓南遮并不需要给她披上面纱。由于我一直相信埃莉诺拉·杜丝确实是现代的贝雅特丽斯，所以在她面前，邓南遮只能顶礼膜拜。这在他的生活经历中，可算是独一无二的极乐享受了。在所有的其他女人身上，邓南遮发现了他亲自灌输进去的那种素质，仅有的例外是埃莉诺拉。她翱翔在他的头顶上空，向他启示神的灵感。

人们的巧妙奉承的魅力是多么无知啊！我想，任何女人听到邓南遮持有的那种有魅力的奉承，就会像夏娃在极乐园中听到引诱她的蛇的声音一样。邓南遮可以使任何一个女子觉得自己是宇宙的中心。

我记得有一次同他在树林里散步的美妙情景。我们停住了脚步，四周一片寂静，这时，邓南遮叹息说："啊，伊莎多拉，只有与你才能够单独在大自然中徜徉,任何别的女人只会把景色败坏无遗,唯有你构成了大自然的一部分。"(女人哪能抵挡得住这样的景仰崇奉?)"你就是这些树林,就是这天空的一部分;你是主宰大自然的女神啊!"

这就是邓南遮的天才。他能使每个女人都觉得自己是各自不同的领域中的女神。

现在我在内格雷斯科,躺在床上,试着分析人们称为"回忆"的那个东西。我感觉到南方太阳的炎热,听见邻近公园里孩子们玩耍喧闹的声音。我感觉到自己身体的温暖,低头望着伸展着的光腿,柔软的胸脯,那一双从来不知安静、现在仍然在继续起伏、犹如微波荡漾的双臂,觉得十二年来,我变得消沉了。胸脯中蕴藏着无穷的痛楚,面前这双手也留下了忧愁的伤痕。独处的时候眼泪很少干过,这泪水流了十二年了。正是十二年前的一天,我躺在睡椅上,突然一阵号哭把我惊醒,我转过身来看见洛亨格林像一个受伤的人哭叫着:"孩子们都惨死了!"

我顿时觉得难以言状的痛苦,嗓子里在燃烧,就像咽了几块红炭似的。但是,我无法理解,我还是十分温柔地同他说话,极力要他平静下来,跟他说孩子们不会死的。后来来了一些人,但我不能想发生了什么事情。后来又进来一个黑胡子男人,据说是位医生。他说:"这不是真的,我要救活他们。"

我相信他,希望同他一起去,但是人们拦住了我。从这我才明白,他们不想让我知道那是确实无望的了。他们担心我受不了这个打击,会发疯,但是我当时却很兴奋。看到四周的人都在哭,我却不哭;相反,却有一种强烈的欲望,想安慰每一个人。当我回想起来,很难理解当时我怎么会有这种奇特的心理状态,难道当时我真有远见卓识,知道死亡是不存在的吗?知道那两个冷冰冰的小蜡像不是我的孩子,只不过是他们脱下的外衣?知道我的孩子们的灵魂在天堂光辉中永生?我们的一生中,在我们体外听见母亲的哭声只有两次:一次是我们降生的时候,一次是我们死去的时候。因为,当我握住他们冰冷的小手,它们却再也不能回握我的手,这时,我听到了自己的哭声。就是这哭声,在孩子们出生的时候我也听到过。一个是极度喜悦的哭声,另一个是极度悲痛的哭声,为什么说是同一个呢?我不懂为什么,但我懂得二者就是同一个。在茫茫宇宙之中,是不是只有一种伟大的哭声——创造者母亲的啼哭——既包含着忧伤、痛楚,又包含着欢乐、狂喜的呢?

自述片断

〔德国〕爱因斯坦

爱因斯坦(1879—1955),德国出生的美籍著名理论物理学家。在他生前就被公认为人类历史中最具创造性才能的人物之一。20世纪初的15年中,他提出一系列的科学理论,最先断言物质和能量的相当性;对空间、时间和引力都赋予完整的新概念。1921年,获诺贝尔物理学奖。1933年因受纳粹迫害,迁居美国,任普林斯顿高级研究所教授。1940年入美国籍。

1895年,我在既未入学也无教师的情况下,跟我父母在米兰度过一年之后,我这个十六岁的青年人从意大利来到苏黎世。我的目的是要上联邦工业大学,可是一点也不知道怎样才能达到这个目的。我是一个执意的而又有自知之明的年轻人,我的那一点零散的有关知识主要是靠自学得来的。热衷于深入理解,但很少去背诵,加以记忆力又不强,所以我觉得上大学学习绝不是一件轻松的事。怀着一种根本没有把握的心情,我报名参加工程系的入学考试。这次考试可悲地显示了我过去所受的教育的残缺不全;尽管主持考试的人既有耐心又富有同情心,我认为我的失败是完全应该的。然而可以自慰的是,物理学家韦伯让人告诉我,如果我留在苏黎世,可以去听他的课。但是校长阿尔宾·赫尔措格教授却推荐我到阿劳州立中学上学,我可以在那里学习一年来补齐功课。这个学校以它的自由精神和那些毫不仰赖外界权威的教师们的淳朴热情给我留下了难忘的印象;同我在一个处处使人感到受权威指导的德国中学的六年学习相对比,使我深切地感到,自由行动和自我负责的教育,比起那种依赖训练、外界权威和追求名利的教育来,是多么的优越呀。真正的民主绝不是虚幻的空想。

在阿劳这一年中,我想到这样一个问题:倘使一个人以光速跟着光波跑,那么他就处在一个不随时间而改变的波场之中。但看来不会有这种事情，这是同狭义相对论有关的第一个朴素的理想实验。狭义相对论这一发现绝不是逻辑思维的成就，尽管最终的结果同逻辑形式有关。

  1896—1900年在苏黎世工业大学的师范系学习。我很快发现，我能成为一个有中等成绩的学生也就该心满意足了。要做一个好学生，必须有能力去很轻快地理解所学习的东西；要心甘情愿地把精力完全集中于人们所教给你的那些东西上；要遵守秩序，把课堂上讲解的东西笔记下来，然后自觉地做好作业。遗憾的是，我发现这一切特性正是我最为欠缺的。于是我逐渐学会抱着某种负疚的心情自由自在地生活，安排自己去学习那些适合于我的求知欲和兴趣的东西。我以极大的兴趣去听某些课。但是我"刷掉了"很多课程，而以极大的热忱在家里向理论物理学的大师们学习。这样做是好的，并且显著地减轻了我的负疚心情，从而使我心境的平衡终于没有受到剧烈的扰乱。这种广泛的自学不过是原有习惯的继续；有一位塞尔维亚的女同学参加了这件事，她就是米列娃·玛里奇，后来我同她结了婚。可是我热情而又努力地在韦伯教授的物理实验室里工作。盖塞教授关于微分几何的讲授也吸引了我，这是数学艺术的真正杰作，在我后来为建立广义相对论的努力中帮了我很大的忙。不过在这些学习的年代，高等数学并未引起我很大的兴趣。我错误地认为，这是一个有那么多分支的领域，一个人在它的任何一个部门中都很容易消耗掉他的全部精力。而且由于我的无知，我还以为对于一个物理学家来说，只要明晰地掌握了数学基本概念以备应用，也就很够了；而其余的东西，对于物理学家来说，不过是不会有什么结果的枝节问题。这是一个我后来才很难过地发现到的错误。我的数学才能显然还不足以使我能够把中心的和基本的内容同那些没有原则重要性的表面部分区分开来。

  在这些学习年代里，我同一个同学马尔塞耳·格罗斯曼建立了真正的友谊。每个星期我总同他去一次里马特河口的"都会"咖啡店，在那里，我同他不仅谈论学习，也谈论着睁着大眼的年轻人所感兴趣的一切。他不是像我这样一种流浪汉和离经叛道的怪人，而是一个浸透了瑞士风格同时又一点也没有丧失掉内心自主性的人。此外，他正好具有许多我所欠缺的才能：敏捷的理解能力，处理任何事情都井井有条。他不仅学习同我们有关的课程，而且学习得如此出色，以致人们看到他的笔记本都自叹不及。在准备考试时他把这些笔记本借给我，这对我来说就像救命的锚；我怎么也不能设想，要是没有这些笔记本，我将会怎样。

虽然有了这种不可估量的帮助,尽管摆在我们面前的课程本身都是有意义的,可是我仍要花费很大的力气才能基本上学会这些东西。对于像我这样爱好沉思的人来说,大学教育并不总是有益的。无论多好的食物强迫吃下去,总有一天会把胃口和肚子搞坏的。纯真的好奇心的火花会渐渐地熄灭。幸运的是,对我来说,这种智力的低落在我学习年代的幸福结束之后只持续了一年。

马尔塞耳·格罗斯曼作为我的朋友给我最大的帮助是这样一件事:在我毕业后大约一年左右,他通过他的父亲把我介绍给瑞士专利局(当时还叫做"精神财产局")局长弗里德里希·哈勒。经过一次详尽的口试之后,哈勒先生把我安置在那儿了。这样,在我的最富于创造性活动的1902—1909这几年当中,我就不用为生活而操心了。即使完全不提这一点,明确规定技术专利权的工作,对我来说也是一种真正的幸福,它迫使你从事多方面的思考,它对物理的思索也有重大的激励作用。总之,对于我这样的人,一种实际工作的职业就是一种绝大的幸福。因为学院生活会把一个年轻人置于这样一种被动的地位:不得不去写大量科学论文——结果是趋于浅薄,这只有那些具有坚强意志的人才能顶得住。然而大多数实际工作却完全不是这样,一个具有普通才能的人就能够完成人们所期待于他的工作。作为一个平民,他的日常的生活并不靠特殊的智慧。如果他对科学深感兴趣,他就可以在他的本职工作之外埋头研究他所爱好的问题。他不必担心他的努力会毫无成果。我感谢马尔塞耳·格罗斯曼给我找到这么幸运的职位。

……

自从引力理论这项工作结束以来,到现在四十年过去了。这些岁月我几乎全部用来为了从引力场理论推广到一个可以构成整个物理学基础的场论而绞尽脑汁。有许多人向着同一个目标而工作着。许多充满希望的推广我后来都一个个放弃了。但是最近十年终于找到一个在我看来是自然而又富有希望的理论。不过,我还是不能确信,我自己是否应当认为这个理论在物理学上是极有价值的,这是由于这个理论是以目前还不能克服的数学困难为基础的,而这种困难凡是应用任何非线性场论都会出现。此外,看来完全值得怀疑的是,一种场论是否能够解释物质的原子结构和辐射以及量子现象。大多数物理学家都是不假思索地用一个有把握的"否"字来回答,因为他们相信,量子问题在原则上要用另一类方法来解决。问题究竟怎样,我们想起莱辛的鼓舞人心的言词:为寻求真理的努力所付出的代价,总是比不担风险地占有它要高尚得多。

我的世界观

〔德国〕爱因斯坦

我们这些总有一死的人的命运是多么奇特！我们每个人在这个世界上都只作一个短暂的逗留，目的何在，却无从知道，尽管有时自以为对此若有所感。但是，不必深思，只要从日常生活就可以明白：人是为别人而生存的——首先是为那样一些人，他们的喜悦和健康关系着我们自己的全部幸福；其次是为许多我们所不认识的人，他们的命运通过同情的纽带同我们密切结合在一起。我每天上百次地提醒自己：我的精神生活和物质生活都是以别人（包括生者和死者）的劳动为基础的，我必须尽力以同样的分量来补偿我所领受了的和至今还在领受着的东西。我强烈地向往着俭朴的生活，并且时常发觉自己占用了同胞的过多劳动而难以忍受。我认为阶级的区分是不合理的，它最后所凭借的是以暴力为根据。我也相信，简单淳朴的生活，无论在身体上还是在精神上，对每个人都是有益的。

我完全不相信人类会有那种在哲学意义上的自由。每一个人的行为，不仅受着外界的强制，而且要适应内心的必然。叔本华说："人虽然能够做他所想做的，但不能要他所想要的。"这句话从我青年时代起，就对我是一个真正的启示；在我自己和别人的生活面临困难的时候，它总是使我们得到安慰，并且永远是宽容的源泉。这种体会可以宽大为怀地减轻那种容易使人气馁的责任感，也可以防止我们过于严肃地对待自己和别人；它导致一种特别给幽默以应有地位的人生观。

要追究一个人自己或一切生物生存的意义或目的，从客观的观点看来，我总觉得是愚蠢可笑的。可是每个人都有一定的理想，这种理想决定着他的努力和判断的方向。就在这个意义上，我从来不把安逸和享乐看做是生活目的本身——我把这种伦理基础叫做猪栏的理想。照亮我的道路，并且不断地给我新的勇气而让我愉快地正视生活的理想是善、美和真。要是没有志同道合者之间的亲切感情，要不是全神贯注于客观世界——那个在艺术和科学工作领域里永远达不到的对象，那么在我看来，生活就会是空虚的。我总觉得，人们所努力追求的庸俗的目标——财产、虚荣、奢侈的生活——都是可鄙的。

我对社会正义和社会责任的强烈感觉，同我在与别人和社会直接接触一事上所显露出的淡漠，两者总是形成古怪的对照。我实在是一个"孤独的旅客"，我未曾全心全意地属于我的国家、我的家庭、我的朋友，甚至我最接近的亲人；在所有这些关系面前，我总是感觉到有一定距离并且需要保持孤独，而这种感受正与年俱增。人们会清楚地发觉，同别人的相互了解和协调一致是有限度的，但这不值得惋惜。无疑，这样的人在某种程度上会失去他的天真无邪和无忧无虑的心境；但另一方面，他却能够在很大程度上不为别人的意见、习惯和判断所左右，并且能够不受诱惑，而把他的内心平衡建立在这样一些不可靠的基础之上。

我的政治思想是民主主义。让每一个人都作为个人而受到尊重，而不让任何人成为崇拜的偶像。我自己一直受到人们过分的赞扬和尊敬，这不是由于我自己的过错，也不是由于我自己的功劳，而实在是一种命运的嘲弄。其原因大概在于人们有一种愿望，想理解我以自己的微薄绵力，通过不断的斗争所获得的少数几个观念，而这种愿望有很多人却未能实现。我完全明白，一个组织要实现它的目的，就必须有一个人去思考，去指挥，并且全面担负起责任来。但是被领导的人不应当受到强迫，他们必须能够选择自己的领袖。在我看来，强迫的专制制度很快就会腐化堕落。因为暴力所招引来的总是一些品德低劣的人，而且我相信，天才的暴君总是由无赖来继承的，这是一条千古不易的规律。就是由于这个缘故，我总是强烈地反对今天我们在意大利和俄国所见到的那种制度。像欧洲今天所存在的情况，已使得民主形式受到怀疑，这不能归咎于民主原则本身，而是由于政府的不稳定和选举制度中与个人无关的特征。我相信美国在这方面已经找到了正确的道路。他们选出了一个任期足够长的总统，他有充分的权力来真正履行他的职责。另一方面，在德国的政治制度中，为我所看重的是它为救济患病或贫困的人作出了比较广泛的规定。在人生的丰富多彩的表演中，我觉得真正可贵的，不是政治上的国家，而是有创造性的、有感情的个人，是人格；只有个人才能创造出高尚的和卓越的东西。而群众本身在思想上总是迟钝的，在感觉上也总是迟钝的。

讲到这里,我想起了群众生活中最坏的一种表现,那就是使我厌恶的军事制度。一个人能够洋洋得意地随着军乐队在四列纵队里行进,单凭这一点就足以使我对他鄙夷不屑。他所以长了一个大脑,只是出于误会;单单一根脊髓就可满足他的全部需要了。文明国家的这种罪恶的渊源,应当尽快加以消灭。任人支配的英雄主义、毫无意义的暴行,以及在爱国主义名义下的一切可恶的胡闹,所有这些都使我深恶痛绝!在我看来,战争是多么卑鄙、下流!我宁愿被千刀万剐,也不愿参与这种可恨的勾当。尽管如此,我对人类的评价还是十分高的,我相信,要是人民的健康感情没有遭到那些通过学校和报纸而起作用的商业利益和政治利益的蓄意败坏,那么战争这个妖魔早就该绝迹了。

　　我们所能有的最美好的经验是奥秘的经验。它是坚守在真正艺术和真正科学发源地上的基本感情。谁要是体验不到它,谁要是不再有好奇心,也不再有惊讶的感觉,他就无异于行尸走肉,他的眼睛便是模糊不清的。就是这样奥秘的经验——虽然掺杂着恐怖——产生了宗教。我们认识到有某种为我们所不能洞察的东西存在,感觉到那种只能以其最原始的形式为我们感受到的最深奥的理性和最灿烂的美——正是这种认识和这种情感构成了真正的宗教感情;在这个意义上,而且也只是在这个意义上,我才是一个具有深挚的宗教感情的人。我无法想象,上帝会对自己的创造物加以赏罚,会具有我们在自己身上所体验到的那种意志。我不能也不愿去想象一个人在肉体死亡以后还会继续活着;让那些脆弱的灵魂,由于恐惧或者由于可笑的唯我论,去拿这种思想当宝贝吧!我自己只求满足于生命永恒的奥秘,满足于觉察现存世界的神奇结构,窥见它的一鳞半爪,并且以诚挚的努力去领悟在自然界中显示出来的那个理性的一部分,倘若真能如此,即使只是其极小的一部分,我也就心满意足了。

伟大的日子

〔美国〕海伦·凯勒

在我的记忆中，我平生最重要的日子，是我的老师安妮·沙莉文来到我身边的那天。这一天联系着我两种截然不同的生活，每想到这一点，我的心里便充满了神奇之感。那是1887年3月3日，距离我满七岁还有三个月。

在那个重要的日子的下午，我一声不响地站在大门口，我在等待。我从妈妈的手和屋里匆忙来往的人们，模糊地感到某种不寻常的事情就要发生。因此我来到门口，在台阶上等待着。午后的阳光穿过覆盖在门廊上的金银花，落在我仰着的脸上。我的指头几乎不自觉地流连在熟悉的树叶和花朵之间。那花似乎是为了迎接南方春天的阳光才开放的。我不知道未来给我准备了什么奇迹和意外。几个礼拜以来，我心里不断地受到愤怒和怨恨的折磨。这场激烈的斗争使我感到一种深沉的倦怠。

你曾在海上遇到过雾么？你好像感到一片可以触摸到的白茫茫的浓雾，把你重重包围了起来。大船正一边测量着水深，一边向岸边紧张焦灼地摸索前进。你的心怦怦地跳着，等待着事情的发生。在我开始受到教育之前，我就像那只船一样。只不过我没有罗盘，没有测深锤，也无法知道海港在哪里。

"光明！给我光明！这是我灵魂里的没有语言的呼号，而就在一小时之后，爱的光明便照耀到了我的

海伦·凯勒（1880—1968），美国女作家、教育家。1岁半时因患猩红热变成了盲聋人。7岁时她的老师安妮·沙莉文开始教她用手摸触认字，又经过在聋人学校学习及口语学校学习，她学会用盲文读写。1904年，她毕业于马塞诸塞州剑桥拉德克利夫学院。凯勒终生致力于盲人的公共救助事业。为此，她曾周游世界。她能用英语、法语和德语进行阅读和写作。她写了很多书，包括《我的一生》《海伦·凯勒的日记》等。

身上。

我感觉到有脚步向我走来，我以为是妈妈，便向她伸出了手。有个人握住了我的手，把我拉了过去，我被一个人抱住了。这人是来让我看到这个有声有色的世界的，更是来爱我的。

我的老师在到来的第二天便把我引到了她的屋里，给了我一个玩具娃娃。那是柏金斯盲人学校的小盲童们送给我的。衣服也是罗拉给它缝的。但这些情节我都是后来才知道的。

在我玩了一会儿玩具娃娃之后，莎莉文小姐便在我手心里拼写了d—o—l—l这个字。我立即对这种指头游戏感到了兴趣，模仿起来。最后我胜利了，我正确地写出了那几个字母。我由于孩子气的快乐和骄傲，脸上竟然发起烧来。我下楼去找到妈妈，举起手写出了doll这个字。我不知道我是在拼写一个字，甚至也不知道有字这种东西存在。我只不过用指头像猴子一样模仿着。在以后的日子里，我以这种我并不理解的方式，学会了很多字，其中有pin(大头针)、hat(帽子)、cap(杯子)；还有几个动词，如sit(坐)、stand(站)、walk(走)等。到我懂得每一样东西都有一个名字的时候，已是我的老师教了我几个礼拜之后的事了。

有一天，我正在玩着新的玩具娃娃，沙莉文小姐又把我的大玩具娃娃放到了我衣襟里，然后又拼写了doll这个字。她努力要让我懂得这两个东西都可以用doll(玩具娃娃)这个字表示。

前不久我们刚在"大口杯"和"水"两个字上纠缠了许久。沙莉文小姐想尽办法教我m—u—g是"大口杯"，而w—a—t—e—r是"水"。可是，我老是把这两个字弄混。她无可奈何，只好暂时中止这一课，打算以后利用其他机会再来教我。可是，这一回她又一再地教起来，我变得不耐烦了，抓住新的玩具娃娃用力摔到地上。我感到玩具娃娃摔坏了，破片落在我的脚上。这时我非常高兴，发了一顿脾气，既不懊悔也不难过。我并不爱那个玩具娃娃。在我生活的那个没有声音没有光明的世界里，本没有什么细致的感受和柔情。我感到老师把破片扫到壁炉的角落里，心里很满足——我的烦恼的根源被消除了。她给我拿来了帽子，我明白我要到温暖的阳光里去了。这种思想(如果没有字句的感觉也能称之为思想的话)使我高兴得手舞足蹈。

我们沿着小路来到井房。井房的金银花香气吸引着我们。有人在汲水，老师把我的手放在龙头下面。当那清凉的水流冲在我的手上的时候,她在我的另一只手的掌心里写了 w—a—t—e—r(水) 这个字。她开始写得很慢,后来越写越快。我静静地站着,全部注意力集中到她指头的运动上。我突然朦胧地感到一种什么被遗忘了的东西——一种恢复过来的思想在震颤。语言的神秘以某种形式对我展示出来。我明白了"水"是指的那种奇妙的、清凉的、从我手上流过的东西。那个活生生的字唤醒了我的灵魂,给了它光明、希望和欢乐,解放了它。当然,障碍还是有的,但是已经可以克服了。

我怀着渴望学习的心情离开了井房。每一个东西都有一个名字,每个名字产生一种新的思想,当我们回到屋里去时,我所摸到的每一件东西都好像有生命在颤动,那是因为我用出现在我心里的那种奇怪的新的视觉"看"到了每一个东西。进门的时候,我想起自己打破了的玩具娃娃。我摸到壁炉边,把碎片捡了起来。我努力把它们拼合到一处,但是没有用。我的眼里充满了泪水,因为我懂得我干了一件什么样的事,我第一次感到了悔恨和难过。

那一天我学会了很多字,是些什么字,我已忘了,但是我确实记得其中有妈妈、爸爸、姐妹、老师这些字——是这些字让世界为我开出了花朵,像"阿隆的棍子上开出了花朵"一样。在那个新事频出的日子的晚上,我睡在自己的小床上,重温那一天的欢乐,恐怕很难找到一个比我更加快乐的孩子。我第一次渴望新的一天的到来。

与自己对话

〔奥地利〕卡夫卡

卡夫卡（1883—1924），奥地利小说家。著有短篇小说《判决》《变形记》和长篇小说《审判》《城堡》《美国》等。卡夫卡的小说无论是短篇还是长篇，在艺术风格上都独树一帜：内容怪诞离奇，形式新颖别致，摆脱了传统小说的束缚，深刻洞察现代人隐秘的内心世界。他的小说所描摹的正直善良又无力自助的"小人物"悲剧，在经历了两次世界大战后的西方民众那里得到了广泛的认同。卡夫卡对现代人孤独、迷茫的生存图景的描述取得了巨大成功，被尊为西方现代小说的开创者。

在我最近五个月的生活中，我什么也写不出来，我本该对此满意的，这种状态没有任何力量可以取代，尽管所有力量都有此义务。在这五个月后，我终于心血来潮，再度想要与我自己对话了。当我真的向我自己提问时，我还总是给予答复的，总有东西可以从我这个稻草堆中拍打出来。五个月来我便是这么一个稻草堆，其命运似乎应该是：在夏天被点燃，旁观者还来不及眨一眨眼，便已化为灰烬。这种命运偏偏要落在我的头上！它落在我的头上是再合适不过了，因为甚至对倒霉的时期我也毫无悔恨。我的状况不是不幸，但也不是幸福，不是冷漠，而是孱弱，不是疲惫，也不是其他兴趣。那么究竟是什么呢？我对此一无所知，也许与我写作无能有关。我相信我是理解这种无能的，却分明不知其因。比如说吧，一切闯入我脑子里的东西都不是有头有尾地闯入的，而是在什么地方拦腰截取的。谁有本事，不妨试试去抓住这些东西，试试去抓住一棵从当中开始长起的草，且抓住不放。有些人会这种技巧，比如日本杂耍艺人，他们在一架梯子上爬，这架梯子不是支在地上，而是抵在一个躺着的人的竖起的脚掌上，这架梯子也不是倚在墙上，而是悬空的。我不会这一套，更何况连用来支撑我的梯子的那样的脚掌也没有。这当然不能说明一切，这样提问题也不能令我开口回答。但每天按理说至少应该有一行文字是针对我的，就像人们现在用望远镜对着彗星一样。然而一旦我出现在那么一个句子面前，为那个句子所吸引，就像去年圣诞节期间那样，这时我就只能保持镇静，这时我真的好像踏着我的梯子的最上面一级了。但我的梯子是平稳地支在地上，靠在墙上的。可是那是什么样的地，什么样的墙！然而这架梯子却倒不了，于是它便被我的脚踏着往地上压，于是它托起我的脚朝墙上升。

……

看上去我像是彻底完蛋了——去年我清醒的时间每天不超过五分钟，因此我要么就期待着自己从地球上消亡，要么就必须像一个小孩子那样从头开始（尽管这是毫无希望的）。现在从头开始会比那时候容易得多。因为那时候我才刚刚有点微弱的意识去追求一种表达方法，想使每一句话都同我的生活有联系，每一句话都在我的胸中起伏，占据我整个身心。刚开始时我是多么可怜（现在当然大不相同了），那时写下来的东西里透出什么样的寒冷啊，它成天追着我不放！危险性那么大，不感到那种寒冷的时刻又是那么少，总而言之，这显然不能使我的不幸减轻多少。

有一次我想写一部长篇小说，写两个互相斗争的兄弟，一个去美国，另一个则留在欧洲的监狱里。开始我只是不时地在这儿写几行，在那儿写几行，因为我总是那么容易疲倦。有一次，那是一个星期天的下午，我们去看望祖父祖母，在那儿把常见的一种特别软的面包涂上黄油吃了个精光。这时我根据我的构思动笔描写那个监狱。当然，我当时这么做也许主要是因为虚荣，即想通过在桌布上把纸片推来推去，敲敲铅笔，在灯下四处观望，把某个人吸引过来，让他把我写的东西夺去，看看写些什么，然后对我表示赞赏。在那几行中我主要描写了监狱的走廊，特别是它的寂静和寒冷；关于那位留下的兄弟也写了一句同情的话，因为他是两个兄弟中的一个。也许我有一阵感到这些描写是没有什么价值的，但那天下午我对这种感觉并不怎么注意。因为我当时处在我已经相处惯了的亲戚中间（我是那么羞怯，以致在相处惯了的人们中间我能感到舒适一些），坐在我所熟悉的房间中的圆桌旁，总想着我很年轻，从目前这种不受干扰的状态出发我会干出大事业来的。一个老爱嘲笑人的叔叔终于从我这儿抽走了那张我只是轻轻地按着的稿纸，粗粗看了看，又递还给了我，连笑都没有笑，只是对其他几个用眼光追寻着他的人说："一般得很。"对我则什么也没有说。

我虽然还坐在那儿,像先前一样俯在我那张毫无用处的纸上,但我实际上被一脚踢出这个社会了。叔叔的判断在我心中不断响起,我觉得几乎具有真实的意义,从而使我得以在家庭感情内部也看到我们的世界那寒冷的空间。看来我必须用一把火来烧热这个空间,这把火就是我刚开始想要找的。

一束假花

〔前苏联〕帕乌斯托夫斯基

当我想到文学工作的时候,我常常问我自己:这是什么时候开始的?一般是怎样开始的?是什么东西第一次使人拿起笔来而一生不放下的呢?

很难想起来,这是什么时候开始的。很明显,写作,像一种精神状态,早在他还没写满几令纸以前,就在他身上产生了。可能产生在少年时代,也可能在童年时代。

在童年时代和少年时代,世界对我们说来,和成年时代不同。在童年时代阳光更温暖,草木更茂密,雨更霶霈,天更苍蔚,而且每个人都有趣得要命。

对孩子说来,每一个大人都好像有点神秘——不管他是带着一套刨子,有一股刨花味儿的木匠也好,或者是知道为什么把草叶染成绿色的学者也好。

对生活,对我们周围一切的诗意的理解,是童年时代给我们的最伟大的馈赠。

如果一个人在悠长而严肃的岁月中,没失去这个馈赠,那他就是诗人或者是作家。归根结底,他们之间的差别是细微的。

对生活即对不断发生的新事物的感觉,就是肥沃的土壤,就在这块土壤上,艺术开花结实。

当我还是个中学生的时候,我当然写过诗,而且写得如此之多,一个月里竟把一大厚本笔记簿写满了。

帕乌斯托夫斯基(1892—1968),前苏联小说家。成名作是中篇小说《卡拉—布拉兹海湾》,主要作品还有自传性回忆录《一生的故事》。

诗写得很坏——绮靡、矫饰，而我当时却觉得很美丽。

这些诗我现在已经忘记了。仅仅还记住几节。譬如像：

呕，摘去那枯茎上的花朵吧！
雨丝儿静静地落到田野上。
在那燃烧着绛红色秋天落日的天边，
黄叶纷纷飘零……

这仅是一点点。越到后来我就越把什么华丽的东西，连那毫无意义的美都硬塞进诗里去了：

怀念可爱的萨迪的忧伤，
闪烁着蛋白石的光芒，
在那迟缓的岁月的篇章里……

为什么忧伤会"闪烁着蛋白石的光芒"，无论是当时，还是现在我都不能解释。仅仅是文字的音调吸引了我，我没考虑到意思。

我写海的诗最多。在那个时候我差不多不知道海。

不是一个固定的海——既不是黑海，也不是波罗的海和地中海，而是盛装的"一般的海"。这个海汇合于千奇百怪的色调，各种铺张扬厉以及丧失了真实人物、时间、真实地点的奔放的浪漫主义精神。在那个时候，这种浪漫主义精神在我的眼中，宛如浓密的大气一般，围绕着地球。

这是冒着泡沫、快乐的海；是长着翅膀的船和勇敢的航海家的故乡。灯塔在海岸上闪着绿宝石的光辉。在港口里，无忧无虑的生活蓬蓬勃勃。美丽得罕见的黝黑的女人，按我这个作者的意志，陷入了残酷的热情的焚烧。

实际上，我的诗矫饰一年少似一年。这种异想天开一点一点地从我的诗中消散了。

但说实话，童年时代和少年时代总免不了有点异想天开，我们且不去管他是对热带的还是内战时期的幻想。

异想天开给生活增加了一分不平凡的色彩，这是每一个青年和善感的人所必需的。

狄德罗说得对，他说艺术就是在平凡中找到不平凡的东西，在不平凡中找到平凡的东西。

无论如何，我不诅咒我童年时代对异想天开的迷恋。

在童年时代，谁没围攻过古代的城堡，谁没死在麦哲伦海峡或新大陆海滨上的风帆撕成碎片的船上，谁没和恰巴耶夫一起坐着马车奔驰在外乌拉尔草原上，谁没寻找过被史蒂文森那样巧妙地藏在一个秘密的荒岛上的宝库，谁没听过鲍罗金诺之战的旗帜拍打声，谁没在印度斯坦的不能通行的密林中帮助过毛格里？

我常常在乡村里居住，细心观察着集体农庄的孩子们游戏。在这些游戏中总有坐着木筏横渡大洋（在一个名字不大好听的叫做"牛犊"的小湖上）、飞向星球或发现神秘国度等异想天开的事。譬如，邻居的孩子们在牧场上发现大家都不知道的国家，他们把它叫做"海湾"。那地方是一个湖，湖岸有很多湾，生着那么多的芦苇，仅仅在中央能看见一汪湖水，好像一扇小窗子。

当然异想天开没一下子从我意识里消失，它保存了很久，好像凝固的丁香的气息，停滞在花园里一样。它在我的眼睛里改变了熟悉的、甚至有点讨厌的基辅的面貌。

落日把它的花园都染上了金黄色。在第聂伯河的对岸，在黑暗中打着闪电。我觉得那里伸展开一个未知的——骤雨和潮湿的——国度，充满了树叶遁走的声音。

春给满城撒下了瓣上带着红斑点的浅黄色栗子花。它们是那样多，在下雨的时候，落花集成的堤坝堵住了雨水，几条街道变成了小小的湖沼。

雨后，基辅的天空像月亮石镶的屋顶一般灿烂。我突然想起一首诗来。

春天的神秘的力量君临着一切
在她的额角上闪烁着群星。
你是多么温柔，你许诺我以幸福
在这无凭的尘世上……

我的初恋也和这个时候关联着——那个奇妙的内心状态，觉得每一个少女都是绝美动人的。在大街上，在花园里，在电车上，倏忽一现的任何一种处女的特征——羞涩但亲切的流盼，头发的香气，微启的朱唇里露出来的皓齿的光泽，被微风吹裸出来的膝盖，冰冷的纤指的触摸——所以这一切都令我想到，在这一生里，迟早我也会堕入情网。我是很相信这一点的。我是那样喜欢冥想这件事情，而且我是那样想过了。

每一次这样的邂逅都使我开始感到一种无名的悲伤。

我那惨淡的，说来也满痛苦的青春大部分就在这些诗中，在这些模糊的激动中消逝了。

不久我就放弃写诗了。我明白了这是华而不实的虚饰，是涂上漂亮颜色的刨花做的花朵，是一层箔纸上的镀金。

丢开诗，我写出了我的第一篇文章。

大川河的水

〔日本〕芥川龙之介

芥川龙之介(1892—1927),日本作家。笔名澄江堂主人,俳号"我鬼"。1913—1916年,在东京大学学习,开始创作生涯。1915年,他的短篇小说《罗生门》问世,从而结识当时杰出的小说家夏目漱石,并在他的鼓励下,写了一系列小说。主要作品有《鼻子》《地狱变》《玄鹤山房》等。1927年自杀。日本最权威的文学奖之———"芥川文学奖",就是以他的名字命名的。

我出生在靠近大川端的一条街上。走出家门,穿过一条环绕着黑色的墙垣、柯树绿荫蔽天的横纲町的小路,就能一边看着开阔的河床,一边来到那条百本杭的河岸前。从儿时一直到中学毕业,我几乎每天都要路过这条河流。我很熟悉这里的水和船、桥梁和滩头,也很熟悉那些出生在水上,生活在水上的忙忙碌碌的人们。每当盛夏午后,踏着滚烫的沙地去学游泳路过这里时,便自然而然感受到散发在空气中的清新的气息。随着年龄的增长,至今我还时时想起,感到它的亲切。

我怎么会这样地爱上这么一条河流?我怎么会对浑浊而微温的流水产生无限的眷恋之情?连我自己也迷惑不解,无法说清。只是很久以前就开始,一见到那河水,不知为什么,总想掉泪,总有一种说不出的既感寂寥又似乎得到慰藉的感觉。它会把我从这个现实世界引向遥远的浮想联翩的精神世界,引起无限的怀念与追忆。因为有这样的心情,又由于它能够使我品尝慰藉和寂寥,因而我无比地爱上了这大川河水。

银灰色的薄雾,油一般的蓝蓝河水,惴惴不安似的声声汽笛,运煤船上的茶褐色的三角风帆,所有这些河上的景色,全都唤起我无限的哀愁,使我幼小的心灵战栗不已,如河堤上的柳叶迎风飒飒。

这三年来，我一直在东京郊外杂木林中的书室里，过着潜心读书的生活。但是，就是在这种深居简出的平静生活中，我还是不忘每月两三次去大川河畔，眺望那里的长流。在书室沉寂宁静的气氛中，我总是兴奋和紧张，使我心慌意乱。那似乎宁静却又流着的大川河水和它的水色，完全把我那种难以忍受的慌乱的心绪融入了清寂而又奔放的无限眷恋与怀念之中。这就像是经过长途跋涉、费尽周折朝圣归来又重新踏上故乡的一种心情。因为有了大川河的水，我才能重温真挚纯朴的感情。

我曾无数次看过那河边的洋槐。面对蓝蓝的河水，每当初夏的和风拂过，枝头轻轻摇曳，雪白的槐花便一朵朵地飘落。也曾无数次地在那多雾的十一月的夜晚，听过一群群白鸭在那黑黝黝的河水上空发出声声寒鸣。所见所闻的这一切，都使我对大川河依恋不舍，再次唤起我对它的爱恋。每当那样的时刻，我那容易颤抖的少年的心，正如夏天从水中钻出来的黑蜻蜓的翅膀一样颤动着，总以惊异的目光瞧着周围发生的一切。

当我斜靠在夜间捕捞的渔舟的船舷，凝视着默默流动着的暗沉沉的河水，特别当我感到从那漆黑的夜里和幽暗的水中漂出的"死"的气息时，我深深地感觉到一种无依无靠的不安与寂寥已经向我袭来。这种感受是多么深切呀！

每当我见到大川河的流水，我就不能不怀着十分钦慕的心情，想起意大利画家邓南遮和他那满腔热情倾注在意大利水都威尼斯夜幕降临的景物上的心情。伴着寺院的钟声和天鹅的悠然长鸣，水都夜色渐深，月亮像是沉入水底似的，露台上的蔷薇花和百合花都披上了一层银辉，使它们显得更为苍白。威尼斯的游艇简直像漆黑的棺柩，就像在这里面漂浮，从一桥划向另一桥，一切恍若梦境。

受大川河水爱抚的许多市镇里巷，都是我十分恋念难忘的地方。从吾妻桥到下游的驹形、并木、藏前、代地、柳桥或是多田的药师前、梅坝、横纲等地的沿岸，处处都叫人留恋眷念。大川河流波平如镜，泛出了苍翠的微波细浪，随着潮水带来清冷的海潮水味，同时还给所有大街小巷的人们送来令人怀念的哗哗流水声。大川河亘古直泻南流，它的水声传遍远近各地，流水声在阳光辉耀的各地窖的白壁与白壁之间，在光线暗淡的纸窗木屋之间，还在许多银灰色的初放嫩芽的槐柳街树之间到处回响，传入人们的耳中。啊，那涛声真使人难忘。那蓝蓝的带有草绿色的长河，不分昼夜地喃喃自语，执拗而又颇似得意地拍打着两岸的石崖。班女也好，业平也好；我对武藏野的过去虽不了解，但远至江户净琉璃的许多作者，近到河竹默阿尔翁，在他们的剧作中，为了强有力地表现歌舞伎剧中杀场的气氛，他们常借用这大川河凄凉的水声和浅草寺幽咽的钟声来作衬托。如"十六夜"（江湖女艺人）和清心（僧人）投河自尽时，在源之丞初次见到江湖女艺人一见倾心时，又如在夏天的黄昏，天空蝙蝠交织，补锅的松五郎挑着担子走过两国桥时，大川河水也是和今天一样地拍打着当时的船埠码头，滋养着当年岸边的菁菁芦苇，并从猪牙船的船舷哗哗地流逝，发出忧郁的低吟。

大川河的流水声，似乎在渡船上听最为扣人心弦。如果我的记忆无误，在吾妻桥和新大桥间渡口原有五处。这五处渡口中，驹形渡口、富士见渡口、安宅渡口三处，不知在什么时候，一个个地相继废弃不用了；现在只剩下从一桥到溟町的渡口和从御藏桥到须贺町的渡口，这两处还依然存在。和自己的童年时代相比，河道改变了，那些长满芦荻的河滩也已经无影无踪了。现在仅有这两处渡口还依然如故，还使用着从前的浅水船，船上还坐着与过去依稀相似的老船夫，风貌依旧，仍然一日数次地往来于碧波之上，蓝蓝绿水，与堤上的柳叶一色。我虽没有什么事，但还是常去乘坐这样的渡船。渡船随波荡漾，宛如摇篮。身体被波浪轻轻地摇晃着，有一种说不出的快感。尤其是在傍晚时分，越晚越能深刻领会到渡船幽静的情趣。船舷很低，外面是一片光滑的绿波，它发出青铜似的暗淡的光。宽广的河面一望无际，直到被远处的新大桥挡住视线为止。两岸的家家户户均已融混在灰暗暮色之中。周围已是繁灯点点，灯光映在纸糊窗门的格扇上。黄黄的浑浑的在夜雾中飘浮。难得有一两艘传马船（一种小型驳船）张着灰色的半帆，随着涨着的潮水上驶。可是，所有的船静悄悄的，静得甚至连船上有没有掌舵的人也很难知道。平时我面对着这种静静的船帆，吸着平滑绿波送来的潮水气息，这时总感到好像读了霍夫曼斯塔尔的诗《往事》似的，有一种说不出的凄凉。此外，还自然而然地感到我的心绪之潮，与夜雾笼罩下的大川河水，合唱出同一旋律的歌。

但是，使我迷恋的——似乎可以这样说，不仅仅是大川河的水声，而且还有那几乎在任何地方也很难看到的弥弥漫漫、一望无际的平滑的波光和使人感到的温暖。

举例来说，海水像碧玉，却颜色绿得过深，绿得过浓。而完全不觉得湖水涨落的上游，又可以说水色如翡翠，绿得过浅，绿得过淡。只有那淡水与海水交汇处，奔流在平原的大河流，可以使人感到清冷的蓝色中夹着浑浊的黄色，有一种温暖的感觉，使人总感到它的亲切温和而有人情味。它还示人以真话，使人觉得生活诱人。正因为大川河流过红土的关东平原，还在东京这样的大都市里静静流过的缘故，它显得浑浊，并泛起波纹，好像是一个难以侍奉的犹太老爷，整天嘟囔着，但正是这河水却又给人一种平稳满足、和蔼可亲及柔软温存的感觉。而且尽管它与别的河流同样都在都市里流着，而大川河却直接地不断地与神秘的大海相沟通，因而它的水并不像连接各河流的水渠那么深暗得像沉睡似的；总感到唯独它才是在生气勃勃地流着，并且感到这生气勃勃的川流不息的永无止境的河水是多么不可思议。在吾妻桥、厩桥、两国桥之间，看到那像香油般的蓝蓝的大川河水始终深深浸泡着花岗石及砖砌成的桥墩，它给人的那种欢欣的感觉便不言而喻了。在河岸边河水里映出船行的白色灯笼，倒映出袅袅丝柳和飘动的银色柳叶。闸门关闭时发出的和三弦琴一般温润的声音，对着红芙蓉花叹息黄昏的来临，河面的波纹常被胆小的鸭子的羽毛所乱。河水在冷冷清清的厨房下静静地闪烁流过，那深沉凝重的水色里，蕴藏着一种难以描述的温情。随着两国桥、新大桥、永代桥相继接近大河的出海处，大川河水就明显带有太平洋暖流的深蓝色调，在那满城噪音与尘埃的空气之下，大川河水宛如阳光洒落在马口铁上，反射出闪闪烁烁的光，懒洋洋地摇晃着满载煤炭的大传马船和白漆已经剥落的旧汽船。这时，人和大自然已经不知不觉地完全融合在一起了。这都市的水色给人的温暖总是不会消失。

  尤其在傍晚，夜幕徐徐降临，河面上的水汽冉冉而上，晚霞余晖未尽，这时候的大川河真是具有无法比拟的绝妙色调。我凭靠着渡船的舷，无意中独自举目眺望着那夜雾渐合的河面上，在那深暗的绿波远处，在黑糊糊的房子上空，看到一轮明月徐升，我禁不住流下泪水，这恐怕是我终生难忘的。"所有城市都有它自己的特有气息。佛罗伦萨的特有气息就是伊利斯的白花、尘土、薄雾和古代绘画的油漆味"。如果有人问我："东京"的气息是什么？恐怕我会毫不犹豫地回答说：是大川河水的气息。不，不光是水的气息，还有大川河的水色和大川河水的流水声。这些也应该是我所爱的"东京"的色彩与声音。正因为有了大川河，我才爱"东京"；正因为有了"东京"，我才热爱生活。

春之声

〔日本〕宫城道雄

我一向喜爱春天，现在在四季中又喜爱起秋天来了。可是随着年事日高，有时也感到秋天过于苍凉，所以最近又常渴望着春天来临。我所盼望的春天一到，便感到无比的快乐。特别是正月里，各种热热闹闹的声音，令人迷恋。

春天一到，最先听到的声音便是正月头三天白天能听到的演相声的日本鼓声，为神乐、狮子舞伴奏的大鼓和笛子声，还有打羽毛毽子的声音。

每年过新年的夜里，家人便围聚在一起玩纸牌，我有时就待在自己的房间里侧耳静听。那念纸牌上诗句的声音，让人产生一种怀旧之情。在听着诗中的词语时，某种音乐的情思也会油然而生。听他们读着《百人一首》的诗歌，心里或想着诗歌的意境；或庆幸每年全家平安地欢聚在一起；或惊喜原是幼童的人现在变成了正当年华的大姑娘。尤其是小姑娘念诗时，无拘无束，也不为表达诗中的含意，而只是天真地专心致志地读着，这声音更让我神往。

听着这声音时，自己多年的往事，不禁涌上心头，与新年白天的庄重气氛相反，使人感到春夜的寂寞。于是心想，今年不觉又过去好几天了。

《百人一首》里的诗歌，每年被反复念过多次，可是每听一次，歌的语感以及歌的本身都给人以新的感受。虽说难免寂寥，但当听着人们嬉闹的抓牌

宫城道雄（1894—1956），日本盲人音乐家，新日本音乐的奠基人。出生在神户市，由祖母抚养成人。出生后不久，眼睛就不好，经多次治疗均未好转，9岁时被宣布为不治之症。同年开始学习弹筝。后到东京生活，为了使筝的演奏取得好效果，对筝进行了改良，扩大了音域。他曾担任东京音乐学校教授，培养了不少国乐方面的音乐家，获得过广播文化奖。1956年6月，在赴关西旅行演出时，在火车运行途中，因失误坠车身亡。他在作曲和文章两方面都留下不少优秀作品，先后出版的随笔集有《雨中念佛》《噪音》《春秋帖》《梦景》《故居之梅》等。

声，美好的春夜便又回到了我的心田。

有时，心情愉悦地听着读诗的声音，竟感到这喧闹声宛似在那春雪融化的寂静的早晨，突然听见从房顶上掉下吓人的雪块来的声音。

光阴荏苒，春意益浓，大自然的音响也越发增添了春的气息。鸟儿唧喳的鸣啼音，小河潺潺的流水声，这春之声，更加诱发我的欢快之情。

有一次，正是春季里的一个好天，我在二楼上作曲。忽然传来黄莺悦耳的啾鸣声。尽管每天都有黄莺飞到我家附近鸣叫，我仍感到今年来得过早，心里有些纳闷。后来才知道那是邻居家喂养的黄莺。

黄莺美妙的叫声，一刹时使我心旷神怡，兴味盎然，作曲也得心应手。从此便天天享受这无上的乐趣。

还有，在远处奔驰而过的电车的声音，听起来使人蒙眬欲睡，颇有春之情趣。

听西洋音乐时，我认为最善于想象鸟鸣声和流水声的是莫扎特的作品。他的作品具有任何音乐家所没有的明朗气氛。所以，我每次听莫扎特的曲子时，便想象着春天的音响。此外，外国的新作品里，斯特拉文斯基的《春之祭》等，我听着也感到饶有情趣。

在国乐方面，我也想举出一两支表现春天的名曲来，筝曲生田流的古曲中有支叫《若菜》的曲子。外行人听着也许感到没趣味，歌词是：

新年过罢才几日，
今朝丛竹舞春风。

唱这支曲子时，光头一句就需要三分多钟，要反复歌咏几个章节，歌中汲取了念经以及雅乐中的催马乐（一种声乐）的曲调，使人产生春日和煦、悠闲舒适之感。

再一个叫做《春之曲》。是用《古今集》中六首关于春天的诗歌凑成一曲。第一曲的歌词是：

倘无莺声出幽谷，
何知春天姗姗来。

这曲子也把春天的情趣表现得极妙，是一般常弹奏的曲子，为人们所熟知。

在生田流中有《狩樱》一曲，也是歌咏春天的心情的；它是春天的节目单上不可少的代表生田流的曲子。此外，关于春天的名曲还有多种多样。

再谈谈听音乐的方法，这是经常盘旋在我脑海中的一个问题。人们最初只是感觉声音悦耳或旋律优美；渐渐地对演奏者的技巧、乐曲的形式、曲子的发展等产生兴趣，对于单调的曲子感到厌倦，听音乐的方法趋向于理性，已不再能像开始时那样，只是糊里糊涂地听了。

再前进一步，越过这阶段之后，渐渐懂得了音乐内容的深度，而不去理会乐曲的复杂或单调之类的问题，也不去纠缠技巧，而能恬然沉浸于其深刻的内容之中。

我听音乐时，不偏爱一种音乐，不论什么音乐，也不论哪个国家的音乐，都努力追求其中妙处。实际上，到如今我听什么音乐都感觉有趣。希望大家都能以这种心情听音乐。

我最近听自然的声音也是以这种心情来听的，并且，同是春天的声音，过去没留意的声音，随着年龄日增，也感到听起来悦耳了。甚至今年听过的同一声音，我饶有兴味地期待着来年还能再听到它。

荡气回肠的60篇名人自白

走进诗的王国

〔前苏联〕叶赛宁

叶赛宁(1895—1925),前苏联诗人。出生在一个农民家庭,1912年读完师范学校,当过店员、印刷厂校对员,曾在沙尼亚夫斯基民众大学学习过。1914年开始发表诗歌,不久进入上流社会交际圈,并与梅列日科夫斯基和吉皮乌斯夫妇结识,受到他们颓废思想的影响。他的早期诗作多描写大自然景色和俄罗斯农村生活,此后,其创作逐渐摆脱了意象派影响走向现实主义。诗人于1922—1923年与美国著名女舞蹈家邓肯结合,并一起去欧美旅行,回国后因精神抑郁而自杀。

我是农民的儿子,于1895年9月21日生在梁赞省梁赞县库兹明斯克乡。从两岁时起,由于父亲的贫穷和家庭的人口众多,我被交给了相当富裕的外祖父教养。他有三个成年的没有结婚的儿子,我整个的童年差不多都是同他们在一起度过的。我的舅舅们是些顽皮的、坏透了的孩子。三岁半时,他们把我放在一匹没有鞍子的马背上,立刻就让它奔跑起来。我记得,我当时吓愣了,只得紧紧地抓住马鬃。

后来他们教我游水。有一个舅舅(萨沙舅舅)带我乘上小船。离开了岸边,他就脱掉我的衬衣,把我像条小狗似的丢到水里去。我既不会游而又惊慌失措地用两手拍打着水。在我还没有被水憋住以前,他老是在叫:"哎,坏蛋!看你有什么用?""坏蛋"这个字,在他是个表示爱抚的字眼。后来,八岁的时候,我时常替另一个舅舅当猎狗,在湖里游水去寻找打伤了的野鸭。爬树的本领我学得很好,在孩子们当中,没有谁能跟我竞赛;很多人在中午时,在耕地以后,白嘴鸭打扰他们睡觉,我就从白桦树上摘下鸟窝,每摘一个鸟窝能得到十戈比。有一次我掉了下来,但很巧,只擦破了脸和腹部,还打破了一个送给在割草的外祖父的牛奶罐。

在孩子们当中,我经常是个头儿,而且是个爱打架的能手，身上老是带着伤痕。因为顽皮，外婆经常斥骂我，可是外公有时却煽动我用拳头打人，他常对外婆说："蠢货，你不要惹他，他这样会变得更结实些。"

外祖母全身心地爱我，她的温柔是无限的。每逢星期六，她就为我洗澡、剪指甲，用灯油为我烫头发，因为没有一把梳子能梳我的鬈发。但就是灯油也没有多大用处。我老是拼命地大声叫喊，甚至现在我对星期六还有一种不愉快的感觉。每逢星期天，他们就打发我去做礼拜，为了检查一下我已去做过礼拜，就给我四个戈比。两个戈比是买圣饼的，两个戈比是给神父划圣体用的。我买了圣饼，就代替神甫在圣饼上用削铅笔刀划了三个记号，其他两个戈比就带到坟地里去，同孩子们玩羊拐子。我的童年就是这样度过去的。当我长大了的时候，家里很想让我当一个乡村教师，因此送我到对内的教会师范学校去。十六岁时我从那儿毕业，就应该进莫斯科师范学院了。幸运的是这件事没有发生。教学法和教学论我是那样的讨厌，我甚至不想听。

我很早就开始写诗，在九岁左右，但是自觉地从事创作却是十六岁至十七岁的事。那个时候写的某些诗，发表在诗集《悼念亡魂节》里。

十八岁时，我感到惊讶的，就是我把自己的诗投给各刊物，但那些刊物都没有发表，突然间我就到了彼得堡。在那儿，大家非常热情地接待了我。我第一个见到的人是亚·勃洛克，第二个是戈罗杰茨基。当我看到勃洛克时，汗水从我脸上流了下来，因为这是我第一次看见了一个活的诗人。戈罗杰茨基带我去看克留耶夫，我过去从来没有听人讲起他。我和克留耶夫尽管内心存在着差异，但我们结下了很深的友谊，这个友谊一直继续到现在，虽然我们已经六年没有见过面。

他现在住在维杰格拉，他写信给我，说他吃带谷糠的面包，喝白开水，祈求上帝给他一个不丢脸的死亡。

在战争和革命的年代里，命运把我从这一方推到另一方。我走遍了俄罗斯，从北冰洋一直到黑海和里海，从西方一直到中国、波斯和印度。

在我的生活中最美好的时候是1919年。那时，我们在房间的温度冷到五度的情况下度过了一冬。我们当时没有木头，也没有劈柴。

我从没有参加俄国共产党，因为我觉得自己更加左。我最敬爱的作家是果戈理。

我的诗集有《悼念亡魂节》《天蓝色》《耶稣变容节》《农村日课经》《三圣节》《无赖汉的忏悔》《布加乔夫》。

现在我正在写一部大的作品,题名是《恶棍的国家》。

在俄国,当没有纸张的时候,我和库西科夫、马里延戈夫,把自己的诗发表在耶稣受难修道院的墙壁上,或者就在林荫大道的某处地方朗诵……

为此我向我所有的读者们表示我的卑微的敬礼,并请注意牌子上写的:"请不要枪杀!"

作家的生活

〔日本〕横光利一

横光利一(1898—1947),日本小说家。生于福岛县东山温泉,1916年入早稻田大学预科。在大学读书期间即开始写作,中途辍学。后来成为戏剧家菊池宽创办的杂志《文艺春秋》的同人。1923年与川端康成等人创办《文艺时代》杂志。他是"新感觉派"运动的发起人之一。主要作品有《太阳》《蝇》《头与腹》《机械》《上海》《纹章》《旅愁》等。

据说纪德讲过这样的话:创作优秀作品的方法之一是,至少每日一次一定要想到自己今天可能告别人世。我们虽然没有天天如此设想的习惯,可是隔上三天总要想一次的。尤其有了孩子以后,这种想法更加强烈起来。表面看来,当了爸爸的作家和没有当爸爸的作家似乎没有区别,但是我觉得一个作家能够心胸开阔,承认自己写了失败之作,多半是在当了爸爸之后。人在行动时,不论精神上还是行为上,有子女与无子女是大相径庭的。对这样一个千真万确的普通道理,无子女牵累时,虽然也能理解,但认识的深度却很不同。认识的深浅又不能不影响到作家的作品。读了矢野浩二的《子女的来历》一书最受感动的人,多半是那些无子女累赘者,原因就是他在欣赏作品时,心境明朗,阴郁甚少。

每逢作家聚谈,最后总要谈及能否做到即使孩子变成流氓、阿飞,挨饿受冻,自己也要坚持埋头创作这个问题。可是话题一转到这儿,人们总是默不作声,并设法把话题岔开,这已成为大家的习惯。应该说在这沉默之中潜藏着万万不可忽视的老大难问题。

我认为创作并不是作家的本职。作家的本职应该是面对每天的生活确定自己的态度。创作是这种态度所产生的结果,而不是作家的本职,它确实是个副业。既然承认创作是副业,那么作家对个人作品的存亡,自然会泰然处之。我从未想过自己是在创作达到个人顶峰的作品。我以为每天在自己立足的台阶上作出最大努力就可以了。当然,第二天一定要有第二天的台阶,否则时间的存在就失去意义了。

  我写作时有这样一个习惯:每写完一部技巧上有长进的作品,就退回原处写一部一般的作品。因为不这样便难以看出新的进步。去年夏天,偶然读到总持寺管长秋野孝道先生的一篇有关修禅的讲话稿,他说向上包含着前进和后退两层意思,单是前进不成为向上,还要同时实行后退,才称得起真正的向上。看罢这一段我非常高兴,因为它证明我的上述想法绝不是我个人的主观臆断。我并不认为自己的这个体会是修禅发功的表现,但是既然现代作家生活应当像加尔文教派那样,带着知识进入信仰,那么孝道先生的说法岂不是消除迷惘的最佳途径!

  别人的情况,我不太了解,以自己而论,我是不大对事物进行有意识观察的。我觉得与此相比更应当重视出于自然的耳闻目睹。有意的观察固然有奏效的时候,但是这种观察会造成对方改变原来形象,因而看不到其自然的姿态。在观察人的最重要的面部表情时尤其如此。那些受歧视的人,比起那种备受众人尊敬的人物,往往更能准确地认识人。这是因为人们在受尊敬者面前,必定会公开地掩饰自己。由此推想,陀思妥耶夫斯基在批评托尔斯泰伯爵的作品时曾说:他根本不了解平民百姓!这个批评对托尔斯泰来说一定是个致命的打击。喜欢描写贵族生活的巴尔扎克也遭到无名贵族的针砭,被说成不懂贵族生活。

  但是,不管怎样说,既然作家也是人,就不可能对各式各样的生活都去亲自实践,因而想要事事写得准确、生动,那只是梦想。我们自己也一样,要是对某个作家的形象和历史很熟悉,那么对其作品多半不能给予正确的评价。尤其在阅读该作家的作品时,头脑中如果浮现出其具体形象,那就更为糟糕。有一类作家身居乡村,尚无名气,却常常能左右文坛,他们来到城市以后如果能继续掌握文坛方向,便可以说是个了不起的人物,但实际这样的人是极少见的。

  但是他们的所谓优秀作品,大多是描写身边琐事的小说,这当然是不足为奇的。不过,我想即便自己的作品成为拙作,也尽可能不去写那种所谓"身边小说"。要问为什么?并没有特别明显的理由。只是我的性格驱使我一心要从事最困难的创作。

当然，从难度上来说，创作身边小说也并非那么容易，但是假如说人们由于各自的性格、气质不同，其所遇到的困难也必定会不一样，那么对我来说困难已不是身边小说。我总觉得自己在努力探索新的技巧中会获得些小小的成功的。决心做的事就要去尝试；既已踏上此路，只能走下去。

但是，幸而我通过创作获取功名的野心比别人要小。确切点说，我只是怀着一线希望，并不指望一定能成功。我过去就说过，在文学作品上被美誉为"成功"这种便当的事是不存在的。每当脑海中构思出情节想要动笔时，往往会担心写不出来。可是仔细一想，又觉得不光自己如此，即便把那些自古至今的伟大天才们的作品找出来看一看，他们的作品中同样残留着写不出的部分。如此看来，作为一个作家不能再那么过于慎重了。

执笔时，只有朝着魔鬼或神仙奋力冲去，撞得头晕眼花，别无办法。而对方则喊着类似号子似的口号猛扑过来，把拼命冲上去的我摔倒在地，累得我气喘吁吁。就是说此时我分明已吃了败仗。我虽然清楚地感觉到了这一点，却对它无可奈何。此刻，理论则无能为力，逃之夭夭，令我悔恨不已。写作顺利时，匪感劳累，可是文思不进时则不胜疲惫。

下边我仅为围绕作家生活发表的看法补充一个事例。谷崎先生的《春琴抄》，正如众人所评，是一部优秀作品，我读后也颇为感动，可是我明显感到作品在成功之中同样存在敷衍搪塞之处，题材所包含的最困难部分全都避而不写，作品明显地表现出作者为获得成功所花费的苦心之后，才达到了完美的境地。但是从另一角度看，这是个很大的败笔之处。作者企图完全避开佐助刺瞎眼睛的心理状态而把作品写好。我仿佛看到他为实现这个宏愿而绞尽脑汁、凝神沉思，以寻求出路的那种表情。

佐藤春夫先生极力为作者辩解，他的辩白毕竟是辩白，而那作品的现实却是无情的。第二部作品《颜世》也是这类失败之作。假如佐藤先生的那番辩白是正确的，《颜世》这部作品决不会出现如此滑稽可笑的失败。即使失败也应当讲出道理。虽然前一部作品和后一部作品在形式上是各自独立的，但我认为作者的思想是不可能划分得如此清楚的。正因为我对这一点有自己的看法，所以才对《春琴抄》中刺瞎眼睛一节在时间上过渡得如此迅速说三道四。

顺便把矢野浩二先生的《子女的来历》也作为作家生活的一例说几句。这篇小说也如人们评论的是一篇令人钦佩赞叹的作品，可是我觉得作品中作为父母爱的最重要表现——忧虑不安的心情丝毫没有反映出来。假如作者以为长辈已离开人世，升入天堂，因而不再感到忧虑不安的话，那么现实主义精神已经作好充分准备，它随时都能深入到天堂中去。

　　矢野先生并不是有意压抑父母对子女的最重要的忧虑不安的心情，而是有意地不去表现它，显得很不自然。作者和作品中的人物就此一闪而过。其速度之快使我来不及一睹。这样的速度我无法接受。此处本来最需要细致的描写，作者却使了个偷梁换柱的巧妙手法，一带而过，可是其巧妙之处同作者所认为的从容不迫正相差违，实际却变成了慌张。

　　有人认为上述问题不是作品的缺点，而是所有作家在写作当中分析认识作品时所使用的一种观察方法，但我不这样看。如果是评论作品，当然要以作品为中心，上述问题似乎是无关紧要的。可是围绕作家的生活进行评论时，是无法避免这个问题的。我过的是作家生活，自然习惯于从作家的立场出发观察事物，尽管我在不断地努力摆脱这种境况，却不是一朝一夕就能奏效的。

　　河上彻太郎和小林秀雄两位先生主张一个作家只有摆脱"私小说"才能进入"本格小说"的行列。我认为这是对现代作家的最重要的告诫。同时，我还认为即便作为达到这一目标的方法，也应当树立起创作是作家的副业，而不是本职的思想。为此，作为我个人来说，在达到这个目标之前，作品是杰作也罢，劣作也罢，丝毫不会动摇我的决心。我绝对不会采取那种极不正常的做法，硬是把一篇失败的作品说成是成功之作。我想在实现上述目标的过程中，即便写出了杰作，那也是瞎猫撞上死老鼠。若问我今后将做些什么？我现在只能回答说：我渴望炸开框框，冲出框框！别无可言！

我的救赎

〔美国〕兰斯顿·休斯

兰斯顿·休斯(1902—1967),美国黑人诗人、作家。1921—1922年在哥伦比亚大学上学,以后开始研究纽约黑人贫民区。后在航行非洲的货船上当服务员。他曾到前苏联、海地和日本旅行,西班牙内战期间任报纸记者。他的主要作品有散文《不是没有笑》,短篇小说集《白人的行径》,自传《茫茫大海》,诗集《黑豹与鞭子》(逝世后出版)等。

我在十三岁头上得到救赎,其实哪里是真的救赎。事情的经过是这样的。那时,吕德婶婶的教堂正经历巨大的复兴。几个星期的晚上连着布道、唱赞歌、祈祷,还有嘶喊,连不少顽固不化的罪人都皈依到基督的身边,于是,教堂的信徒激增。就是这次复兴活动结束前夕,他们专为孩子们举行了一次特别的祈祷,"把这些迷途的小羊羔带回羊群"。婶婶谈论这件事已好几天了。到了那天晚上,我被护送到前排送葬者的长凳上,与所有尚未被召唤到基督跟前的小罪人挤在一起。

婶婶说过,得救时能看得见一缕光芒,接着内心就发生了变化!这是耶稣进入了你的生命呢!从此上帝将与你同在!她说,你看得见、听得到,能感觉出耶稣就在你的灵魂里。我相信了她。我早就听许多老人——这档子事他们该知道——讲过同样的事。于是,我不紧不慢地坐在又热又挤的教堂里,等待着耶稣向我走来。

牧师的布道抑扬顿挫,其间充满了呻吟、呼叫、孤零零的哭诉,一幅幅可怖的地狱图景。接着,他唱了一支歌,歌中说九十九只羊会在羊栏里得到庇护,还会有一只小羊羔留在外面挨冻。他接着说:"难道你们不过来吗?难道你们不想来耶稣身边吗?小羊羔们,难道你们不想过来吗?"他向我们这些坐在送葬人的长凳上的小罪人们敞开了胸怀。这时,小女孩们哭了起来,有的跳将起来,径直奔向耶稣,可我们大多数还死坐在那儿。

老人蜂拥而至,跪在我们四周祈祷起来,有漆黑的脸、编着辫子的老太太,有干活干得指节弯扭的老头儿。全体教徒唱起一首歌,大意是,微弱的灯儿燃着,可怜的人儿将赎去罪孽。整幢房子就在祈祷和歌声中震荡。

然而我还在等着见耶稣。

最后,所有的孩子都登上了祭坛,得到了拯救,只剩我和另外一个。他是酒鬼的儿子,名叫韦斯特里。他和我被淹没在姐妹们和执事的祈祷声中。这时教堂里很闷热,天也很晚了。终于,韦斯特里对我悄悄地说:"见他妈个鬼了,我可坐腻了。我们上前去被救算了。"他站起来,就赎了罪。

这样我就一个人留在送葬人的长凳上了。婶婶走了过来,跪在我的膝下哭着,而祷告声和歌声如凶猛的波涛把我卷在这小小的教堂里。全体教徒为我一人祈祷呻吟,呼喊声呼天抢地。

我安详地等待耶稣的到来,等呀,等呀——可他没来!我要见他,可什么也没发生。什么也没发生!我想要让自己身上发生点什么变化,可什么都没发生。

我听到歌声,听到牧师说:"你为啥不过来?宝贝儿,你为啥不过来?耶稣等着你呢。他想要救你呢。你为啥不过来?吕德姐妹,这孩子叫啥?"

"兰斯顿。"婶婶呜咽道。

"兰斯顿,你干吗不过来?不过来,不想得到救赎吗?噢,上帝的羔羊!干吗不过来?"

这时,天的确很晚了。我开始为自己害羞了,都是我,让大伙儿耽搁了这么久。我想弄明白上帝会对韦斯特里怎么想了,他准没看见耶稣,可瞧他现在在祭坛上那个得意劲儿,一边晃荡着空灯笼裤的双脚,一边和我扮着鬼脸,还有执事和老太太们团团地跪在周围为他祈祷。上帝并没有因他玩弄自己的名义,在教堂里撒谎而将他用轰雷劈死呀。于是,我明白,要避免进一步的麻烦,我最好也撒个谎,说看到耶稣来了,站起来,去得救。

我站了起来。

霎时,整个大厅成了欢呼的海洋。欢腾的声浪席卷着小教堂。女人们向空中雀跃,婶婶双臂围住了我,牧师拉住我的手,领我上了祭坛。

等平静下来,四周一片静默,不时听得几声狂喜的"阿门",在这种气氛中,所有的小羊羔都以上帝的名义得到了祝福。接着，欢乐的歌声响彻大厅。

那天夜里，我哭了——这是倒数第二次哭，我毕竟已是十二岁的大孩子了。我哭着，哭得不能自已。我把头埋进了被窝，婶婶还是听见了。她醒来告诉叔叔，说圣灵来到了我心中，说我看见了耶稣，所以我哭了。可其实我哭是因为我不忍心告诉她我撒了谎，我骗了教堂里所有的人，而且实在没有看见耶稣，而我现在再也不相信有耶稣，不然，他总得来帮我一把呀。

我的幻想

〔前苏联〕奥斯特洛夫斯基

奥斯特洛夫斯基(1904—1936),前苏联作家。生于工人家庭。初级教会小学毕业后,做过杂工。1919年参加红军,负伤复员后做共青团领导工作。1927年病情恶化,全身瘫痪,双目失明,但他以坚强的毅力和顽强的精神,在病榻上创作自传体小说《钢铁是怎样炼成的》。小说出版后,赢得广大读者的喜爱。1934年加入前苏联作家协会。1935年被前苏联政府授予列宁勋章。另一部长篇小说《暴风雨所诞生的》第一卷在其死后出版。

我所有的幻想哪怕写十卷书也表达不完。

我一直在幻想着,从早到晚,甚至在夜里。很难说我在想些什么。这不单单是一个呆板的想法,逐日逐月地重复着,而是像日落日出般不断地变化着……幻想在我看来就好像给蓄电池进行奇妙的充电。我耗去大量精力,就像蓄电池一样放电了。必须找到力量的源泉来推动工作。我的幻想尽管十分离奇,但总是充满活力,脚踏实地,我从不幻想无法实现的事。

进行世界革命是藏在我心底深处的理想。

每当我身体感到难受时便会产生幻想的需要……最近几天我假想自己来到西班牙,作为一个强有力的演说家站在广场上,用自己的演说吸引着大家。我们组织进攻,击溃敌人,把他们赶下海去,于是人民自由了,一片锣鼓喧天,充满胜利的喜悦。我看见战士、妇女的张张笑脸、看见鲜花和欢腾的场面。这些美妙的生活情景尽管无法记录下来,却非同寻常地吸引人。有时,我把自己当成西班牙军队的普通一兵,还清清楚楚想象着我是怎么打死了佛朗哥。昨天夜里我醒来,大约一个半小时未能入眠,我制定了从匪军手中夺回战舰的计划,我是该战舰地下组织的成员,进行了起义的组织工作一切都已预计到,包括最小的细节也没疏漏。我们击毙军官，战舰就成了我们的……

我的祖国，我们的共和国一定得强大起来，我从未像在幻想中那么替国家担忧，我多么想把资本家的万贯资本，一切技术力量，所有闲置在他们那儿的货物统统拿过来。要是能把他们那些饥饿的、疲惫的、赤贫痛苦到了极点的工人们也一起请过来给他们工作该有多好呀！我看见了这些到我们这儿来的工人们所坐的轮船，兴高采烈地迎接他们并看见了他们幸福、自由的样子……

各种幻想漫无边际……

思想的火花常常会在我脑际的某个角落迸发出来，接着便燃烧成熊熊的不可熄灭的火海，这些幻想使我获益匪浅。个人问题、爱情、女人在我的幻想里占很少的地位。没有人会自己欺骗自己，在我看来再也没有比作为一个战士来得更幸福了。一切个人的事情都不可能长久，都不可能如社会事业那样有巨大的意义。我们在为人类最美好的生活而进行的斗争中不能成为落后的战士（我应该成为指挥官，在自己的幻想中永远不想成为机械的从命者）。这才是最光荣的任务和目标。

我永远无法把这一切记录下来，无法传达这些美妙的激动人心的思想……

有时我和某个蠢货交谈，他抱怨老婆变心，活得毫无意义，什么也没留下等等。此刻我会想，如果我能拥有他所拥有的一切：健康、双手、双脚，能在广阔世界里随意行动（我从没这样想入非非），那该会如何呢？我是个年轻、匀称、健壮的小伙子，想象着自己穿上衣服，走到了阳台，生活的一切向我展开了……那会怎样呢？我一定不能光这么走着出去，而应该竭力冲出去，不顾一切。也许我会抓住车厢把手随火车一起跑到莫斯科，到斯大林工厂，径直去锅炉房，快快打开炉门，闻一闻煤块的气味，朝里面添讲去大大的一大堆。哦，对了，我会超产百分之六七十，还会把百分比难以想象地提高。我要贪婪得异乎寻常地生活。在没有累倒之前，我该作出多少贡献呀，我该付出多少呀！一旦摆脱了九年的不动状况，我肯定是个无法安宁的人，不让我工作够，是不会离开岗位的。

当某个蠢货哭着鼻子说他找不到生活意义时，我会想，假使能把他所有的一切给我，那就让妻子对我变心50次，我照样快乐，永远觉得生活的奇妙。

在我国当英雄是一项神圣的义务，唯有懒汉才没有才干，无中不能生有，放平的石头，水流过不去。谁不能燃烧，谁就只有冒烟，这是规律。生活的烈焰万岁！

你们永远也别以为我是个忧郁的、不幸的人，我根本不是的。在战胜疾病之前，我有决不投降的坚强想法，准备作最顽强的斗争。我可是不曾料到，生活竟会发生这样的转折。青年小组给了我多多少少的快乐！那时我比现在健壮，我可以连续讲演三小时，二十个人屏息静气地听着我。这意味着我的烈焰还在烧，意味着我有生活的目标，我被生活所需要。倘若我不能教育上百人，那就教育五个，甚至一个也行。教育好五个布尔什维克，这已不少，很多很多了。

为此，当一个人感到自己不想工作，那他真该着急了。

自私者比谁都先灭亡，他只为自己，在自我中生活。一旦损害了他的"我"，他也就无法生存。他眼前所见到的只是利己主义和它必遭失败的一片黑暗。然而，人如果不为个人而活，而是溶化在社会之中的话，那便难以杀死他，因为要想杀死他，必须杀死周围的一切，杀死整个国家、整个生活才行。我身体的一部分已经坏死，一个将死在队伍里的战士能听见自己部队胜利的"乌拉"声时，定能获得最后也是最高的满足。一个战士没有比意识到自己叛变了，并由此而使自己部队覆灭更可怕的感觉了。他一生都将背着叛徒的可怕重担。

个人的不幸就是在共产主义社会也同样存在，然而生活的美好在于，那时人不再过狭窄的个人生活。

我们的同志不是一时的英雄，个人的痛苦他们都置于脑后，最大的痛苦乃是斗争的停止。

我的日常生活就是战胜最大的痛苦，我指的是整整十年的日子。你们看见我的微笑，喜悦而又真诚。尽管我有个人的痛苦，但我因国家的各种胜利而快乐、愉快地生活着。没有比战胜痛苦更令人愉悦的事了。人不能光是活着（这当然也很好）还要斗争和取得胜利。

我从莫斯科来时，生了病，感到很累，被工作所拖累的，但病魔未使我精力耗尽，反倒鼓起了我的力量。我想说："注意，明天你可能会死去，赶快向前吧！"我朝前猛冲，大家为之惊愕，我拼着命愉快地工作着。

有些人手指上长个脓包就会失态，什么事也撂下了，还有些人把老婆的心情看得比革命还重要，更有些人为了争风吃醋而毁房子，砸玻璃窗，摔碗盘，这些人我是不屑一顾的。

还有这样的诗人，几小时几小时为寻找题材而伤透脑筋，当总算找到时，却又不能动笔，要么心情欠佳，要么伤风感冒、流鼻涕。他们把脖子围得紧紧的，被伤风感冒吓得战战兢兢，若体温接近40度，诗人便会不知所措，哭着要提笔写遗嘱。别这样，同志，冷静点，不必想伤风的事，工作吧，一切会好的。

一位作家，一位健壮得像头水牛的大汉一连三年向读者读他那一段故事，每次可赚二百五十卢布，他嬉皮笑脸地说："愿意付钱给我们的傻瓜多着呢，再过六年不写新作品也没关系。"他没时间，因为他要喝酒、睡觉，追所有的女人，管她漂亮不漂亮，他都要，从十七岁到七十岁都行。他生来健康，心中却没有丁点激情。

那些很会幻想并号召大家追求美好生活的绝妙演说家有是有，自己却不会好好生活。他们在讲台上鼓动人们去建立功勋，而自己却像狗崽子似的活着。大家不妨想象有这么一个小偷，他一边呼吁人们崇尚诚实的生活，指出偷窃的可耻，一边却在窥视，从哪位听众口袋里掏钱包方便；或是你想象有这样一个逃兵，临阵脱逃了，但他还在鼓动别的战士上前方去作战。战士们对这号人绝不会留情，如果拆穿了，就会把他打得神志昏迷。在作家中还有一些言行不一致的人，这与作家的称号太不相符了。

作家的难处在于，他们的思想精彩卓越，却往往瞬间即逝。心中烈焰熊熊，写到纸上却只见点点火星了。素材的挖掘是很困难的。

我已经有点爱上我自己那本小说《暴风雨所诞生的》里的青年主人公了：温顺、含蓄的小伙子普舍尼奇克和可爱的胸脯挺得高高的姑娘奥烈霞，也爱那位杰出的女革命家，美貌的萨拉。我爱他们每一个人，我时时在思考着他们，一些人物的命运已被我安排定了。

奥烈霞将成为勇敢的师长夏别利的妻子，她不愿嫁给安得列。她对夏别利说："我会当你妻子的，不过要等到战争结束后。"可夏别利不知怎么鬼迷心窍和她吹了，奥烈霞不能原谅他的变心。随后，她又遇上了在战争中侥幸活下来的安得列。他失去奥烈霞以后，完全绝望了，想寻死，结果他们又走到了一起。普舍尼奇克的命运也是有趣而不平常的。他在战斗中失去了一条腿，成了部队的负担。他感到自己是多余的人，找不到自己的生活位置。就这样到了春天时，他在磨坊里工作，遇见了弗兰齐斯卡娅。她用一颗伟大的女人之心爱怜着他，用自己的情去温暖他，但她并未和他久居在一起，因为人们都用怜悯的目光注视着她和她的朋友，女人的自尊心受到了伤害，她离他而去。普舍尼奇克本能地追上部队，请求参加游击队，可大家嘲笑道："放鹅去吧，我们可没闲工夫和你磨蹭！"他仍然请求收留他，哪怕当个伙夫，要知道他可是个职业点心师。他被领到营地，开始做饭，烤苹果馅饼，做游击队员从未尝过的美味食品。他得到了众人的爱戴。但他有一颗战士的心，他无法与自己的命运妥协。他给战士们擦拭机枪，帮他们拆卸，常这么干，最后闭上眼睛也能进行，不久他便当上了机枪射手，敌人都怕他。弹无虚发、胆大包天的无腿机枪手的美名传开了，他荣获过两枚勋章。现在他安上了假腿。他凯旋归来后遇到了弗兰齐斯卡娅，她重又回到了他那儿。这就是书中人物关系的大概。

我无法记日记。要知道，在日记里应该把什么都写上，甚至包括爱的欲求、最隐秘的幻想。它是本人和自己最真实的交谈，彻彻底底真实的交谈。按这样的要求写必须有极大的勇气。然而，如果是为了出版、为作历史记载而写，那就是在写文学作品，免不了会庸俗。

我当然是想写日记的，但我不能（谁也不能）信任别人的手来写下最隐秘的"自我"。有些东西就是自己也难以承认，有些情感是无法公开的，就像人不能裸体站出来一样，也许这样会很美，但是不能这样做。同样，我们有些细腻、隐秘的愿望有时也不能总是信任日记，把它们都写进去。但如果内心和外在世界间的分歧太大，则该仔细想一想，扪心自问：如果连自己都羞于承认自己，那还算什么人？

不应该存在感到羞耻而不能写出来的东西。记这样的日记，能对自身进行最完美的修养，这是十分必要的。

假期的欢乐

〔法国〕波伏娃

我最大的乐趣是黎明时去迎接草地的苏醒。我手拿一本书，离开尚在沉睡的家屋，轻轻推开栅栏。草地上覆盖着一层薄霜，无法坐下去；我踏着小路，沿着被爷爷称为"庭园"的种满奇花异木的花园散步。我边走边读书，清新的空气迎面扑来，滋润着我的皮肤。那一抹笼罩大地的雾霭逐渐消散；紫红色的山毛榉、蓝色的雪松、银白色的杨树闪烁发光，像天国的清晨一样晶莹。我独自一人享受大自然的美景和上帝的恩惠，同时由于腹中空虚，想起了巧克力和烤面包的美味。

阳光沐浴的紫藤散发着清香，蜜蜂嗡嗡叫着，绿色的百叶窗打开了；对于别人这是一天的开始，可是我同这一天已经秘密分享了一段漫长的时光了。家人互道早安并且吃早餐，然后我到木豆树下坐在一张铁桌旁边做我的"假期作业"。这对于我是愉快的时刻，因为作业很容易；我好像在用功，实际上却陶醉于夏日的喧闹：胡蜂的嗡鸣、珠鸡的咕达、孔雀的哀叫、树叶的飒飒。福禄考花的芬芳和从厨房吹来的焦糖和巧克力的诱人香味混杂在一起，阳光在我的作业本上投下了朵朵跳动的圆圈。这儿，每件事物和我自己都各得其所，现在，永远。

将近中午，爷爷下楼了，两道白颊髯之间的下巴刚刚刮过。他拿起《巴黎回声报》，一直读到吃

波伏娃（1908—1986），法国女作家。生于巴黎，早年就读于私立学校，后入巴黎大学文理学院攻读哲学。1929年通过哲学教授合格考试，并开始了与让·保罗·萨特一生的交往；他们一同成为存在主义的代表人物，并创办了评论杂志《现代》。1949年，她发表了论著《第二性》，该书是论述妇女问题的里程碑，她也因此而出名。主要作品还有小说《他人的血》《人总是要死的》《大人先生们》等，长篇自传体作品《一个安分守己的姑娘的回忆录》和《年富力强》《I分安然的死》《告别的仪式》等回忆录，以及论文集《建立一种模棱两可的伦理学》等。

午饭。他喜欢有分量的食物：鹧鸪焖卷心菜、烤子鸡、橄榄炖鸭、兔里脊、馅饼奶油、水果馅饼、圆馅饼、杏仁奶油馅饼、烘饼、樱桃蛋糕。当可播放音乐的托盘播放着《角城之钟》时，爷爷同爸爸逗趣；他们争先恐后说话；他们笑声朗朗，时而背诵名句，时而唱歌；往事的回忆、奇闻轶事、名言警句、家传的笑料都是他们谈话的素材。饭后，我通常和姐姐一道去散步。我们跑遍了方圆几公里内的栗树林、田野和荒原，荆棘刺破我们的手脚……有时，我整个下午待在花园里，如痴似醉地读书，或者凝视地上慢慢移动的阴影和翩翩飞舞的蝴蝶。

  雨天，我们留在屋子里。可是，如果说我对人为的约束感到痛苦，我对大自然的限制并不反感。客厅里有绿色长毛绒的扶手椅、挂着黄色纱幅的落地窗，我在那儿是很惬意的。在大理石壁炉上、在桌上、在餐具柜上，摆着许多逝去岁月的纪念物：羽毛日益脱落的鸟类标本、日益干缩的花朵、光泽日益暗淡的贝壳。我爬上凳子，在书架上搜寻。我在那儿总会找到一本未曾读过的芬尼莫尔库柏的小说，或者一期旧《风光画报》。客厅里还有一架钢琴，好几个键已经不响了，弹出的声音不大协调。妈妈翻开摆在谱架上的《大莫戈尔》或《让内特婚礼》的乐谱，唱起爷爷爱听的歌曲，爷爷同我们齐声重复着副歌。

  如果天晴，我晚饭后再到花园里兜上一圈；我头顶银河璀璨的星斗，呼吸沁人心脾的玉兰花香，窥伺横掠长空的流星。随后，我手执蜡烛上楼安寝。

我的创作

〔澳大利亚〕帕特里克·怀特

帕特里克·怀特(1912—1990)，澳大利亚当代最杰出的作家之一。生于英国伦敦，幼年随家人迁居澳大利亚，成年后在他父亲的牧场工作一个时期后返回英国进剑桥大学学习。1973年获诺贝尔文学奖。主要作品有《幸福谷》《人类之树》《沃斯》《坚实的曼陀罗》等。

在我看来，我的三部最好的小说是《坚实的曼陀罗》、《姨妈的故事》和《特莱庞事件》。三部作品都表现了某种对澳大利亚文学来说并非神圣的东西。就因为这个缘故，其中有的一开始就受到冷落，有的则遭到谩骂，并被贬之为色情小说。几年之后两部小说被接受了，《特莱庞事件》的命运如何，还需要时间来证明。

《坚实的曼陀罗》居然被视为色情小说，这实在是咄咄怪事。但是一位澳大利亚教授告诉一个朋友，说这是他所看到过的最露骨的色情小说。人们不禁要问，在《坚实的曼陀罗》问世之前，他在何处度过了自己的文学生涯。

《坚实的曼陀罗》是我们在卡斯尔山居住的十八个年头中的最后一年开始写作的。画家劳伦斯·道斯送给我一部荣格的《心理学和炼丹术》，这部书对我的影响很大，成为我写作《坚实的曼陀罗》的契机。当我认识到澳大利亚教会的乏味、庸俗以及很多情况下的偏执时，我对自己的信仰曾有过动摇，恰恰是荣格的教导支持了我。曼诺利生活在希腊正教的框架之中很安全。在英国国教的社会环境中(教堂长凳上放着名片，不合身或者不时行的衣服送到杂货铺拍卖，感激万分的教区长和他的妻子登门对给予赞助表示感谢)，我的教养并没有给予我什么。所以我由此而推断曼诺利总是把我的想法看作非宗教的或神秘的杂耍。

上述某些方面对《坚实的曼陀罗》产生了影响。这部书充满了矛盾和不安——也即短暂性。我们所种植、照料和喜爱的树木已渐渐侵袭房子，使它更暗了。我们明白应当离开"山茱萸"。我们的兴趣——音乐、剧院、电影和朋友——都集中在城里，因此不可能在这个已经变成郊区的地方继续住下去了。但是我们难以割舍。就我来说，我痛恨我所喜爱的东西，而就曼诺利而言，由于他内心没有我那么多恨，所以更加深切地爱着那些势必要砍伐掉的树木。

我还担心我在本来不适宜的土壤中所扎下的精神之根会被切断。这会不会成为我创作的终结呢？那一回，当我们决然离去飞往欧洲时，情况是够糟的，对我来说十五年来还是第一次。我们背着行李，穿戴着过时的裤子和帽子，步履蹒跚地走出家门来到柏油马路上，回头向前来送行的朋友们挥手告别，我们那模样一定是非常可笑的。我坐在位于住宅中间那间幽暗的餐室里，撰写着也许我的最后一部小说，心里想，这一次永久的迁移，其后果要比上一次糟糕得多。难怪我在《坚实的曼陀罗》中注进了一种宿命论思想和某种灾祸的预兆。

我把小说中的布朗兄弟看作我自身的另一半。而阿瑟倒可以是我的表兄菲利普·加兰的画像，要是菲利普那幼稚的智慧能够成熟的话。可惜他十几岁就进了疯人院，直到今天还待在那里。瓦尔多则是最冷漠、最糟糕时刻的我。布朗兄弟的邻居波尔特太太的原型是我们生活中的邻居H太太，虽然波尔特太太除了是阿瑟的生母还是一位善良的女性外，不过是一个平面型的人物。达尔西·范斯坦兼有功成名就的犹太熟人的德性和自负。

一天，告别卡斯尔山的时刻到来了，我的表姐埃莉诺·阿里希正与我们共进午餐。埃莉诺原是麦其地方的大家闺秀，后来曾当过歌舞团演员，最后成了一位意大利外交家的夫人。撰写此书时，她已孀居在悉尼，以经营房地产为业。吃午饭时贸然采取行动，请她为我们在悉尼找一所房子。"为了让狗活动方便，这所房子得靠近公园。"她说，"回家的路上我到'百年公园'那边的马丁路去兜一圈。"就这样，她在那条路的二十号找到了一块"房屋出售"的牌子。

这就是我们住在马丁路二十号的来由，这幢房子始建于1912年，曼诺利和我都是在这一年出世的。

1963年10月13日，大动荡终于发生了。我们扔掉了三分之二的财产——

还嫌扔得不够呢。其余的东西都从卡斯尔山搬来了，家具和画装在搬运车里；闷闷不乐的狗、吓坏了的猫和无精打采的植物则由戴维·莫尔和曼诺利用小货车装运来。约翰·扬帮助我们卸车，克拉里·丹尼尔送来了午饭。

我独自一人待在这间刚刚装修好的房子里，它陌生而仍然令人望而生畏。在帮忙的人已离开这里再去装车，而搬运工们还没有到来的间隙，我坐在餐室宽阔的窗边，继续写起被迫打断的《坚实的曼陀罗》来，暗自思忖能否把断了的线再联结起来。在这间空空的屋子里，我的初次尝试虽然颇令人心寒，却纯粹是一大乐事。

于是我们在马丁路过起日子来了，伴着我们的是新木屑味儿和油漆味儿，以及从"山茱萸"搬过来的家什上多年来积下的灰尘。

我们的幽灵肯定会常常出没于展览场路那间墙上有裂缝、房基生白蚁的阴暗小房子。那些有通灵术或不愉快的人也许仍可瞥见我们在一无遮拦的月光下跑出住所，置身于一组组木墩中间，那是树木被砍伐掉的地方。也许在诺贝尔路上可听到我的笑声(真的!)，我躺在牲口隔离栏旁的泥泞地上，诅咒着我明白自己毕竟必须相信的上帝。

另外，在马丁路上起初没有人想了解我们，不过那也无关紧要。因为无论是开始还是末了，谁都不知道谁——这也就是我撰写本书的几个原因之一。像往常一样，邻居们一定会觉得我们很古怪——一对男人住在一起。此外，作家还会把你当作他描写的对象。

我们在百年公园落脚以后，我便准备创作两部以悉尼为背景的小说。还是住在"山茱萸"的时候我已在酝酿写作《活体解剖者》了。但是，尽管我在当地城市度过了少年和青年时代，住在卡斯尔山时又常去那里，动笔之前，我还得日夜体验我周围的悉尼，虽然我已经成熟。创作《风暴眼》的欲望，是我在伦敦时，在探望了住在马罗斯路公寓的母亲后，穿过肯辛顿·赫厄大街时产生的。当时我母亲年老体衰、卧病在床，眼睛几近失明，由一大群护士和仆人照料着。我知道我会撰写一部小说，描绘一个风烛残年的老妇人，但故事发生在悉尼的一座房子里，因为我与悉尼有不解之缘。这不过是穿过肯辛顿·赫厄大街时一闪念的预感。有一件事在小说中作了更动和发挥，那就是苏和我曾打算说服母亲住进荷兰公园与蓝色修女们一起生活。我们调查过那幢房子，知道里面的房间宽敞、庄重，气氛宁静。这个地方也深深吸引着我，我觉得我会马上搬进去，使自己永远与世隔绝。母亲拒绝考虑这个想法，最后寿终在自己的寓所，那时我已回到了澳大利亚。对此，我总是心怀内疚，觉得也许是我们的建议害死了她，倒不是因为她得舍弃家产再也见不到它们，而是因为她想到自己会死在一群罗马天主教修女中间。小说中伊丽莎白·亨特的孩子们把自己的母亲弄进一个养老院，这种做法更具有报复性。而苏的头脑里从来没有出现过这种念头，丝毫没有拉萨贝娜公爵夫人的秉性，而在我身上却不乏后者的个性特色。作为一个未能如愿的演员，我能从庸俗的利己主义者巴兹尔爵士身上瞥见我自己的影子。有时我不免想到：多萝茜和巴兹尔是不是从我心灵深处召唤来的报复者呢？我曾建议露丝搬进养老院与蓝色修女一起生活，这是不是对母亲将我打入切尔滕纳姆的炼狱若干年的一种无意识报复？我希望不是这样，但这有可能是事实。

再回到巴兹尔爵士这话题上。有一回乔·洛西告诉我，德克·博加德认为巴兹尔这号人永远也得不到封号，因为他十分庸俗。有时我环顾左右，特别是在澳大利亚这种看法多次使我捧腹大笑。

《活体解剖者》首先出版，这是一部刻画一个画家的小说，我命中注定成不了画家——这是我平生的另一大憾事。我曾经想象过，假若我学会了绘画，我就可以用视觉来表达深藏在内心的东西，而且作画本身远比苦苦雕琢灰色的、支气管一般的散文令我振奋。这也许是一个常常抱怨自己不得不写作的作家的奇想。有些画家告诉我，赫特尔·达菲尔德不是画家，但也有人说是。在我的创作生涯中，我常常面对截然相反的评价：有人说希默尔法勃是个犹太人，有人说不是；有人说我对女人了如指掌，有人说我对她们一无所知，有人说我的作品对读者很有启迪，相反也有人认为我的小说是一堆无法理解、枯燥无味的垃圾。但是我期望每个自愿冒险的作家为此作出生死的搏斗。

不管赫特尔·达菲尔德是不是一个画家，反正我把他看做是我所见到过的几位画家的混合体，由一个一心想当画家而未如愿的人融合在一起。要塑造一个令人信服的艺术家，我就要同时描绘我所居住的城市——潮湿、灼热、表面化、浮躁、美丽、丑陋的悉尼。在我的一生中，它从一个充满阳光的村落发展成为现今的暴发户杂种、旧金山和芝加哥的结合物。我有许多探索工作要做。这倒不是去进行这样一种调查研究：重新体验一下疾风劲吹、细沙沾地、水汽氤氲的街头，以及迷惑人的死胡同、狭窄的小巷和堵塞的大街，以便唤起过去的声音、形象和情绪，这一切对我这种可叹的非典型的澳大利亚性格来说，只会勾起内疚，而不是欢愉。

我身上的清教徒主义和肉欲主义常常在相互搏斗着。还在孩提时代我就为父母亲的富有而感到惭愧。我意识到,在用来保护少数特权阶级生活的栅栏对面,存在着无形的痛苦和物质上的贫困。就因为这个缘故,我始终无法享受我父母亲所属的阶级中"普通"一员所认为的权利。别人眼中的成功,也包括我自己的成就,常常使我不胜厌恶。毋庸置疑,有钱阶级的"普通"成员们会抓住我的这一自白,认为它正好解释了他们所说的我的作品表达了一种歪曲了的见解。但对我来说,如果我一直被澳大利亚有钱人的准则所蒙蔽的话,真理这一多面水晶体所产生的折射要比原来更加繁复。

在"百年公园"住下后,你可以说,我们开始跨进了世界。我要发现自我父辈的时代以来,上流社会的礼节发生了哪些变化。初看起来,并没有很大的变化。依然有着那些上了年纪的女佣和戴着浆过的帽子、在妇女俱乐部干活的女招待。一个叫梅的老人记得曾在"鲁尔沃斯"为我母亲效劳。有些老妇人出去到私人住宅做饭端菜,这是对传统的偏离。菜单总是千篇一律,不外乎奶油、牛肉片和切得很考究的菜豆。这些老妇人颇令人伤感,她们得了关节炎的手端着盘子,要是你对她献上的食品没有反应,她们还会轻轻地推推你的肘部。我记得其中有一个名叫默特尔·派克,身子虚弱,很像狄更斯笔下的老处女,她在我身旁再次出现时,我总是感到很高兴。

在更豪华的住宅里还有更盛大的场面,因为房主喜欢邀集名人。有一回我在宴席上恰好坐在斯特拉文斯基旁边。在各自承认自己爱喝酒时,两人都一见如故。我对我们的谈话内容记得不大清楚了,大约是一阵子闲聊,还谈及了我年轻时看过在伦敦为巴兹尔上演的狄亚基列夫芭蕾舞剧中的几位女演员。我向来觉得与音乐家谈话很困难,音乐家是用他的音乐来说话的。不过我感到斯特拉文斯基和我并排而坐,共享美酒,彼此感到其乐无穷。我毕竟听过他的音乐,他也自称读过我的一些小说。我们双方所能期待对方的还不止这些。餐桌旁罗伯特·克拉夫特打量着我们,不时地鼓吹些什么,生怕我们忘记他的存在。更远处坐着的是斯特拉文斯基夫人,她活像一条英国老牧羊狗的俄国翻版。对斯特拉文斯基一行三人来说,那是一个枯燥透顶的夜晚。几天之后,我去听了一个音乐会,其间克拉夫特指挥了按照美国大学音乐风格改编的斯特拉文斯基的作品,接着这位矮小、干瘪、满面皱纹的主持人,拄着拐杖蹒跚而出,来调度他的"缪斯的指挥者阿波罗"了。这是一个庄严的时刻。不知它值不值得鼓掌,反正在场的听众傻乎乎地拍起手来了。音乐会听众常常深受拍手之苦。

当我们迅速越过60年代进入70年代时,社会气候发生了变化:处于社会高级阶层的妇女开始于与她们的社会地位相当的人和比她们低的人做菜,如果有人肯给钱的话。金钱成了一切,成了庸俗的时髦,骗子恶棍只要囊中有钱便可以逃脱惩罚。随着通货膨胀以及英国的君主定期往返于澳英之间,密切注视着澳大利亚,把它看做他们仅剩的避难所,爵士封号也就更容易购买到手了。

在70年代,我退出了大循环。我必须了解当代显贵和富豪的习惯。有些属于我们富裕社会的人说,由于我背叛了我的阶级,他们已经抛弃了我。我并不隐瞒我政治上的忠诚。我将它公之于世。无论怎么说,我总是认为艺术家是没有阶级的。如果我所说的关于澳大利亚所谓有钱阶级的话,听来自命不凡和虚伪,我应当补充,我自己的家庭从萨默塞特郡来到澳大利亚时,属于新富豪一类。几代之前,他们不过是自耕农,抵澳时他们被授予大块大块的土地,并进而像行家一般开始垦殖,收益甚大。由于自己的成功,他们开始建造爱德华式的大厦,代替早期简陋的住宅。他们的进口轿车相当于今天的奔驰、贾格尔、波尔希和费拉尔等牌子的汽车。我的先辈们在很多方面都十分严厉,但同时在已经确立的新富豪传统方面却又是浮华的。区别在于我父亲及其兄弟们都是令人尊敬的人,绝不愿意离开他们的原则。我那邋遢的姑妈们有一个无懈可击的道德核心。甚至我那更加自负、更加高雅的母亲也决不会放弃她的原则。自幼父母亲教我们决不要自吹自擂,不要谈金钱,不要弄得入不敷出,但可以悄悄地把钱送给别人(阿瑟叔叔是怀特家族中最小气的人,但我一直发现他暗暗地施舍)。

所以,就我所知,今天在社交场中蠕动的家伙,那些带着唇笔、乳房外露的贵妇,形迹可疑的爵士和自我吹嘘的头面人物,可以在飞来飞去的间隙,一面干形形色色的通奸勾当,出现在法庭上,一面沉醉于悄悄地捐赠。这完全可能。在我过去所尊敬的人中间,双重准则比比皆是。至于我自己,我从不讳言,作为一个艺术家,我的面孔是千状百态,我的身子也随着时间、气候和小说的要求而变幻莫测。

所有我住过的房子都经过艺术上的改装和修饰成为我小说的场景。原来的结构还在,熟悉的人都知道"鲁沃斯"是小说《沃斯》故事发生地;"山荣黄"为小说《人类之树》和《坚实的曼陀罗》提供了背景;马丁路是小说《风暴眼》

的主要场景；而小屋、家宅、披棚、"包罗栏"的厕所则构成了《特莱庞事件》的景物。有时倒不是房子的建筑而是它所笼罩的气氛被移植到了小说中。大多数早晨我在幽暗中从马丁路住宅的楼梯上摸下来的时候，我觉得那情景与伯廷顿区达菲尔德的房子内部的情景相吻合，尽管我从未走进帕廷顿区的住宅。我应当说一下，在我的想象驰骋的天地里，有着三四套基本的模式，它们都与过去的实际情况相联系着，我可以把它们拆散重新组建，来表现由生活浓缩而成的现实的幻梦。

走向自我解放

〔埃及〕萨达特

萨达特(1918—1981),埃及总统。1938年在开罗军事学院毕业。1950年加入纳赛尔的自由军官组织。1952年参加推翻君主制度的武装政变。1956年支持纳赛尔当选总统。1964—1966 和 1969—1970 年任副总统。1970年10月15日当选为总统。1978年与以色列总理贝京共同获得诺贝尔和平奖金。1979年与以色列签订和平条约。1981年10月6日阅兵时被刺。

一

当我发现我自己已在卡拉赫·迈耶丹监狱五十四号牢房时,是下午五点半钟。我环视周围,一切都与外国人监狱大不相同。没有床,没有小桌子,没有椅子,没有灯,什么都没有,只有用沥青铺成的地面,有些地方铺着用粗糙纤维织成的"席子",以便让人们裹着一块其肮脏,程度无论如何都想象不出来的毯子躺在上面睡觉。

至于牢房的墙,在冬天昼夜渗水。在夏天,不计其数的臭虫大军和水一起将墙壁遮盖了起来。臭虫怎能同一刻都不干涸的水生活在一起呢?我不知道,到现在我也不知道。

就这样,我生活了整整一年半,没有书,没有笔,没有收音机,没有电灯。什么都没有。在这期间,他们陆续将这一案件所有的被告都转移到了卡拉赫·迈耶丹监狱。当然每个人都是单间牢房,这是我们的权力,因为我们还在待审中,而且我们也不能押到那些专门供已判刑的小偷、杀人犯、毒品商和盗窃犯用的大牢房去!据我所知,在罪犯看来,这最后一种人是最受人尊重的。

一开始,我们每天被允许单独放风一刻钟。随后,在将我们转到传审法官那里后,每天早晨和午后各放风四十五分钟。在放风时，他们允许我们见面交谈。我们谈的几乎都是我们在这该死的监狱里的遭遇，尤其是厕所。只要你是一个人你就难以在里面大便，它脏得令人难以置信。当我们迫不得已到那里去时，我们必须一块儿大便，这就如同人们在丛林或在农村所做的一样。但事实上，比那还要糟，因为那里的地方是宽敞的。但在监狱里，厕所的容量是一千人，而经常都是几千人使用它，这对我们的精神造成了很坏的影响。为此，埃及的每个监狱都单辟一间房子作疥癣室。不少囚犯患有这种病——因为他们本来就是从肮脏的环境中到这更为肮脏的地方——监狱中来的。这个病很快在他们当中流行起来，就像以前宰敦集中营在我们的兔群中流行的一样。由于命运的安排，在监狱里兔群和人类之间已没有什么区别(在我执政后，所有这些我都进行了处理)。

在这种许多人不能忍受的痛苦中，我生活了整整一年，由于我出生在农村，后来又在武装部队中经过艰苦的磨炼，我忍受了这种遭遇；因为像这些事情毫无疑问是有影响的。

由于同我们一起的一些被告者的家属向大人物们说了情，在后一个阶段——差不多一年以后——他们允许我们用调羹吃饭，并在牢房窗户上安装了玻璃；所谓窗户只是在墙壁的上部开的一个小孔，无论是严寒的冬天，还是酷热的夏天，它永远开着。

在这一期间，待审的人必须在监狱吃饭，或向监狱外面承包人那儿要，当时有一个承包人在监狱对面开了一个小店。早餐时，他给我们送来一点儿蜂蜜、面包和奶酪。也许还有别的东西，我记不清了。但我记得我从没有从他那里要过午餐，因为单单早餐一个月就要花费七镑半钱；我的家属在多数情况下负担不了这笔费用，因为他们没有钱。

有一天，穆斯林兄弟会的督导员谢赫·哈桑·巴拿同我的哥哥塔拉特进行联系，告诉他，协会每月拨给我的家庭十镑钱。我在明亚的马古斯集中营时我的军官兄弟们也曾这样做过，但在拘留结束后，这一财政援助中断了。在我逃跑期间也一直没有。我回到监狱后仍然如此。也许他们忘记了，真主宽恕他们。

后来，哈桑·巴拿承担了这一义务。他每月给我家里十镑钱。当时我的哥哥塔拉特付不出我的早餐费，甚至当时十二个吉尔什一瓶水果盐的钱都付不出。我在监狱时，每天早晨先吃水果盐，直到现在我还是这样，将近三十年的一个长时期中我没有离开过它。除此之外，他们后来允许我们在待审期间使用床、桌子和椅子，条件是我们每天付十个吉尔什的租金。

尽管关在外国人监狱里的人都是一些小人物,尽管普通监狱是专门关押埃及人的,但区别是明显的。在这里我们要付钱。付什么钱呢?又粗又硬的稻草垫子,它多半是用像石头一样坚硬的纤维织成的。而在外国人监狱里有柔软的铺垫,充足的电灯光和食品,而且,所有这些都是无偿的。甚至在监狱里,在我们——祖国儿女——和外国人之间也有种族歧视。

然而遗憾的是从阿斯旺到亚历山大,我们的监狱都是这样的。1975年10月6日当我去捣毁塔拉赫监狱,作为结束对人类尊严的侮辱时,我拿起镐头就砸。我觉得这个监狱的墙壁就是卡拉赫·迈耶丹监狱的墙壁。渗进了水的砖又酥软,又潮湿,镐头还没下去就碎了。去掉了墙皮以后,我感到一股潮气。我看见蟋蟀从砖和墙皮之间跳了出来,这是一支无数的蟋蟀大军。它们的样子很丑陋,但我一刻也没有放下镐头。我继续紧张地砸墙,我一定要将它砸掉。他们设法阻止我,但我拒绝了。我对他们说,我很好。重要的是,拆掉这些监狱,在它的上面建造人们可以生活的监狱。因此,我命令建造一些具有全部卫生设备的新的监狱,同时,它还要有利于生产,使囚犯在囚禁期间不至在四堵大墙之间消磨时间,无事可做,靠社会赡养,而应该对他有益,于人有益,使他们从监狱出来时,能学会一种新的手艺,并有一部分在监狱靠劳动挣来的钱。的确,我们在拆除了卡拉赫·迈耶丹监狱后新建的监狱里开始进行试验。这所监狱现在仍然存在于开罗——亚历山大的沙漠道路上,在它的一侧有一块开垦了的土地,囚犯们白天在那里种植蔬菜和水果。在卡拉赫·迈耶丹监狱的旧址,建了一个供人民游乐的公园。

二

在当今世界上有两个地方人们无法逃避,它们是战争和监狱。在五十四号牢房里我日夜孤独地生活着,形影相吊。以前我从来没有这样的时刻,因为那时许多事情忙得我不可开交。我做军队工作,又抓政治,同时日常生活的潮流又使我每到一处总得忙于应付。而现在,我生活在五十四号牢房,与外界没有联系,没有收音机,没有报纸,一无所有。

我无法摆脱令人可怕的孤独。我只有孤独地生活着。我的确是孤独地生活着。但尽管如此,我却不能参透自己,好像有一件东西将我和自己分隔开了。一个时期以来,我一直生活在黑暗之中,但我没有完全理解它,因我无法将黑暗转移到光明的地区去。

当他们允许我们在监狱阅读书刊、报纸时，我就专心致志地、贪婪地阅读着。在字里行间，我时时都有新的发现。这些发现前所未有地打开了我的眼界。

我读的大部分是英文读物，其次是阿拉伯文读物。在阅读中，当一个想法或一首抒情诗或其他什么东西引起我的兴趣时，我就立即将我欣赏的东西抄在本子上。这个本子直到现在我还非常珍视地保存着；它就是狱中札记。我将东西方作家和思想家们对我的生活有影响的大部分见解或感情记在上面了。

我博览群书的结果不只是扩大了我的思想和情感的境界，而且有助于我进一步地了解自我。因而我能够从我一个时期以来所遭受的精神危机中摆脱出来，这一危机是由于1942年和1946年两次在严冬的凌晨两点钟逮捕我造成的。我不理解这一危机的性质，但我感到它搅乱了我精神的安宁。在我进了监狱，孤独地生活了一个星期以后，这种遭遇就一清二楚了。我是如何从这一危机中摆脱出来的呢？这要归功于我在《读者文摘》上阅读到的美国一位心理学家的一篇文章。文章的中心意思或这位心理学医生经过二十四年的试验得出的结论是，一个人在他一生中的任何一个阶段都可能遭受某种打击，其结果是他感到周围的一切都是关闭着的，就像一座没有门的监狱一样。

这所监狱的第一道门是人们懂得了是什么东西使他陷入了困境。第二道门是信心。信心是什么意思呢？这就是对于发生的任何灾难性的事情，你都认为是命中注定的，必须正视和忍受，在这之后，再去克服由此而产生的后果，而不应该去想什么问题都解决不了，因为解决的办法总会有的。是什么东西使你这样想呢？这就是你相信真主既然创造了你，你就应该在生活中发挥你应该发挥的作用。创造你的神绝不怀有恶意，恰恰相反，他是非常善良的；而且他也不像谢赫在一本关于农村的书中所描绘的那样暴虐、叫怕。因为在人类和真主之间最崇高的关系的基础既不是恐惧，也不是酬谢和惩罚，它是建筑在比一切道德准则更为完美的道德标准的基础之上的，这就是友谊。造物主的品德之一是仁慈、公正和爱，其次他是万能的，因为他是万物之源。一旦你同他做朋友，他就使你诸事如意，因为在任何环境下，在任何情况下他热爱你，你热爱他。

这位心理学家的剖析不仅解开了我精神不安的症结，而且使我在处理世上的万事万物时看到了爱的无比远大的前景。这种前景原本淹没在日常生活之中，狱中的经验和遭遇揭示了它，从而使爱成了我一切行动和情感的主要出发点。

正因为这样，正因为我充满了信心和平静，所以在我一生的各个阶段不断发生的事件中，我一刻都没有动摇。爱从未使我失望过，相反，它最终都是胜利者。

这是我的经历，或同加安尔·阿卜杜勒·纳赛尔相处的经历的一部分。因为在我追随他的十八年中，有些时候我无法理解他，或无法同意他的某些行为。虽然如此，我对他的感情只有一个：爱，只有爱。

一些人可能要怀疑地问，你是怎样同纳赛尔相处了这么长的时间，而在我们之间没有发生他同他的其他同事之间所发生的事情的呢？伦敦的一位外国记者说，要么是我无足轻重，要么是我非常坏，从而避免了同他的冲突。我是那些没有受到伤害的革命人物中唯一生存下来的人，而且相反，当纳赛尔与世长辞时，我是唯一的共和国副总统。

如果这样一个天真的提法证明了什么的话，那就是证明了这个人对我的秉性一无所知。在纳赛尔在世期间，我并非是一个没有身份的人，我一生中也不是一个邪恶的人或奸诈的人。事情的一切就在于我和纳赛尔从十九岁起就互相真心相待。后来革命爆发了，他成了埃及共和国的总统。我对自己说，欢迎。我所信赖的朋友成了共和国的总统，这使我高兴。当纳赛尔成为阿拉伯民族的一个领袖，在他周围筑起了一个巨大的光轮时，我还是这种心情。

有时，我们也有分歧。在我们之间发生过裂痕，可能还持续了两个多月。其原因在于我们的意见分歧，或由于他周围一些有影响的人挑拨离间。因为纳赛尔相信小报告，好听流言飞语。但无论如何，我从来没有想维护自己，因为我压根儿没有想这样对待纳赛尔或其他人。当然，不管时间多久，裂痕总会结束。当他给我打电话，问我这些日子到哪儿去了，为什么我不同他进行联系时，我回答说，他一定很忙，因此我不想打扰他。而后我们又见面，就像什么事都没有发生过一样。

这种情况曾多次发生过。但从我这方面来说，我对纳赛尔所做的一切都待之以真诚的爱。1942年底他接手自由军官组织，并使它在整整六年中取得了很大进展。在这期间，我还在监狱和集中营里。后来，我从狱中出来以后，我必须回到军队中去，以便同他和他的同事们继续我开创的他们继我而进行的努力。当1950年我回到军队时，就是这样做的。

1952年发生了革命。我参加了这一革命。但我参加不参加本身无关大局，重要的是革命已经发生。在我年方十二岁、还是一个少年时，我梦寐以求的梦想就得以实现了。

正是这一点使我同纳赛尔和睦相处了十八年之久，因我无所求，我曾担任过革命指导委员会的成员，伊斯兰会议的秘书长，《共和国报》主编，国民议会副主席，主席，在任何情况下我都没有任何要求。我对纳赛尔的爱没有改变过，我对他的感情从没改变过。在他胜利或失败时，我都站在他一边。也许就是这一点，使得纳赛尔在十七年后环顾左右，注意到了有一个人从来没有同他发生过冲突。

正因为这一点，我要说爱终于胜利了。纳赛尔的偏见很难消失。他内心充满了只有真主才了解的矛盾。我作为一个朋友决不应该去揭露它宣扬它，但矛盾是存在的。纳赛尔去世了。他没有像别人那样得享寿福，因为他是在无数的冲动之中度过了他的一生的；不安吞噬了他，因为他往往以先入之见怀疑所有的人。所有这些的必然结果是纳赛尔无论在最亲近他的伙伴之间，还是在包括各阶级在内的全国范围内，都留下了可怕的仇恨。

但正如我从前所说，现在一再强调的，爱最终胜利了，这是从五十四号牢房的痛苦中诞生的爱。没有其他东西能像苦难一样磨炼意志，使它去掉锈蚀，显示出原来的面貌。我知道我的本性就是热爱良善，爱是我做一切事情的真正的动力；没有爱，我一事无成。

爱使我对自己和我周围一切事物怀有充分的信心。我对万物的爱来自于我对真主的爱。只要造物主是我的朋友，我为什么要害怕人类呢？正是他主宰着整个人类和宇宙万物。

这种感受在我一生中，在我没有充分意识到的情况下，已经成了我自身的不可分割的一部分。因此，我在五十四号牢房中已高出于空间和时间。地方，不再是徒有四壁的牢房，而是更广大了，它将宇宙万物都包括进去了。时间，在对万物之主的爱进入我的心田之后，它已不复存在。爱已控制了我，我开始感到我无论在哪里，我都是靠近它的。真主说："如果崇拜者有求于我，我则亲近他；如果祈求者对我有所求，我则满足他。"伟大的真主说得对啊！

以其友谊充满了我身体、弥补了牢房真空的我的朋友——真主——成了爱、良善、忠诚和高尚的源泉。我同他在一起，我热爱他，我崇拜他创造了一切。所有的事情都成了欢乐和幸福的源泉，所有的人都是我的朋友，因为所有的人都是真主创造的。真主希望有树木，树木就产生了。按他的意志发芽的种子是他的爱。花朵、山、果实、树根、树枝和人类等等不同种类不同个性的万物，以至于一切存在，都是我所爱的，因为万物像我一样，真主热爱它，它热爱真主。

童年的发现

〔前苏联〕费奥多罗夫

费奥多罗夫（1918—1980），前苏联诗人，也擅长散文创作。主要作品有诗集《林中泉水》《雄鸡三唱》《珠泪初洒》等。1979年获苏联国家奖。

我在九岁的时候就发现了达尔文有关胚胎发育的规律，这完全是我独立思考的结果。

听完这句话，你大概忍不住会哈哈大笑，愿笑你就笑吧，反正笑声不会给你招来祸患；我跟你可不同，事情过去了三年，有一次我想起了自己的发现，情不自禁笑出了声音，竟使我当众受到了惩罚。这件事回头还要细说。

我的发现起始于梦中飞行。每天夜里做梦我都飞，我对飞行是那样迷恋，只要双脚一点，轻轻跃起，就能离开地面飞向空中。后来，我甚至学会了滑翔，在街道上空，在白桦林梢头，在青青的草地和澄澈的湖面上盘旋。我的身体是那样轻盈，那样随心所欲，运动自如，凭着双臂舒展和双腿弹动，似乎想去哪里，就能飞到那个地方。

经过反反复复的梦中飞翔，再和小伙伴们见面的时候，我看着他们就想笑。我洋洋自得，对他们既同情又怜悯，我以为在我们中间只有我一个人具有飞行的天赋。可是，有一天我终于弄明白了，每到夜晚，我的小伙伴也都会在梦中飞翔。那时候，我们几个人决定去见我们的老师，让他来解答这个奇妙的问题。我们的老师列昂尼德·伊万诺维奇，报考托姆斯克大学没有成功，就到我们的学校来教书。他是个不太年轻的小伙子，沉默寡言，和成年人很少交往，但是和我们这些调皮的毛孩子倒是蛮谈得来。

"梦里飞行，说明你们是在长身体啊！"老师解释说。

"为什么只有晚上睡觉时才长？"

"白天你们太淘气，妨碍细胞的生长。到了晚上，细胞就不停地繁殖。"

"那么为什么人在生长的时候就要飞呢？这究竟是什么道理？"

"这是你们的细胞回想起了远古时代，那个时候，人还是飞鸟。"

"人怎么会是鸟？"我们万分惊讶。

"岂止是鸟！人还曾经是草原虫，是鱼，是青蛙，是兔子……还曾经是猴子……所有这些知识，等你们升入高年级，上课时老师都会给你们讲解。"

高年级，离我们是那样遥远，而飞行却仍在继续。和老师的一场谈话，只不过更加激发了我的想象力。我渴望弄明白，人究竟是怎么来的，我想得是那样痴迷，以至于从河里抓到了条鳊鱼，我都会翻来覆去地看个仔细，恨不得从鱼身上能够发现将来的人应该具有的某些特征。

我们这些男孩子，一个个像马驹子一样顽皮，几乎所有的空闲时间，都要泡在河里、湖里。我虽然长到九岁，但没有人带我去下田耕地，老马嫌累赘。对我来说，这当然是巴不得的开心事。假期里，我们总是一大早就去河里洗澡，天擦黑才回家。有一次，刚走到村口，就听人们说，村里来了电影放映队。发电机已经隆隆隆隆地转起来了。只要放映机上的两个圆圆的轮盘一转动，大家就能从银幕上看电影了。听说这回要演的是一部新片子。我们看过很多片子。最近看过的一部讲的是一个土匪女头领玛卢霞的故事，这女人胆子大，脾气暴。她冲一个男人说："钻你的被窝去！"一句话逗得全村人哄堂大笑。

我本来想给管发电机的人帮帮忙，可是没有成功，三个小伙伴比我跑得更快，捷足先登当了放映队员的小助手，买票得花五戈比。我拔腿就跑，冲进家门奔到妈妈跟前：

"妈，给我五戈比看电影！"

"凭什么给你五戈比！"妈妈挺生气。"整天见不到你的人影儿，不知在什么地方疯跑，现在倒好，进门就要五戈比！劈柴没有劈，院子没有扫……"

"妈妈，这些活儿我都干！"

"干完活我就给你钱。"

不到一个小时，我把一大堆木头劈成了劈柴，码成了柴垛，用耙子清理了地上的木屑碎片，然后抄起扫帚打扫院子，扫干净的小草儿绿茵茵的，散发出清新的气息。劳动虽然挺累,我的脑子却没有闲着。我一边扫地一边想远古时候人的翅膀,想人所经历的道路,真是奇异到难以置信,却又是那样幸运——由肉眼看不见的细胞,到活生生的人,简直是一大奇迹!鱼……青蛙……兔子……啊,看起来,人们最好别伤害青蛙,也别冲兔子开枪射击!……

乡村的孩子们从小就知道,他们不是从白菜畦里降生到这个世界上来的。我们甚至还懂得一个秘密:母亲怀胎九个月才生下婴儿。"为什么是九个月呢?"我自己给自己提了个问题:"为什么不是八个月,不是十个月,偏偏是九个月呢?"我的扫帚缓缓地滑过地面上的小草儿。我绞尽脑汁思考这个问题的答案,想啊想啊,嘿!终于想出了个眉目:"哈!我总算明白了!这就跟画地图差不多。地上的距离很远很远,在地图上画出来只不过几厘米。人是由细胞构成的……从细胞变成小鱼,大概经过了一百万年。现在,这一百万年就折合成一个月。从小鱼变成青蛙又得经过一百万年,这又是一个月。这样推算下来,到变化成人,正好是九个月。"我的发现竟如此简单明了,我为此感到格外高兴。我想,大概还没有人发现这个道理。"这件事讲起来倒叫人不好意思,"我在心里又想,"不过,这有什么不好开口的呢?等我长大了,一定好好钻研这个问题。"

我从妈妈那里拿到了汗水换来的五戈比,匆匆忙忙就朝演电影的地方奔跑。

以后又过了四年多,我已经上了六年级。老师开始给我们上生物课。有一次上课,年轻的女教师一本正经板着面孔讲达尔文,讲人的起源,讲人的发育和进化。这时候,我清清楚楚听见老师说,按照达尔文的观点,母腹中的胎儿再现了人的历史发展的每个阶段。当时教室里安静得出奇,大家都默不作声。可是我忽然想起了自己的发现,就情不自禁地笑出了声音。老师狠狠地瞪了我一眼,目光中甚至流露出几分厌恶。

"费奥多罗夫!……你笑什么!再笑就从教室里出去!"

"奥尔加·伊万诺夫娜,我……我想了自己的发现……"

教室里一阵笑声。奥尔加·伊万诺夫娜气得脸色苍白,大步朝我走来。

"费奥多罗夫!……你立刻从教室里出去!……"我的脸由于困窘和羞愧一下子涨得通红。只有这时候我才意识到,老师误解了我的笑声,以为我的笑不怀好意。幸亏她没有容我解释,不然的话,同学们听见我说自己三年前就发现了达尔文的进化论,他们还不笑塌了房顶!不过,被轰出教室,站在外面,我倒想出了一条自我安慰的理由,我明白了——世界上所有重大的发明与发现,总是伴随着驱逐和迫害。

我在北京大学的经历

〔中国〕蔡元培

北京大学的名称,是从民国元年起的;民国元年以前,名为京师大学堂;包省师范馆仕学馆等,而译学馆亦为其一部;我在民元前六年,曾任译学馆教员,讲授国文及西洋史,是为我北大服务之第一次。

民国元年,我在教育部,对于大学有特别注意的几点:一、大学设法商等科的,必设文科;设医农工等科的,必设理科。二、大学应设大学院(即今研究院)为教授、留校的毕业生与高级学生研究的机关。三、暂定国立大学五所,于北京大学外,再筹办大学各一所于南京、汉口、四川、广州等处。(尔时想不到后来各省均有办大学的能力。)四、因各省的高等学堂,本仿日本制,为大学预备科,但程度不齐,于入大学时发生困难,乃废止高等学堂,于大学中设预科(此点后来为胡适之先生等所非难,因各省既不设高等学堂,就没有一个荟萃较高学者的机关,文化不免落后;但自各省竞设大学后,就不必顾虑了)。

是年,政府任严幼陵君为北京大学校长;两年后,严君辞职,改任马相伯君,不久,马君又辞,改任何锡侯君,不久又辞,乃以工科学长胡次珊君代理。民国五年冬,我在法国,接教育部电,促回国,任北大校长。我回来,初到上海,友人中劝不必就职的颇多,说北大太腐败,进去了,若不能整顿,反于自己的声名有碍,这当然是出于爱我的意

蔡元培(1868—1940),浙江绍兴人。字鹤卿,号鹤扇,又字仲申、民友、子民。清末进士。曾任北京大学校长。著有《蔡元培全集》。

思。但也有少数的说,既然知道他腐败,更应进去整顿,就是失败,也算尽了心;这也是爱人以德的说法。我到底服从后说,进北京。

我到京后,先访医专校长汤尔和君,问北大情形。他说:"文科预科的情形,可问沈尹默君;理工科的情形,可问夏浮筠君。"汤君又说:"文科学长如未定,可请陈仲甫君;陈君现改名独秀,主编《新青年》杂志,确可为青年的指导者。"因取《新青年》十余本示我。我对于陈君,本来有一种不忘的印象,就是我与刘申叔君同在《警钟日报》服务时,刘君语我:"有一种在芜湖发行之白话报,发起的若干人,都因困苦及危险而散去了,陈仲甫一个人又支持了好几个月。"现在听汤君的话,又翻阅了《新青年》,决意聘他。从汤君处探知陈君寓在前门外一旅馆,我即往访,与之订定;于是陈君来北大任文科学长,而夏君原任理科学长,沈君亦原任教授,一仍旧贯;乃相与商定整顿北大的办法,次第执行。

我们第一要改革的,是学生的观念。我在译学馆的时候,就知道北京学生的习惯。他们平日对于学问上并没有什么兴会,只要年限满后,可以得到一张毕业文凭。教员是自己不用功的,把第一次的讲义,照样印出来,按期分散给学生,在讲坛上读一遍,学生觉得没有趣味,或瞌睡,或看看杂书,下课时,把讲义带回去,堆在书架上。等到学期、学年或毕业的考试,教员认真的,学生就拼命地连夜阅读讲义,只要把考试对付过去,就永远不再去翻一翻了。要是教员通融一点,学生就先期要求教员告知他要出的题目,至少要求表示一个出题目的范围;教员为避免学生的怀恨与顾全自身的体面起见,往往把题目或范围告知他们了。于是他们不用功的习惯,得到一种保障。尤其北京大学的学生,是从京师大学堂"老爷"式学生嬗继下来(初办时所收学生,都是京官,所以学生都被称为老爷,而监督及教员都被称为中堂或大人)。他们的目的,不但在毕业,而尤注重在毕业以后的出路。所以专门研究学术的教员,他们不见得欢迎;要是点名时认真一点,考试时严格一点,他们就借个话头反对他,虽罢课也所不惜。若是一位在政府有地位的人来兼课,虽时时请假,他们还是欢迎得很;因为毕业后可以有阔老师做靠山。这种科举时代遗留下来的劣根性,是于求学上很有妨碍的。所以我到校后第一次演说,就说明"大学学生,当以研究学术为天职,不当以大学为升官发财之阶梯"。然而要打破这些习惯,只有从聘请积学而热心的教员着手。

那时候因《新青年》上文学革命的鼓吹,而我们认识留美的胡适之君,他回国后,即请到北大任教授。胡君真是"旧学邃密"而且"新知深沉"的一个人,所以一方面与沈尹默、兼士兄弟,钱玄同,马幼渔,刘半农诸君以新方法整理国故,一方面整理英文系；因胡君之介绍而请到的好教员，颇不少。

我素信学术上的派别，是相对的，不是绝对的；所以每一种学科的教员，即使主张不同，若都是"言之成理、持之有故"的，就让他们并存，令学生有自由选择的余地。最明白的，是胡适之君与钱玄同君等绝对的提倡白话文学，而刘申叔、黄季刚诸君仍极端维护文言的文学；那时候就让他们并存。我信为应用起见，白话文必要盛行，我也常常作白话文，也替白话文鼓吹；然而我也声明：作美术文，用白话也好，用文言也好。例如我们写字，为应用起见，自然要写行楷，若如江良庭君的用篆隶写药方，当然不可；若是为人写斗方或屏联，做装饰品，即写篆隶章草，有何不可？

那时候各科都有几个外国教员，都是托中国驻外使馆或外国驻华使馆介绍的，学问未必都好，而来校既久，看了中国教员的阑珊，也跟了阑珊起来。我们斟酌了一番，辞退几人，都按着合同上的条件办的，有一法国教员要控告我；有一英国教习竟要求英国驻华公使朱尔典来同我谈判，我不答应。朱尔典出去后，说："蔡元培是不要再做校长的了。"我也一笑置之。

我从前在教育部时，为了各省高等学堂程度不齐，故改为各大学直接的预科；不意北大的预科因历年校长的放任与预科学长的误会，竟演成独立的状态。那时候预科中受了教会学校的影响，完全偏重英语及体育两方面；其他学科比较的落后；毕业后若直升本科，发生困难。预科中竟自设了一个预科大学的名义，信笺上亦写此等字样。于是不能不加以改革，使预科直接受本科学长的管理，不再设预科学长。预科中主要的教课均由本科教员兼任。

我没有本校与他校的界限，常为之通盘打算，求其合理化。是时北大设文、理、法、商五科，而北洋大学亦有工、法两科；北京又有一工业专门学校，都是国立的。我以为无此重复的必要，主张以北大的工科并入北洋，而北洋之法科，限期停办。得北洋大学校长同意及教育部核准，把土木工与矿冶工并到北洋去了。把工科省下来的经费，用在理科上。我本来想把法科与法专并成一科，专授法律，但是没有成功。我觉得那时候的商科，毫无设备，仅有一种普通商业学教课，于是并入法科，使已有的学生毕业后停止。

我那时候有一个理想，以为文理两科，是农、工、医、药、法、商等应用科学的基础，而这些应用科学的研究时期，仍然要归到文理两科来。所以文理两科，必须设各种的研究所；而此两科的教员与毕业生必有若干人是终身在研究所工作，兼任教员，而不愿往别种机关去的。所以完全的大学，当然各科并设，有互相关联的便利。若无此能力，则不妨有一大学专办文理两科，名为本科，而其他应用各科，可办专科的高等学校，如德法等国的成例，以表示学与术的区别。因为北大的校舍与经费，绝没有兼办各种应用科学的可能，所以想把法律分出去，而编为本科大学；然没有达到目的。

那时候我又有一个理想，以为文理是不能分科的。例如文科的哲学，必根基于自然科学；而理科学者最后的假定，亦往往牵涉哲学。从前心理学附入哲学，而现在用实验法，应列入理科；教育学与美学，也渐用实验法，有同一趋势。地理学的人文方面，应属文科，而地质地文等方面属理科。历史学自有史以来，属文科，而推原于地质学的冰期与宇宙生成论，则属于理科。所以把北大的三科界限撤去而列为十四系，废学长，设系主任。

我素来不赞成董仲舒罢黜百家独尊孔氏的主张。清代教育宗旨有"尊孔"一款，已于民元在教育部宣布教育方针时说他不合用了。到北大后，凡是主张文学革命的人，没有不同时主张思想自由的；因而为外间守旧者所反对。适有赵体孟君以编印明遗老刘应秋先生遗集，贻我一函，属约梁任公、章太炎、林琴南诸君品题；我为分别发函后，林君复函，列举彼对于北大怀疑诸点，我复一函，与他辩；这两函颇可窥见那时候两种不同的见解。

这两函虽仅为文化一方面之攻击与辩护，然北大已成为众矢之的是无可疑了。越四十余日，而有五四运动。我对于学生运动，素有一种成见，以为学生在学校里面，应以求学为最大目的，不应有何等政治的组织。其有年在二十岁以上，对于政治有特殊兴趣者，可以个人资格参加政治团体，不必牵涉学校。所以民国七年夏间，北京各校学生，曾为外交问题，结队游行，向总统府请愿；当北大学生出发时，我曾力阻他们，他们一定要参与；我因此引咎辞职。经慰留而罢。到民国八年五月四日，学生又有不签字于巴黎和约与罢免亲日派曹、陆、章的主张，仍以结队游行为表示，我也就不去阻止他们了。他们因愤激的缘故，遂有焚曹汝霖住宅及攒殴章宗祥的事，学生被警厅逮捕者数十人，各校皆有，而北大学生居多数；我与各专门学校的校长向警厅力保，始释放。但被拘的虽已保释，而学生尚抱再接再厉的决心，政府亦且持不做不休的态度。都中喧传政府将明令免我职而以马其昶君任北大校长，我恐若因此增加学生对于政府的纠纷，我个人且将有为运动学生保持地位的嫌疑，不可以不速去。乃一面呈政府，引咎辞职，一面秘密出京，时为五月九日。

那时候学生仍每日分队出去演讲，政府逐队逮捕，因人数太多，就把学生都监禁在北大第三院。北京学生受了这样大的压迫，于是引起全国学生的罢课，而且引起各大都会工商界的同情与公愤，将以罢工罢市为同样之要求。政府知势不可侮,乃释放被逮诸生,决定不签和约,罢免曹、陆、章,于是五四运动之目的完全达到了。

　　五四运动之目的既达,北京各校的秩序均恢复,独北大因校长辞职问题,又起了多少纠纷。政府曾一度任命胡次珊君继任,而为学生所反对,不能到校;各方面都要我复职。我离校时本预定决不回去;不但为校务的困难,实因校务以外,常常有许多不相干的缠绕,度一种劳而无功的生活,所以启事上有"杀君马者道旁儿;民亦劳止,汔可小休;我欲小休矣"等语。但是隔了几个月,校中的纠纷,仍在非我回校不能解决的状态中,我不得已,乃允回校。回校以前,先发表一文,告北京大学学生及全国学生联合会,告以学生救国,重在专研学术,不可常为救国运动而牺牲(全文见《蔡子民先生言行录》下册三三七至三四一页)。到校后,在全体学生欢迎会演说,说明德国大学学长、校长均每年一换,由教授会公举;校长且由神学、医学、法学、哲学四科之教授轮值;从未生过纠纷,完全是教授治校的成绩。北大此后亦当组成健全的教授会,使学校决不因校长一人的去留而起恐慌(全文见《言行录》三四一至三四四页)。

　　那时候蒋梦麟君已允来北大共事,请他通盘计划,设立教务总务两处;及聘任财务等委员会,均以教授为委员。请蒋君任总务长,而顾孟余君任教务长。

　　北大关于文学、哲学等学系,本来有若干基本教员,自从胡适之君到校后,声应气求,又引进了多数的同志,所以兴会较高一点。预定的自然科学、社会科学、文学、国学四种研究所,只有国学研究所允办起来了。在自然科学与社会科学方面,比较的困难一点。自民国九年起,自然科学诸系,请到了丁巽甫、颜任光、李润章诸君主持物理系,李仲揆君主持地质系;在化学系本有王抚五、陈聘丞、丁庶为诸君,而这时候又增聘程寰西、石蘅青诸君。在生物学系本已有钟宪鬯君在东南西南各省搜罗动植物标本,有李石曾君讲授学理,而这时候又增聘谭仲逵君。于是整理各系的实验室与图书室,使学生在教员指导之下,切实用功;改造第二院礼堂与庭园,使合于讲演之用。在社会科学方面,请到王雪艇、周鲠生、皮皓白诸君;一面诚意指导提起学生好学的精神,一面广购图书杂志,给学生以自由考索的工具。丁巽甫君以物理学教授兼项科主任,提高预科程度。于是北大始达到各系平均发展的境界。

　　我是索来主张男女平等的,九年,有女学生要求进校,以考期已过,姑录为旁听生。及暑假招考,就正式招收女生。有人问我:"兼收女生是新法,为什么不先请教育部核准?"我说:"教育部的大学令,并没有专收男生的规定;从前女生不来要求,所以没有女生;现在女生来要求,而程度又够得上,大学就没有拒绝的理。"这是男女同校的开始，后来各大学都兼收女生了。

我是佩服章实斋先生的，那时候国史馆附设在北大，我定了一个计划，分征集纂辑两股；纂辑股又分通史，民国史两类；均从长编入手。并编历史辞典。聘屠敬山、张蔚西、薛阆仙、童亦韩、徐贻孙诸君分任征集编纂等务。后来政府忽又有国史馆独立一案，别行组织。于是张君所编的民国史，薛、童、徐诸君所编的辞典，均因篇轶无多，视同废纸；只有屠君在馆中仍编他的蒙兀儿史，躬自保存，没有散失。

我本来很注意于美育的，北大有美学及美术史教课，除中国美术史由叶浩吾君讲授外，没有人肯讲美学，十年，我讲了十余次，因足疾进医院停止。至于美育的设备，曾设书法研究会，请沈尹默、马叔平诸君主持。设画书研究会，请贺履之、汤定之诸君教授国画；比国楷次君教授油画。设音乐研究会，请萧友梅君主持。均听学生自由选习。

我在爱国学社时，曾断发而习兵操，对于北大学生之愿受军事训练的，常特别助成；曾集这些学生，编成学生军，聘白雄远君任教练之责，亦请蒋百里、黄膺伯诸君到场演讲。白君勤恳而有恒，历十年如一日，实为难得的军人。

我在九年的冬季，曾往欧美考察高等教育状况，历一年回来。这期间的校长任务，是由总务长蒋君代理的。回国以后，看北京政府的情形，日坏一日，我处在与政府常有接触的地位，日想脱离。十一年冬，财政总长罗钧任君忽以金佛郎问题被逮，释放后，又因教育总长彭允彝君提议，重复收禁。我对于彭君此举，在公议上，认为是蹂躏人权献媚军阀的勾当；在私情上，罗君是我在北大的同事，而且于考察教育时为最密切的同伴，他的操守，为我所深信，我不免大抱不平。与汤尔和、邵飘萍、蒋梦麟诸君会商，均认有表示的必要。我于是一面递辞呈，一面离京。隔了几个月，贿选总统的布置，渐渐地实现；而要求我回校的代表，还是不绝，我遂于十二年七月间重往欧洲，表示决心；至十五年，始回国。那时候，京津间适有战争，不能回校一看。十六年，国民政府成立，我在大学院，试行大学区制，以北大划入北平大学区范围，于是我的北京大学校长的名义，始得取消。

综计我居北京大学校长的名义，十年有半；而实际在校办事，不过五年有半，一经回忆，不胜惭悚。

实庵自传

〔中国〕陈独秀

陈独秀（1879—1942），原名乾生，字仲甫，号实庵。安徽安庆人。1898年入杭州求是书院，开始反清活动。曾两次赴日本留学。1904年组织反清组织岳王会。参加子女革命。1915年创办《青年》（后改称《新青年》杂志）。后被聘为北京大学教授、文科学长，与李大钊创办《每周评论》，是新文化运动主要领导者。1919年参加领导五四运动，积极宣传马克思主义。1921年中国共产党成立，被选为中央局书记。后又任中央委员会总书记等职，1927年被撤职，1929年被开除党籍。1931年组织中国共产党左派反对派，出版《火花》杂志。1932年被国民党政府逮捕，1937年获释。主要著作编为《独秀文存》等。

休谟的自传开口便说："一个人写自己的生平时，如果说得太多了，总是免不了虚荣的，所以我的自传要力求简短，人们或者认为我自己之擅写自己的生平，那正是一种虚荣；不过这篇叙述文字所包含的东西，除了关于我自己著作的记载而外，很少有别的，我的一生也差不多是消耗在文字生涯中，至于我大部分著作之初次成功，也并不足为虚荣的对象。"几年以来，许多朋友极力劝我写自传，我迟迟不写者，并不是因为避免什么虚荣；现在开始写一点，也不是因为什么虚荣；休谟的一生差不多是消耗在文字生涯中，我的一生差不多是消耗在政治生涯中，至于我大部分政治生涯之失败，也并不足为虚荣的对象。我现在写这本自传，关于我个人的事，打算照休谟的话"力求简短"，主要的是把我一生所见所闻的政治及社会思想之变动，尽我所记忆的描写出来，作为现代青年一种活的经验，不力求简短，也不滥抄不大有生气的政治经济材料，以夸张篇幅。

写自传的人，照例都从幼年时代说起，可是我幼年时代的事，几乎完全记忆不清了。富兰克林的自传，一开始便说："我向来喜欢搜集先人一切琐碎的遗事，你们当能忆及和我同往英格兰时，遍访亲戚故旧，我之长途跋涉，目的正在此。"我现在不能够这样做，也不愿意这样做，只略写出在幼年时代印象较深的几件事而已。

第一件事：我自幼便是一个没有父亲的孩子。

民国十年(1921)我在广东时，有一次宴会席上，陈炯明正正经经地问我："外间说你组织什么"讨父团"，真有此事吗？"我也正正经经地回答道："我的儿子有资格组织这一团体，我连参加的资格也没有，因为我自幼便是一个没有父亲的孩子。"当时在座的人们，有的听了我的话，呵呵大笑，有的睁大着眼睛看着我，仿佛不明白我说些什么，或者因为言语不通，或者以为答非所问。

我出世几个月，我的父亲便死了，真的，我自幼便是一个没有父亲的孩子。我记得我幼时家住在安徽省怀宁城里，我记得家中有一个严厉的祖父，一个能干而慈爱的母亲，一个阿弥陀佛的大哥。

亲戚本家都绰号我的这位祖父为"白胡爹爹"，孩子们哭时，一说白胡爹爹来了，便停声不敢哭，这位白胡爹爹的严厉可怕便可想见了。这位白胡爹爹有两种怪脾气：一是好洁，一是好静。家中有一角地方有一件桌椅没扫抹干净，我的母亲，我的大姊，便要倒大霉。他不许家中人走起路来有脚步声，我的二姊年幼不知利害，为了走路有时有脚步声，也不知挨过多少次毒打，便是我们的外祖母到我们家里来，如果不是从他眼前经过，都不得不蹑手蹑脚地像做贼的一般走路，因为恐怕他三不知地骂起来，倒不好出头承认是她的脚步声。我那时心中老是有一个不可解的疑问：这位好洁好静的祖父，他是抽鸦片烟的，在家里开灯不算数，还时常要到街上极龌龊而嘈杂的烟馆去抽烟，才算过瘾，那时他好洁好静的脾气哪里去了呢？这一疑问直到半个世纪以后的今天，我才有了解答。第一个解答是人有好群性，就是抽大烟，也得集体地抽起来才有趣；然而这一解答还不免浅薄，更精微奥妙的解答，是烧烟泡的艺术之相互欣赏，大家的全意识都沉没在相互欣赏这一艺术的世界，这一艺术世界之外的一切一切都忘怀了。我这样的解答，别人或者都以为我在说笑话，恐怕只有我的朋友刘叔雅才懂得这个哲学。

我从六岁到八九岁，都是这位祖父教我读书。我从小有点小聪明，可是这点小聪明却害苦了我。我大哥的读书，他从来不大注意，独独看中了我，恨不得我一年之中把四书五经都读完，他才称意。四书诗经还罢了，我最怕的是《左传》，幸亏这位祖父或者还不知道三礼的重要，否则会送掉我的小性命。我背书背不出，使他生气动手打，还是小事；使他最生气，气得怒目切齿几乎发狂令人可怕的，是我无论挨了如何毒打，总一声不哭，他不只一次愤怒而伤感地骂道："这个小东西，将来长大成人，必定是一个杀人不眨眼的凶恶的强盗！"真是家门不幸了，我的母亲为此不知流了多少眼泪，可是母亲对我并不像祖父那样悲观，总是用好言劝勉我，说道："小儿，你务必好好用心读书，将来书读好了，中个举人替你父亲争口气，你的父亲读书一生，未曾考中举人，是他生前一椿恨事！"我见了母亲流泪，倒哭出来了，母亲一面替我揩眼泪，一面责备我说："你这孩子真淘气，爷爷那样打你，你不哭，现在倒无端地哭了！"母亲的眼泪，比祖父的板子，着实有威权，一直到现在，我还是不怕打，不怕杀，只怕人对我哭，尤其妇人哭，虽母亲的眼泪是叫我用功读书之强有力的命令。我们知道打着不哭的孩子很多，后来不定有出息，也不定做强盗。祖父对我的预料，显然不符合，我后来并没有做强盗，并且最厌恶杀人。我以为现时代还不能免的战争，即令是革命战争中的杀人，也是残忍的野蛮的事，然而战争还有进步的作用；其余的杀人，如政治的暗杀，法律的宣告死刑，只有助长人们的残忍与野蛮性，没有一点好影响，别的杀人更不用说了。

父亲的性格，我不大知道。母亲之为人，很能干而疏财仗义，好打抱不平，亲戚本家都称她为女丈夫；其实她本质还是一个老好人，往往优容奸恶，缺乏严肃坚决的态度。据我所记忆的有两件事，可以充分表现出她这一弱点。

有一位我祖父辈的本家，是我们族里的族长，怀宁话称为"户尊"，在渌水乡地方上是一位颇有点名望的绅董，算得一位小小的社会栋梁。我的母亲很尊敬他，我们小辈更不用说了。有一年（大约是光绪十二年前后），大水冲破了广济圩，全渌水乡（怀宁东乡）都淹没了，这位族长哭丧着脸向我母亲诉说乡民的苦痛之后，接着借钱救济他的家属。我母亲对他虽十分恭敬，然而借钱的事却终于不曾答应。族长去后，我对母亲说："我们家里虽穷，总比淹水的人家好些，何以一个钱不借给他呢？"母亲皱着眉头一言不发。我知道母亲的脾气，她不愿说的话，你再问也是枉然，我只在心中纳闷道：母亲时常当衣借钱济人之急，又时常教训我们，不要看不起穷人，不许骂叫花子，为什么今天不肯借钱给淹水的本家而且是她一向尊敬的族长呢？事隔五六年，我才从许多人口中渐渐知道了这位族长的为人。族中及乡邻有争执的事，总得请他判断是非曲直，他总是于曲直的判断，很公平地不分亲疏，一概以所得鸡米烟土或者本洋多少为标准，因此有时他的亲戚本家曾败诉，外人反而胜利，乡间人都称赞这位绅董公正无私！他还有一件值得舆论称赞，就是每逢修圩放账，他比任何人都热心，无论严寒酷暑，都忙着为大家奔波尽义务，凡他所督修的圩工，比别人所担任一段都更不坚固，大概他认为如果认真按照原定的工料做好，于他已是一种损失，失了将来放账的机会，又是一种损失，这未免自己太对不住自己！至此才明白母亲皱眉不语的缘故，是因为她已经深知这位族长之为人，然而她仍旧恭敬他，这岂不是她的弱点吗？

还有这族长手下用的一位户差（户差的职务，是奉行族长命令，逮捕族中不法子孙到祠堂处罚），同时又是一位阴差（阎王的差人），他常常到我们家里来，说他在阴间曾见了我们的祖先，我们的祖先没有钱用，托他来要钱买纸银锭烧给他们。我的母亲很恭敬地款待他，并且给钱托他代买钱纸银锭，不用说那钱纸银锭是烧给这位当阴差的先生了，这位阴差去后，母亲对我们总是表示不信任他的鬼话。有一天他又来到我们家里过阴，大张开嘴打了一个呵欠，直挺挺地倒在床上，口中喃喃说胡话，谁也听不清楚他说些什么，大概是都城的土话罢！是我气他不过，跑去约了同屋及近邻十多个孩子，从前后门，奔进去，同声大喊某处失了火，这位阴先生顿时停止了声响，急忙打了一个小小呵欠便回到阳间来了，闭着眼睛问道："这边有了火烛了罢！"我的母亲站在床边微笑地答道："是的了，他接着说："这可不错罢，我在那边就知道了。"我在旁边弯着腰，缩着颈脖子。"用小手捂着嘴，几乎要大笑出来，母亲拿起鸡毛掸子将我赶走很远，强忍着笑，骂道："你这班小鬼！"但她还是恭恭敬敬用酒肉款待这位阴差爹爹，并且送钱托他买钱纸银锭，这便是我母亲优容奸恶之又一事实。

有人称赞我疾恶如仇，有人批评我性情暴躁，其实我性格暴躁则有之，疾恶如仇则不尽然，在这方面，我和我的母亲同样缺乏严肃坚决的态度，有时简直是优容奸恶，因此误过多少大事，上过多少恶当，至今虽然深知之，还未必痛改之，其主要原因固然由于政治上之不严肃，不坚决，而母亲的性格之遗传，也有影响罢。

幸而我母亲崇重科举的思想，我始终没有受到影响。这件事我们当然不应该苛责前一辈的人，尤其是不曾受过新旧任何教育的妇人。

因为在那一时代的社会，科举不仅仅是一个虚荣，实已支配了全社会一般人的实际生活，有了功名才做大官（那时捐班出身的官，人们还不大瞧得起，而且官也做不大，大官必须正途出身，洋博士那时还未发明），做大官才能发大财，发了财才能买田置地，做地主（那时存银行和做交易所生意，也还未发明），盖大屋（并非洋房），欺压乡农，荣宗耀祖；那时人家生了儿子，恭维他将来做刚白度（即买办）的，还只有上海十里洋场这一块小地方，其余普遍的吉利话，一概是进学，中举，会进士，点状元；婆婆看待媳妇之厚薄，全以儿子有无功名和功名大小为标准，丈夫有功名的，公婆便捧在头上，没有功名的连佣人的气都得受；贫苦农民的儿子，举人进士状元不用说，连秀才的好梦都不敢做，用尽九牛二虎之力，供儿子读几年书，好歹能写出百八十字，已经算是才子，如果能够跟着先生进城过一次考，胡乱写几百字交了卷，哪怕第一场就榜上无名，回家去也算得出人头地，穷凶极恶的地主们，对这一家佃户，便另眼看待，所以当时乡间有这样两句流行的谚话："去到考场放个屁，也替祖宗争口气"；农民的儿子如果考取了秀才，便是一步登天，也就是立了将来做土豪劣绅的基础，一生吃着不尽；所以无论城乡，屡考不中的人们，往往埋怨祖坟的风水不好，掘出尸骨来改葬，这便是那班圣人之徒扬名显亲的孝道。在这样的社会空气中，在人们尤其是妇女的头脑里面，科举当然是一件神圣事业了。

我的母亲虽然没有受过任何教育，当时传统的"忠孝节义"之通俗教育标语，她是知道的，我很感谢她从来不曾拿这些标语教育我们。她对于我们之教育，是考科举，起码也要中个举人，替父亲争气。当大哥考取了秀才时，母亲很高兴，而我却一则以喜，一则以惧，喜的是母亲高兴，惧的是学八股文章和应考的灾难，要临到我身上来了！

自从祖父死后，经过好几年塾师，我都大不满意，到了十二三岁时，由大哥教我读书。大哥知道我不喜欢八股文章，除温习经书外，新教我读昭明文选。初读时，我也有点头痛，后来渐渐读出味道来了，从此更加看不起八股文。这件事使我阿弥陀佛的大哥夹在中间很为难，一面受了母亲的严命，教我习八股，预备应考，一面他知道我不喜欢这一套。一直到光绪二十二年(1896)，我已经十七岁了，在离考前一两个月，大哥实在挨不过去了，才硬着头皮对我说："考期已近了，你也得看看八股文章罢！"我当时一声不响。他知道我的脾气，不做声并非反对而是承认。他高高兴兴地拿出合于小考格式的路德金文章为我讲解，我表面上是在听他的讲解，心里还是想着我的昭明文选。不久，大哥也看出路德的文章太不合我的口味，于是再拿出金黄和袁枚的制艺给我看，我对于这几个人的文章虽然有点兴趣，而终于格格不入，他对于这位难说话的弟弟，实在无法可想，只好听其自然了。大哥虽然十分忠厚老实，我猜想他此时急则智生，必然向母亲做了一个虚伪的报告，说我如何如何用心学八股文，那是在这期间母亲喜悦的面容中可以看出的。像我那样的八股文程度，县考府考自然名次都考得很低。到了院试，宗师(安徽语称学院为宗师)出的题目，是什么"鱼鳖不可胜食也材木"的截搭题，我对于这样不通的题目，也就用不通的文章来对付，把文选上所有为兽草木的难字和康熙字典上荒谬的古文，不管三七二十一，牛头不对马嘴上文不接下文地填满了一篇皇皇大文。正在收拾考具要交卷，那位山东大个儿的李宗师亲自走过来收取我的卷子(那时我和别的几个人，因为是幼童和县府试录取第一名，或是经古考取了提堂，在宗师案前面试，所以他很便当地亲自收取卷子,我并不是考幼童,县府试也非第一名,一入场看见卷面上印了提堂字样,知道经古已考取了,不用说这也是昭明太子帮的忙),他翻开我的卷子大约看了两三行,便说:"站住,别慌走!"我听了着实一吓,不知闯下了什么大祸。他略略看完了通篇,睁开大眼睛对我从头到脚地看了一遍,问我十几岁,为啥不考幼童?我说童生今年十七岁了。他点点头说道:"年纪还轻,回家好好用功,好好用功。"我回家把文章稿子交给大哥看,大哥看完文稿,皱着眉头足足有个把钟头一声不响,在我,应考本来是敷衍母亲,算不得什么正经事,这时看见大哥那种失望的情形,却有点令我难受。谁也想不到我那篇不通的文章,竟蒙住了不通的大宗师,把我取了第一名,这件事使我更加一层鄙薄科举。捷报传来,母亲乐得几乎掉下眼泪。"眼皮子浅"这句批评,怀宁人自己也承认,人家倒霉了,亲友邻舍们,照例总是编排得比实际倒霉要超过几十倍;人家有点兴旺,他们也要附会得比实际超过几十倍。我们这一门姓陈的,在怀宁本是一个小户人家,绅士们向来是瞧不起的,全族中到我的父亲时才有一个秀才,叔父还中了举,现在看见我们弟兄又都是青年秀才,不但另眼相看,而且造出许多神话,说我们家的祖坟是如何如何好风水,说城外迎江寺的宝塔是陈家的祖坟前一管笔,说我出世的前夜,我母亲做过什么什么梦,诸如此类,不一而足。他们真想不到我后来接二连三做了使他们吓破了胆的康党,乱党,共产党,而不是他们所想象的举人,进士,状元郎。最有趣的是几家富户,竟看中了我这没有父亲的穷孩子,争先恐后地托人向我母亲问我可曾定亲。这就是我母亲大乐而特乐的社会原因。母亲快乐,我自然很高兴;所害怕的来年江南乡试的灾难,又要临到我身上来了!

江南乡试是当时社会上一件大事,虽然经过了甲午战败,大家仍旧在梦中。我那时所想象的灾难,还远不及后来在考场中所经验的那样厉害,并且我觉得这场灾难是免不了的,不如积极地用点功,考个举人以了母亲的心愿,以后好让我专心做点正经学问。所以在那一年中,虽然多病,也还着实准备了考试的工夫,好在经义和策问,我是觉得有点兴趣的,就是八股文也勉强研究了一番。至于写字,我喜欢临碑帖,大哥总劝我习馆阁体,我心里实在好笑,我已打定主意,只想考个举人了事,决不愿意再上进,习那讨厌的馆阁字做什么!我们弟兄感情极好,虽然意见上没有一件事不冲突,没有一件事依他的话做,而始终总保持着温和态度,不肯在口头上反驳他,免得伤了手足的感情。

大概是光绪二十三年七月罢,我不得不初次离开母亲,初次出门到南京乡试了。同行的人们是大哥,大哥的先生,大哥的同学和先生的几位弟兄,大家都决计坐轮船去，因为轮船比民船快得多，那时到南京乡试的人很多愿意坐民船，这并非保存国粹，而是因为坐民船可以发一笔财，船头上扯起一条写着"奉旨江南乡试"几个大字的黄布旗，一路上的关卡，虽然明明知道船上装满着私货，也不敢前来查问，比现在日本人走私或者还威风凛凛。我们一批人，居然不想发这笔横财，可算得是正人君子了！

我们这一批正人君子，除我以外，都到过南京乡试的，只有我初次出门，一到南京，看到仪凤门那样高大的城门，真是乡下佬上街，大开眼界，往日以为可以骄傲的省城——周围九里十三步的安庆城，此时在我的脑中，陡然变成一个山城小市了。我坐在驴子背上，一路幻想着，南京城内的房屋街市不知如何繁华美丽，又幻想着上海的城门更不知如何的高大，因为曾听人说上海比南京还要热闹多少倍。进城一看，使我失望了，城北几条大街道之平阔，诚然比起安庆来在天上，然而房屋却和安庆一样的矮小破烂，城北一带的荒凉，也和安庆是弟兄，南京所有的特色，只有一个"大"。可是房屋虽然破烂，好像人血堆起来的洋房还没有；城厢内外唯一的交通工具，只有小驴子，跑起路来，驴子头间一串铃梢的丁令当郎声，和四个小蹄子的德德声相应和着，坐在驴背上的人，似乎都有点诗意。那时南京用人拖的东洋车，马车还没有，现在广州人所讥讽的"市虎"，南京人所诅咒的"棺材"和公共汽车，更不用说；城南的街道和安庆一样窄小，在万人哭声中开辟的马路也还没有；因为甲午战争后付了巨额的赔款，物价已日见高涨，乡试时南京的人口，临时又增加了一万多，米卖到七八十钱一升，猪肉卖到一百钱一斤，人们已经叫苦，现在回想起来，那时南京人的面容，还算是自由的，快活的，至少，人见着人，还不曾相互疑心对方是扒手，或是暗探；这难道是物质文明和革命的罪恶吗？不是，绝对不是，这是别有原因的。

我们这一批正人君子，到南京的头一夜，是睡在一家熟人屋里的楼板上，第二天一早起来，留下三个人看守行李，其余都出去分途找寓处。留下的三个人，第一个是大哥的先生，他是我们这一批正人君子的最高领袖，当然不便御驾亲征，失了尊严；第二个是我的大哥，因为他不善言辞；我这小小人自然更不胜任；就是留下看守行李的第三个。午后寓处找着了，立刻搬过去，一进屋，找房子的几个正人君子，全大睁着眼睛，你看看我，我看看你，异口同声地说："这屋子又贵又坏，真上当！"我听了真莫名其妙，他们刚才亲自看好的房子，怎么忽然觉得上了当呢？过了三四天，在他们和同寓中别的考生谈话中间，才发见了上当的缘故，原来在我们之先搬来的几位正人君子，来找房子的时候，大家也明明看见房东家里有一位花枝招展大姐儿,坐在窗口做针线,等到一搬进来,那位仙女便化作一阵清风不知何处去了。后来听说这种美人计,乃是南京房东招揽考先生的惯技,上当的并不止我们这几位正人君子,那些临时请来的仙女,有的是亲眷,有的是土娼。

　　考先生上当的固然很多,房东上当也不是没有,如果他们家中真有年轻的妇女;如果他们不小心把咸鱼腊肉挂在厨房里或屋檐下,此时也会不翼而飞;好在考先生都有"读书人"这张体面的护符,奸淫窃盗的罪名,房东哪敢加在他们身上!他们到商店里买东西,有机会也要顺带一点藏在袖子里,店家就是看见了也不敢声张,因为他们开口便说:"我们是奉着皇帝圣旨来乡试的,你们侮辱我们做碱,便是侮辱了皇帝!"天高皇帝远,他们这几句大话,未必真能吓倒商人;商人所最怕的还是他们人多,一句话得罪了他们,他们便要动野蛮,他们一和人打架,路过的考先生,无论认识不认识,都会上前动手帮助;商人知道他们上前帮着打架还不是真正目的,在人多手多的混乱中商人的损失可就更大了,就是闹到官,对于人多势大的考先生,官也没有办法。南京每逢乡试,临时增加一万多人,平均一人用五十元,市面上有五十万元的进账,临时商店遍城南到处都有,特别是状元境一带,商人们只要能够赚钱,受点气也就算不了什么。这班文武双全的考先生,唯有到钓鱼巷嫖妓时,却不动野蛮,只口口声声自称寒士,商请妓家减价而已,他们此时或者以为必须这样,才不失读书人的斯文气派!

　　我们寓处的房子,诚然又坏又贵,我跟着他们上当,这还是小事,使我最难受的要算是解大手的问题,现在回想起来还有点头痛。屋里没有茅厕,男人们又没有用惯马桶,大门外路旁空地便是解大小手的处所。我记得那时南京稍微偏僻一点的地方,差不多每个人家大门外两旁空地上,都有一堆一堆的小小金字塔,不仅我们的寓处是如此。不但我的大哥,就是我们那位老夫子,本来是个道学先生,开口孔孟,闭口程朱,这位博学的老夫子,不但读过几本宋儒的语录,并且还知道什么,男女有别、"男女授受不亲"的礼数,他也是天天那样在路旁空地上解大手,有时妇女在路上走过,只好当做没看见。同寓的有几个荒唐鬼,在高声朗诵那礼义廉耻正心修身的八股文章之余暇,时到门前探望,远远发见有年轻的妇女姗姗而来,他便扯下裤子蹲下去解大手,好像急于献宝似的,虽然他并无大手可解。我总是挨到天黑才敢出去解大手,因此有时踏了一脚屎回来,已经气闷,还要受别人的笑骂,骂我假正经,为什么白天不去解手,如今踏了一脚屎回来,弄得一屋子的臭气!"假正经"这句话,骂得我也许对,也许不对,我那时不但已解人事,而且自己戒贼得很厉害,如果有机会和女人睡觉,大约不会推辞,可是像那样冒冒失失地对一个陌生的女子当街献宝,我总认为是太无聊了。

到了八月初七日,我们要进场考试了。我背了考篮、书籍、文具、食粮、烧饭的锅炉和油布,已竭尽了生平的气力,若不是大哥代我领试卷,我便会在人群中挤死。一进考棚,三魂吓掉了二魂半,每条十多丈长的号筒,都有几十或上百个号舍,号舍的大小仿佛现时警察的岗棚,然而要低得多,长个子站在里面是要低头弯腰的,这就是那时科举出身的大老以尝过"矮屋"滋味自豪的"矮屋"。矮屋的三面七齐八不齐的砖墙,当然里外都不会用石灰泥过,里面蜘蛛网和灰尘是满满的。好容易打扫干净,坐进去拿一块板安放在面前,就算是写字台,睡起觉来,不用说就得坐在那里睡。一条号筒内,总有一两间空号,便是这一号筒的公共厕所,考场的特别名词叫做"屎号";考过头场,如果没有冤鬼缠身,不会在考卷上写出自己缺德的事,或用墨盒泼污了试卷,被贴出来,二场进去,如果不幸座位编在"屎号",三天饱尝异味,还要被人家议论是干了亏心事的果报。那一年南京的天气,到了八月中旬还是奇热,大家都把带来的油布挂起遮住太阳光,号门都紧对着高墙,中间是只能容一个半人来往的一条长巷,上面露着一线天,大家挂上油布之后,连这一线天也一线不露了,空气简直不通,每人都在对面墙上挂起烧饭的锅炉,大家烧起饭来,再加上赤日当空,那条长巷便成了火巷。煮饭做菜,我一窍不通,三场九天,总是吃那半生不熟或烂熟或围成的挂面。有一件事给我的印象最深:考头场时,看见一位徐州的大胖子,一条大辫子盘在头顶上,全身一丝不挂,脚踏一双破鞋,手里捧着试卷,在如火的长巷中走来走去,走着走着,上下大小脑袋左右摇晃着,拖长着怪声念他那得意的文章,念到最得意处,用力把大腿一拍,跷起大拇指道:"好!今科必中!"

这位"今科必中"的先生,使我看呆了一两个钟头。在这一两个钟头当中,我并非尽看他,乃是由他联想到所有的考生的怪现状;由那些怪现状联想到这班动物得了志,国家和人民要如何遭殃;因此又联想到所谓抡才大典,简直是隔几年把这班猴子狗熊搬出来开一次动物展览会;因此又联想到国家一切制度,恐怕都有如此这般的毛病;因此最后感觉到梁启超那班人们在时务报上说的话是有些道理呀!这便是我由选学妖孽转变到康梁派之最大动机。一两个钟头的冥想,决定了我个人往后十几年的行动。我此次乡试,本来很勉强,不料其结果却对于我意外有益!

我在西湖出家之经过

〔中国〕李叔同

李叔同(1880—1942),祖籍浙江平湖,生于天津。名广侯,字叔同。曾任浙江两级师范学校音乐、美术教员。1918年入杭州虎跑寺削发出家,法号弘一。著有《李庐诗钟》《护生画集》,编撰有《寒茄集》《南山律宗传承史》等。

杭州这个地方,实堪称为佛地,因为那边寺庙之多约有两千余所,可以想见杭州佛法之盛了。

最近《越风社》要出关于《西湖增刊》,由黄居士来函,要我做一篇《西湖与佛教的因缘》,我觉得这个题目太广泛了,而且又无参考书在手,短期内是不能做成的。所以就将我从前在西湖居住时,把那些值得追忆的几件零碎事情来说一说,也可说是纪念我出家的经过。

我第一次到杭州是光绪二十八年,在杭州约莫住了一个月光景,但是并没有到寺院里去过。只记得有一次到涌金门外去吃过一次茶,同时也就把西湖的风景稍为看了一下子。

我第二次到杭州时,那是民国元年的七月里。这回到杭州住得很久,一直住了近十年,可以说是很久的了。

我的住处在钱塘门内,离西湖很近,只有两里光景。在钱塘门外,靠西湖边有一所小茶馆,名景春园,我常常一个人出门,独自到景春园的楼上去吃茶。当民国初年的时候,西湖那边的情形,完全与现在两样。那时候还有城墙及很多柳树,都很好看的。除了春秋两季的香会之外,西湖边的人总是很少,而钱塘门外,更是冷静了。

在景春园的楼下,有许多的茶客,都是那些摇船抬轿的居多,而在楼上吃茶的,就只有我一个了。

所以我常常一个人在上面吃茶，同时还凭栏看看西湖的风景。

在荣馆附近，就是享有盛名的大寺院——昭庆寺。我吃茶之后，也常到里面去看看。

当民国二年夏天的时候，我曾在西湖广化寺里面住了好几天，但是住的地方却不是出家人的范围之内，那是在该寺的旁边，有一所叫做痘神祠的楼上。痘神祠是广化寺专门为着给那些在家的客人住的。当时我住在里面的时候，有时也曾到出家人住的地方去看看，心里却感觉得有意思呢！

记得那时我亦常常坐船到湖心亭去吃茶。

曾有一次学校里有位名人来演讲。那时我和夏丏尊居士两人，却出门躲避而到湖心亭去吃茶了。当时夏丏尊曾对我说："像我们这种人，出家做和尚倒是很好的。"那时我听到这句话，就觉得很有意思。这可以说是我后来出家的一个原因。

到了民国五年的夏天，我于日本杂志中，看到有说及关于断食的方法的，谓断食可以治疗各种疾病。当时我就起了一种好奇心，想来断食一下，因为我那个时候患有神经衰弱症，若实行断食后，或者可以痊愈，亦未可知。要行断食时，须于寒冷的季候方宜，所以我便于十一月为断食的时间。

至于断食的地点呢？总须先想一想，考虑一下，似觉总要有一个清幽的地方才好。当时我就和西泠印社的叶品三君来商量，结果他说西湖附近的地方，有一所虎跑寺可作为断食的地点。那么，我就问他：既要到虎跑去，总要有人介绍才对，究竟该请谁呢？他说有一位丁辅之是虎跑寺的大护法，所以请他去说一说。于是便写信请丁辅之代为介绍了。因为从前那个时候的虎跑，不是像现在这样热闹的，而是游客很少，且是个十分清静的地方啊！若用来作为我断食的地点，可以说是最相宜的了。

到了十一月的时候，我还不曾亲自到过，于是便托人到虎跑寺那边走一趟，看看有哪个好一点的房间可住。看的人回来说，在方丈楼下的地方，倒很幽静的，因为那边的房子很多，且平常的时候都是关起来，游客是不能进去的。而在方丈楼上，则只有一位出家人住着而已，此外并没有什么人居住。

等到十一月底，我到虎跑寺，就住在方丈楼下的那间屋子里了。我住进去以后，常常看见一位出家人在我窗前经过，即是住在楼上的那一位。我看他却十分的欢喜呢！因此就时常和他来谈话，同时他也时常拿佛经来给我看。

我以前虽然从五岁时常和出家人见面，时常看见出家人到我家念经及拜忏。

而于十三岁时,也曾学了"放焰口",可是并没有和有道的出家人住在一起,同时也不知道寺院中的内容是怎样以及出家人的生活又是如何?这回到虎跑寺去住,看到他们那种生活,却很喜欢而且羡慕起来了。

我虽然在那边只住了半个多月,但心头十分愉快,而且对于他们吃的菜蔬,更喜欢吃。及回到了学校以后,我就请佣人依照他们那种样的菜烧煮起来吃。

这一次我到虎跑断食,可以说是我出家的近因了。及到民国六年的下半年,我就发心吃素了。

在冬天的时候,我即请了许多经,如《普贤行愿品》《楞严经》《大乘起信论》……等等很多的佛经,于自己的房里,也供起佛像来,如地藏菩萨、观世音菩萨……的像,于是亦天天烧香了。

到了这一年放年假的时候,我并没有回家去,而是到虎跑寺里去过年了。我仍旧住在方丈楼下。那个时候,只觉得更有兴味了。于是就决心出家,同时就想拜那位住在方丈楼上的出家人为师父。他的名字是弘详师。可是他不肯我去拜他,而介绍我去拜他的师父。他师父在松木场护国寺里住的。他说请他师父回到虎跑寺来。我也就于民国七年正月十五日受三皈依了。

我打算于此年的暑假出家的。当这个时候,我做了一件海青(僧衣),及学习两堂功课。在二月初那天,是我母亲的忌日,于是我先两天前到虎跑去,在那边诵了三天的《地藏经》,为我的母亲回向。到了五月底的时候,我就提先考试之后,即到虎跑入山了。

到了寺中一日之后,即穿出家人的衣裳,预备转年再剃度的。及至七月初的时候,夏丏尊居士来,他看到我穿出家人的衣裳,但还未出家,他对我说:"既住在寺里面,并且穿了出家人的衣裳而不即出家,那是没有什么意思的,所以还是赶紧剃度的好。"

我本来是想转年出家的,但是承他的劝,于是就赶紧出家了,便于七月十三日那一天,相传是大势至菩萨的圣诞,所以就在那天落发。

紧接落发后的一课,便须受戒。经林同庄君介绍,而到灵隐寺去受戒了。

灵隐寺是杭州最大规模的寺院,我一向对它是很喜欢的。我出家以后,曾到各地的大寺院去看过,但总没有灵隐寺那么的好。八月底我就到灵隐寺去。寺中的方丈和尚却很客气,叫我住在客堂后面芳香阁的楼上。

当时由慧明法师做大师父的。有一天我在客堂遇到那位法师了,他看到我时,就说既是来受戒的,为什么不进戒堂呢?虽然你在家的时候是读书人,但是读书人就能这样随便吗？就是在家是一个皇帝，我也是一样看待的。那时方丈和尚仍要我住在客堂楼上，而于戒堂里面有了要紧的佛事，方命我去参加一两回的。

其时我虽不能和慧明法师经常见面，但是看到他忠厚仁笃的容色，却是令我佩服不已的。

受戒以后我仍回到虎跑寺居住。到了十二月底，就搬到云泉寺去了。此后，常到各地云游，没有久住西湖的机缘了。

曾记得民国十二年夏天的时候，我到杭州去过一回,先后相隔已达数年之久。那时正是慧明法师在灵隐寺讲《华楞经》的时候。开讲的那一天，我去听他说法。因为好几年没有见他，觉得他已苍老了不少，头发已斑白，牙齿也大半脱落。我当时大为感动，于拜他的时候，不由落泪不止，听说以后没经几年，慧明法师已圆寂了。

关于慧明法师一生和事迹，出家人中晓得的很多，现在我且举几件事情来说一说。

慧明法师是福建汀州人，他穿衣毫不考究，看起来不像大寺院法师的气派，他对人平等招待，无论你是太好佬，或是苦恼子，全一视同仁。所以凡家、在家的各式各样人物，对之没有一个不佩服的。他老人家一生所做的事情固然很多，但最突出的就是能教化"马溜子"。寺院里是不准这班"马溜子"居住的，他们总是住在凉亭里的时候多。听到各处寺院里有人打斋的时候，就蜂拥而去吃白饭。在杭州这个地方，"马溜子"特特多，一般总不把他们当人看待，而他们也自暴自弃，无所不为的。那些"马溜子"们常到灵隐寺看慧明法师，而他老人家却待他们很客气，并且布施种种好饮食、好衣服等。甚至他们要求什么就给什么。法师有时也对他们说几句佛语，以资感化。

慧明法师的腿是有毛病的，出入经常以乘轿的时候为多。有一次他从外面坐轿回灵隐寺时，下轿后，旁人看到法师没有穿裤子，都觉得很奇怪，一齐问他："法师你怎么出门不穿裤子呢？"法师淡然一笑，答以："在外面碰到了'马溜子'，说是没有裤子穿，冻坏了，我就把裤子脱了给他。我想我回到寺里是不愁没有裤子穿的。"关于慧明法师感化"马溜子"的传说很多，这里只略举此例而已。因此大家对他的慈悲是无不钦仰和敬佩的。

因为多年没有到杭州去了，西湖边的马路洋房也渐渐建筑得很多；而汽车也一天比一天增加，回想到我以前在西湖边居住时，那种闲静幽雅的生活，真是如同隔世，只能托之于梦想了。

从百草园到三味书屋

〔中国〕鲁 迅

鲁迅(1881—1936),原名周树人,字豫才。浙江绍兴人。1902年毕业于南京矿路学堂,留学日本,1908年参加光复会。辛亥革命后曾任职于南京临时政府和北京政府教育部,1918年发表第一部白话小说《狂人日记》。曾赴厦门大学和中山大学任教。1927年后,曾与人发起成立中国自由运动大同盟、左翼作家联盟、民权保障同盟。出版有小说集《呐喊》《彷徨》,杂文集《热风》《华盖集》《三闲集》《且介亭杂文》等多本,学术著作《中国小说史略》等。译著多种。编有《鲁迅全集》《鲁迅译文集》。

　　我家的后面有一个很大的园,相传叫做百草园。现在是早已并屋子一起卖给朱文公的子孙了,连那最末次的相见也已经隔了七八年,其中似乎确凿只有一些野草;但那时却是我的乐园。

　　不必说碧绿的菜畦,光滑的石井栏,高大的皂荚树,紫红的桑葚;也不必说鸣蝉在树叶里长吟,肥胖的黄蜂伏在菜花上,轻捷的叫天子(云雀)忽然从草间直窜向云霄里去了。单是周围的短短的泥墙根一带,就有无限趣味,油蛉在这里低唱,蟋蟀们在这里弹琴,翻开断砖来,有时会遇见蜈蚣;还有斑蝥,倘若用手指按住它的脊梁,便会拍的一声,从后窍喷出一阵烟雾。何首乌藤和木莲藤缠络着,木莲有莲房一般的果实,何首乌有臃肿的根。有人说,何首乌根是有像人形的,吃了便可以成仙,我于是常常拔它起来,牵连不断地拔起来,也曾因此弄坏了泥墙,却从来没有见过有一块根像人样。如果不怕刺,还可以摘到覆盆子,像小珊瑚珠攒成的小球,又酸又甜,色味都比桑葚要好得远。

　　长的草里是不去的,因为相传这园里有一条很大的赤练蛇。

　　长妈妈曾经讲给我一个故事听:先前,有一个读书人住在古庙里用功,晚间,在院子里纳凉的时候,突然听到有人在叫他。答应着,四面看时,却见一个美女的脸露在墙头上,向他一笑,隐去了。他很高兴;但竟给那走来夜谈的老和尚识破了机关。说他脸上有些妖气,一定遇见"美女蛇"了;这是人首蛇身的怪物,能唤人名,倘一答应,夜间便要来吃人的肉的。他自然吓得要死,而那老和尚却道无妨,给他一个小盒子,说只要放在枕边,便可高枕而卧。他虽然照样办,却总是睡不着,——当然睡不着的。到半夜,果然来了,沙沙沙!门外像是风雨声。他正抖作一团时,却听得豁的一声,一道金光从枕边飞出,外面便什么声音也没有了,那金光也就飞回来,敛在盒子里。后来呢?后来,老和尚说,这是飞蜈蚣,它能吸蛇的脑髓,美女蛇就被它治死了。

结末的教训是:所以倘有陌生的声音叫你的名字,你万不可答应他。

这故事很使我觉得做人之险,夏夜乘凉,往往有些担心。不敢去看墙上,而且极想得到一盒老和尚那样的飞蜈蚣。走到百草园的草丛旁边时,也常常这样想。但直到现在,总还是没有得到,但也没有遇见过赤练蛇和美女蛇。叫我名字的陌生声音自然是常有的,然而都不是美女蛇。

冬天的百草园比较的无味;雪一下,可就两样了。拍雪人(将自己的全形印在雪上)和塑雪罗汉需要人们鉴赏,这是荒园,人迹罕至,所以不相宜,只好来捕鸟。薄薄的雪,是不行的;总须积雪盖了地面一两天,鸟雀们久已无处觅食的时候才好。扫开一块雪,露出地面,用一枝短棒支起一面大的竹筛来,下面撒些秕谷,棒上系一条长绳,人远远地牵着,看鸟雀下来啄食,走到竹筛底下的时候,将绳子一拉,便罩住了。但所得的是麻雀居多,也有白颊的"张飞鸟",性子很躁,养不过夜的。

这是闰土的父亲所传授的方法,我却不大能用。明明见它们进去了,拉了绳,跑去一看,却什么都没有,费了半天力,捉住的不过三四只。闰土的父亲是小半天便能捕获几十只,装在叉袋里叫着撞着的。我曾经问他得失的缘由,他只静静地笑道:你太性急,来不及等它走到中间去。

我不知道为什么家里的人要将我送进书塾里去了,而且还是全城中称为最严厉的书塾。也许是因为拔何首乌毁了泥墙罢,也许是因为将砖头抛到间壁的梁家去了罢,也许是因为站在石井栏上跳了下来罢,……都无从知道。总而言之:我将不能常到百草园了。Ade,我的蟋蟀们! Ade,我的覆盆子们和木莲们!

出门向东,不上半里,走过一道石桥,便是我的先生的家了。从一扇黑油的竹门进去,第三间是书房。中间挂着一块匾道:三味书屋;匾下面是一幅画,画着一只很肥大的梅花鹿伏在古树下。没有孔子牌位,我们便对着那匾和鹿行礼。第一次算是拜孔子,第二次算是拜先生。

第二次行礼时,先生便和蔼地在一旁答礼。他是一个高而瘦的老人,须发都花白了,还戴着大眼镜。我对他很恭敬,因为我早听到,他是本城中极方正,质朴,博学的人。

不知从那里听来的,东方朔也很渊博,他认识一种虫,名曰"怪哉",冤气所化,用酒一浇,就消释了。我很想详细地知道这故事,但阿长是不知道的,因为她毕竟不渊博。现在得到机会了,可以问先生。

"先生,'怪哉'这虫,是怎么一回事?……"我上了生书,将要退下来的时候,赶忙问。

"不知道!"他似乎很不高兴,脸上还有怒色了。

我才知道做学生是不应该问这些事的,只要读书,因为他是渊博的宿儒,决不至于不知道,所谓不知道者,乃是不愿意说。年纪比我大的人,往往如此,我遇见过好几回了。

我就只读书,正午习字,晚上对课。先生最初这几天对我很严厉,后来却好起来了,不过给我读的书渐渐加多,对课也渐渐地加上字去,从三言到五言,终于到七言。

三味书屋后面也有一个园,虽然小,但在那里也可以爬上花坛去折腊梅花,在地上或桂花树上寻蝉蜕。最好的工作是捉了苍蝇喂蚂蚁,静悄悄地没有声音。然而同窗们到园里的太多,太久,可就不行了,先生在书房里便大叫起来:

"人都到那里去了?!"

人们便一个一个陆续走回去;一同回去,也不行的。他有一条戒尺,但是不常用,也有罚跪的规则,但也不常用,普通总不过瞪几眼,大声道:"读书!"

于是大家放开喉咙读一阵书,真是人声鼎沸。有念"仁远乎哉我欲仁至矣"的,有念"笑人齿缺曰狗窦大开"的,有念"上九潜龙勿用"的,有念"厥土下上上错厥贡苞茅橘柚"的……先生自己也念书。后来,我们的声音便低下去,静下去了,只有他还大声朗读着:

"铁如意,指挥倜傥,一座皆惊呢……;金叵罗,颠倒淋漓噫,千杯未醉嗬……。"

我疑心这是极好的文章,因为读到这里,他总是微笑起来,而且将头仰起,摇着,向后面拗过去,拗过去。

　　先生读书入神的时候,于我们是很相宜的。有几个便用纸糊的盔甲套在指甲上做戏。我是画画儿,用一种叫做"荆川纸"的,蒙在小说的绣像上一个个描下来,像习字时候的影写一样。读的书多起来,画的画也多起来;书没有读成,画的成绩却不少了,最成片段的是《荡寇志》和《西游记》的绣像,都有一大本。后来,因为要钱用,卖给一个有钱的同窗了。他的父亲是开锡箔店的;听说现在自己已经做了店主,而且快要升到绅士的地位了。这东西早已没有了罢。